Contents

ニーニウ
楽園時代の歌い人。心優しい少女。他者の痛みを読み取ることができる。
ルルタ＝クーザンクーナ
バントーラ図書館館長。『本』食らいの能力者。世界を滅ぼそうとしている。
マキア
元バントーラ図書館館長代行。ハミュッツとチャコリーを育てた人物。
カチュア
元武装司書で先代の楽園管理者。武装司書と戦い、敗れた。
ヴーエキサル
楽園時代に世界を統治していた王。ルルタに心酔している。

戦う司書と絶望の魔王
Tatakau Sisho to Zetsubou no Maou

characters

Hamyuts
ハミュッツ(幼少期)
後のバントーラ図書館館長代行。極めて冷酷で好戦的。ルルタに敗れ、死亡する。

Chacoly
チャコリー
かつてルルタと戦った謎の少女。ハミュッツの妹的存在。

イラスト／前嶋重機

戦う司書と
絶望の魔王

序章　魔王と過ぎし日の思い出

終章の獣《けもの》が鳴いている。はるか遠く、地平線の向こうで鳴いている。

それは殲滅《せんめつ》の叫び声だ。終章の獣の声には、いかなる呪詛《じゅそ》の言葉より、どんな死刑の宣告よりも、強い殺意が込められていた。人が生きることを許さない。足掻《あが》くことも戦うことも許さない。呼吸をすることも、心臓を動かすことも、一切合切《いっさいがっさい》を許さない。

そんな意思のこもった鳴き声だ。

血のように生《なま》暖かい風が吹いている。どす黒い雨雲が空を覆《おお》っている。終章の獣が招いた風と雲だ。人間の終末にふさわしい光景を、終章の獣たちはもたらしていた。

メリオト地方西部、平原の中央に位置する王都を、人々が走っている。誰もが恐怖に我を忘れていた。王都に住む人間の、千倍か、万倍か、それ以上の数の獣たちが、人々を殺しにやってくる。正常な精神を保てる者がいるわけがない。

彼らは、王都の端に用意された、防獣壕《ぼうじゅうごう》に走っている。人々がこの日のために備えていた、最後のよりどころだ。地中深くまで穴を掘り、食料と水、燃料と薬を備蓄し、出入り口をぶ厚い木の扉で閉ざしている。そこに逃げ込めば、まだ少しは生き延《の》びられるかもしれない。誰もが生き長らえるために、防獣壕に駆け込んでいく。

だが、そんな人々をあざ笑うかのように終章の獣は鳴いている。

そんな所に逃げ込んで、いったい何を防ぐ気だ。まさかこの、終章の獣を防ごうというのではあるまいな。

未来管理者オルントーラが遣《つか》わした最後にして最強の兵器を、人類の滅亡《めつぼう》そのものを、その貧弱な扉で防ごうというのではあるまいな。

人類の滅亡のときを、そんな洞穴《ほらあな》で迎える気ではあるまいな。

そんな言葉が、風に乗って届いてくるような気がした。

「誰か！　誰か！　母さんを見ませんでしたか！」

一人の少女が、防獣壕に走る人々と、逆方向に進んでいた。少女は、母を探しているのだ。

彼女の母は、数年前に事故で両足を失った。一人では、防獣壕までたどり着けない。なのに、姿が見当たらない。

少女は走ってくる男と肩がぶつかった。たまらずに、地面に倒れた。男は振り向きもせず走って行く。誰もが自分の命を守るので精一杯《せいいっぱい》だった。倒れた少女に構う者はいない。

麦袋を載《の》せた手押し車が、道を走ってくる。押している男は少女の姿には気がつかない。か弱い体が、きしみをあげる車輪に巻き込まれかけた瞬間、少女の体が、ふわりと浮いた。

「……………ルルタ？」

少女が呟《つぶや》いた。そして、空を見上げた。そこに、光り輝く人影があった。

「ルルタ……」

少女の次に、麦の車を押していた男が呟いた。人々が次々に空を見上げる。黒雲の中に輝く一人の人物に目を向ける。

そして、大歓声が上がった。

「ルルタ！」

「ルルタ！」

「ルルタ！　ルルタ！　ルルタ＝クーザンクーナ！　ルルタ＝クーザンクーナ！」

誰もが、その言葉以外全《すべ》てを忘れたかのように叫んでいた。逃げることも忘れたかのように、空を見上げていた。声を止められなかった。目を離せなかった。そこにいる存在は、赤子にとっての母親よりも頼もしかった。そこにある光景は、この姿を見るために生まれてきたと思えるほどに美しかった。

「恐れるな」

天に浮く人影、ルルタ＝クーザンクーナが言った。静かな声なのに、群衆の叫びも終章の獣の叫びもかき消して、王都全体に響き渡った。

「落ち着いて、ゆっくりと安全な場所に避難《ひなん》しろ。時間はまだある。皆が安全に避難できるよう、一人一人が何を為《な》すべきかしっかりと考えろ」

だが、ルルタの言葉を待たずに、皆が落ち着きを取り戻していた。誰もが思っていた。そう、ルルタがいるのだから、恐れることは何もない。

長い透明の髪が、風になびいている。下半身を覆う腰布が、はためいている。しなやかに鍛《きた》えあげられた上半身を群集にさらしている。いつもの、ルルタ＝クーザンクーナの姿だ。

右手には、黒い霧《きり》で覆われた棒状の武器を持っている。追憶《ついおく》の戦機、大冥棍《だいめいこん》グモルクだ。足の下には、虹色《にじいろ》に輝く空飛ぶ船があった。追憶の戦機、彩《あや》なる砂《さ》戦艦《せんかん》グラオーグラマーンである。裸《はだか》の左肩に刻《きざ》まれた蔦《つた》の文様《もんよう》は、韻律結界《いんりつけっかい》ウユララである。腰布には、常笑《とこわら》いの魔刀シュラムッフェンと常泣《とこな》きの魔剣アッハライが結び付けられている。

この世に残された八つの追憶の戦機のうち、五つがルルタの手にある。

誰もが初めて見る、完全武装姿のルルタ＝クーザンクーナだった。その威容《いよう》は、もはや人間であることが信じられないほど神々《こうごう》しい。

「僕は行く。終章の獣を倒しに。この世界を救うために。

勝てるかどうかはわからない。僕にも、神にも、誰にもわからない」

人々は息を殺して、ルルタの言葉を聴く。

「だが、信じろ。信じることから全ては始まる。僕は勝ち、世界は救われると。未来は決してなくならないと。皆、僕を信じろ。信じる心が、力になる。

叫べ！」

ルルタは人差し指を天にかざした。

「ルルタは恐れない！」

その声に続き、人々が天に向かって叫ぶ。

「ルルタは恐れない！」

言葉は続く。

「ルルタは諦《あきら》めない！」

「ルルタは諦めない！」

「ルルタは逃げず、ルルタは死なず、ルルタは決して敗《やぶ》れない！」

「ルルタは逃げず！　ルルタは死なず！　ルルタは決して敗れない！」

人々は叫ぶ。彼方《かなた》から聞こえる、終章の獣の鳴き声をかき消すように。ルルタを信じる心が、ルルタの力に変わるように。

「ルルタは行く！　また、会おう！　神の消えた、新たな時代に！」

足元の、彩なる砂戦艦グラオーグラマーンが動き出した。矢よりも速く、空に一筋の残像を残し、ルルタは飛び去っていく。

それから、ほんの十分ほど。

地平線の彼方から、閃光《せんこう》のような光が差し、群集たちの目を焼いた。その直後、腹の底を揺らすような爆発音が聞こえてきた。

戦いが始まったのだ。

世界を滅ぼす絶対兵器、終章の獣と、世界を救う唯一《ゆいいつ》の可能性、英雄ルルタ＝クーザンクーナの戦いが。

はるか、昔のことである。

ルルタは、昔のことを思い出していた。はるか彼方に過ぎ去った、遠い日のことだ。なぜ、今になって思い出したのだろうか。ルルタは地上を見下ろしながら考えた。

一九二七年一月十二日、バントーラ過去神島の街並みが、ルルタの眼下に広がっている。

街の姿は、古代の王都とは比べ物にならないほど、立派《りっぱ》に栄えている。そこに暮らす人々は、あの頃から見れば別世界のように豊かで安全である。人々が一九二七年もの時をかけて、築き上げた街だ。

地上から突き立った巨大な針の上にルルタは一人立っている。足元、針の中ほどには、胸を貫かれたハミュッツの死体が、今なお血を滴《したた》らせている。

人々が地に倒れている。武装司書も、一般司書も、何も知らない民間人も皆、倒れている。

彼らは生きる意思と気力を奪われ、目覚めることのない眠りについている。

終章の獣は声なき声を張り上げ、世界中の人々に『涙なき結末』をもたらしている。

「あの日と、同じだな」

ルルタは呟いた。そう、一九二九年前と同じように世界は滅びようとしている。終章の獣の力は、世界を覆いつくそうとしている。

違うのは一つだけ。

かつて、一度目の世界の滅びの時、ルルタは世界を救うために戦った。しかし今は、そのルルタが世界を滅ぼそうとしているのだ。

「あの頃は……良かったな」

ルルタは、弱々しく呟いた。死に際《ぎわ》に青春を思い出す老人のような声だった。

そう、あの日ルルタは、熱くたぎっていた。歯を食いしばり、瞳《ひとみ》を燃やし、全身全霊《ぜんしんぜんれい》を振り絞《しぼ》って終章の獣と戦った。世界を救いたいと、人々を守りたいと、魂《たましい》の全てを懸《か》けて願っていた。世界を救うためならば命も要《い》らないと思っていた。

だが時は過ぎた。あの日の思いは、もう二度と戻らない。

「その僕が世界を滅ぼすのか、ふふ、ふふふ」

ルルタは力なく笑った。あの頃の自分に、今のことを告げたらなんと思うだろう。世界を守ろうとしていた英雄に、お前は一九二九年後に世界を滅ぼすのだと告げたら、なんと言うだろう。

「………どうしてだろうな」

終章の獣の声以外、何も聞こえない静かな地上。それを見下ろしながらルルタは呟く。

「どうして、こんなことになったのだろうな」

問いかけても答えはない。ラスコール＝オセロすら今は現れなかった。問いかけは誰の耳にも届かず、虚《むな》しく消えていった。

第一章 敗残兵と絶望の魔王

ルルタの定めた世界の滅びを前に、武装司書は全滅し、エンリケ＝ビスハイルは膝《ひざ》を屈し、ハミュッツ＝メセタは命を落とした。しかし、だからといって全《すべ》てが終わったわけではない。まだ、戦う意志を捨てていないものがいた。

彼らがいるのは、生きている人間の住む世界ではない。

ルルタの体内、仮想臓腑《ぞうふ》の中だ。ルルタに食われた死者たちの魂《たましい》が、この中、この世界にはまだ残っている。彼らもまた、世界の滅びと戦っていた。

「………く」

砂の中から、一本の手が生《は》えた。砂から生み出されたのではない。砂の中に埋もれていた男が、地上に這《は》い出そうとしているのだ。

男は手で砂を掻《か》き分ける。十分ほどで、顔の下半分を砂の上に出すことに成功した。口に入ってくる砂を吐き捨てながら、男はぜいぜいと息を吐く。さらにもがいて、顔と右腕と右胸までを砂の上に出した。

男は顔を動かし、辺《あた》りを見渡す。

そこには、見渡す限りの砂漠があった。砂は果てしなく白く、空は高く雲ひとつない。砂漠のくせに風は涼やかで、普通にしていれば気持ちがいいほどだ。しかし空のどこを探しても、太陽は見当たらない。

その男はここがどこかを知っていた。

ここは、ルルタ＝クーザンクーナの体内だ。

人間の『本』を食う能力者、『本』食らい。その能力者は体内に、食った魂を収めておく、仮想臓腑と呼ばれる臓器を持っている。魔術的には存在するが、物理的には実在しない架空《かくう》の臓器である。魂を消化するための胃袋であり、魂を収めておく保存庫のような器官である。

男は今、その仮想臓腑の中にいる。ルルタの仮想臓腑は、広大な砂漠の形をしているのだ。

彼はルルタに食われる前、生きていた時に聞いたことがある。かつて神溺《しんでき》教団に、ザトウ＝ロンドホーンという『本』食らいの能力者がいた。彼の仮想臓腑は、沼《ぬま》のような形だったという。今いる仮想臓腑とは全く違う形状だが、ルルタとザトウでは、『本』食らいの力量に天地ほどの差がある。それだけ力が違えば、仮想臓腑の形も違って当然だろう。

「誰もいないか……………自分で出るしかないようだな」

男はなおも砂から体を掘り出そうとする。しかし、自力で出るのはあまりに時間がかかる。

「………やるか。理論上は可能だ」

男は呟《つぶや》く。そして息を止めて、精神を集中する。男は魔法を使おうとしていた。彼はすでに死に、肉体のない魂だけの存在となっている。しかし、魂がある以上、魂に刻《きざ》まれた魔法権利は存在し続けているはずだ。

エンリケ＝ビスハイルという男は、『本』食らいのザトウに食われた後も、雷撃の力を失っていなかったという。そして、エンリケは体内からザトウを打ち倒し、体を乗っ取ったという。ならば自分も、魔法を使えるはずだ。男は魔法権利を行使する。

砂に埋もれていた男の姿が、黒い液体に変わった。砂の中から、地面の上に染《し》みだし、水溜《た》まりを作る。そしてすぐに水溜まりは、元の人間の姿に戻った。

「復活できたか。とりあえずはこれでいい」

男の名前はウインケニー＝ビゼという。丸めがねの、痩《や》せた男だ。頭の毛が一本もないのが特徴的である。彼は自分の体を、石油に変える魔法権利を持っている。

生きていた時、彼は神溺教団の戦士だった。そしてモッカニア＝フルールを操《あやつ》って武装司書に戦いを挑《いど》んだ。そして力及ばず、敗《やぶ》れて死んだ。

楽園管理者カチュアは、ウインケニーの忠誠と功績を認め、天国へ行くことを許可した。そして彼の『本』はラスコールの手によってルルタの体内に運ばれていたのだ。

「外の世界は、どうなっている」

ウインケニーは、頭上を見上げた。空に向けて目を凝《こ》らすと、その向こうに外の世界が見える。ルルタが見ているものが、空にシネマのスクリーンのように映るのだ。そこに見えるのは、封印《ふういん》迷宮の光景である。ルルタは、ゆっくりと迷宮の中を歩いている。

どうやらルルタは、第二封印書庫を出て、地上へと向かっているらしい。

視界が地上の光景に切り替わる。ルルタが千里眼《せんりがん》の力を使ったのだろう。地上では、衛獣《えいじゆう》
……いや、終章の獣《けもの》たちが武装司書と戦っている。あの強くて恐ろしかった武装司書が、今は混乱を極《きわ》めている。ウインケニーは呆然《ぼうぜん》と、その光景を見続ける。

マットアラストが力なく封印迷宮を走っている。武装司書の精鋭《せいえい》ユキゾナとユーリがルルタの前に立ちふさがる。二人はルルタと戦い、そして為《な》す術《すべ》もなく敗れていく。

「まさか……嘘《うそ》だ、嘘に決まっている」

ウインケニーの顔が青ざめる。そして彼は叫びだし、闇雲《やみくも》に走り出した。

「なぜだルルタ！　何の理由がある！　なぜ、世界を滅ぼすのだ！」


ウインケニーが死んだのは一年と十カ月前のことだ。死んだ後すぐに彼の『本』はルルタの仮想臓腑に送られた。そこを、ウインケニーたちは天国と呼んでいた。

神溺教団の信徒は、天国に行くことを最上の目的としている。神のために、教団のために尽くした者の『本』は、天国に運ばれる。そして天国で、永遠の幸福を味わうのだと教えられていた。ウインケニーもまた、天国に行きたいと願う者の一人だった。

しかし、下《した》っ端《ぱ》の構成員に過ぎないウインケニーは知らなかったのだ。神溺教団の真実も、ルルタ＝クーザンクーナの真実も。

ウインケニーは仮想臓腑の中で、真実を聞かされた。教えてくれたのは、ウインケニーより

一足先に死んだ、シガルという男だった。人間爆弾を生み出した、真人《しんじん》の一人である。ウインケニーとも一応面識はある。

天国は、ルルタという『本』食らいの能力者の仮想臓腑に過ぎないこと。そして、ルルタは神溺教団の信徒を幸福にしてやるつもりなど全くないこと。ルルタが幸福の『本』を集めるのは、ルルタの願いをかなえるためでしかないということを。

さらに、シガルは話した。神溺教団は、ルルタに幸福の『本』を与えるための組織に過ぎないこと。そして、神溺教団は武装司書の下部組織だということ。神溺教団と武装司書の戦いは、武装司書から主導権を奪うためのクーデターに過ぎないということ。

シガルも、生きている間は真実を知らなかった。彼もまた、この仮想臓腑の中で別の者から聞かされたのだという。

シガルは泣いていた。自分は騙《だま》された。楽園管理者に、武装司書に、ルルタに騙されたと。こんなことになるなら、ハミュッツと戦わなければよかった。そうすれば、あの小僧《こぞう》に殺されはしなかった。もっと金を稼《かせ》いで、欲しい物を買って、女を抱けたのだと。彼の口からは、自分が騙していた部下への謝罪も、人間を爆弾にした後悔も、一言も出てはこなかった。

「……シガル、俺たちはこれからどうなる」

と、ウインケニーは訊《き》いた。もう敬語を使う必要はない。

「………我々の魂は分解される。そして、幸福の部分だけが搾《しぼ》り取られて、ルルタのものになるんだ。ちょうど、胃袋で消化され、腸で栄養を吸収される食い物のようにな」

「具体的には？」

「簡単なことだ。我々は、この砂に飲み込まれ、やがて砂に同化して消えていくのだ」

「幸福を抽出《ちゅうしゅつ》するとはどういうことだ？　手に入れた幸福を、ルルタはどうするつもりだ？」

「知ったことか！」

シガルは激昂《げっこう》する。そして、ルルタへの呪詛《じゅそ》を撒《ま》き散らした。呪詛の対象はルルタから楽園管理者へ、楽園管理者からハミュッツへ、ハミュッツからコリオという人間爆弾へ、そして常笑《とこわら》いの魔女シロンへと移り変わる。最後には誰に言っているのかもわからない罵声《ばせい》へと変わった。

辟易《へきえき》したウインケニーは、シガルのそばを離れた。

何もかもに、うんざりした気持ちだった。武装司書に、楽園管理者に、そしてルルタに利用され続ける自分の人生に嫌気がさしていた。

やることもないので、ウインケニーは自《みずか》ら砂の中に埋まった。穴を掘り、顔と腕だけを出して上から砂をかけた。すると、ウインケニーの体は、少しずつ砂に変わり、砂漠の一部となってゆく。

魂がじわじわと溶けていく感覚は、思ったほど悪いものでもなく、ウインケニーはこのまま消えていくことに決めた。

ルルタに食われた別の魂が、ウインケニーに話しかけてくることもあった。シガルから聞いたことをそのまま伝えてやった。泣き出す者、怒鳴り散らす者と、反応はさまざまだった。

空に映る光景を見る限り、地上では、神溺教団が劣勢のようだ。起死回生《きしかいせい》の秘策も、ノロティとエンリケの尽力《じんりょく》で阻《はば》まれた。カチュアは死に、世界管理者の座はミンス＝チェザインに引き継がれた。不毛なありさまを、特に興味もなく眺《なが》めていた。

ウインケニーの魂は溶けてゆき、体は頭部と胸のあたりを残して、ほとんどが砂になっている。特に苦痛はなかった。やがて、ウインケニーは考えるのをやめて、目を閉じた。こんなところでいいだろう。それがウインケニーの、最後の思考になるはずだった。

しかし、ウインケニーの永眠をルルタの声が阻んだ。砂の中で溶けかけていたウインケニーの耳にも、その声ははっきりと聞こえた。

(僕の名は、ルルタ＝クーザンクーナ。世界の持ち主であり、君たちの『本』を食った者だ。僕はこれより世界を滅ぼす。僕を止めたい者は砂の中から出て、僕のもとに来るといい)

世界を滅ぼす。全く非現実的な言葉だが、ルルタの口から発せられる時だけは、唯一《ゆいいつ》現実性を帯びる。眠りに落ちようとしていたウインケニーは、目を開け、もがいた。ほとんどが砂に変わっていた体が、立ち上がらなければという意志に反応し、元の肉体に戻ってゆく。

そしてウインケニーは、なんとか砂から脱出したのだ。

世界を滅ぼす。もはや死んでいるウインケニーだが、それだけは恐ろしかった。生まれ育った街が、関《かか》わった人間たちが、滅ぼされていくことは耐えられない。

彼の能力は、石油に変化するという何の役にも立たない力だ。それで、何かができるとは思えない。しかし、何かをせずにはいられなかった。

ルルタの姿を探し、ウインケニーは砂漠を走る。しかし、この砂の上では石油になって滑ったほうが早いと気がついた。砂漠の中を滑っている途中、ウインケニーは人影を見つけた。おそらく、ウインケニーと同じ神溺教団の一員だろう。

カーキ色の服を着た少年だった。年は十五ほどだろうか。見覚えはない。

砂の中から何かを掘り出そうとしているように見える。ウインケニーは近づき、人型に戻って話しかけた。

「どうした」

「誰かが埋まっていて、外に出ようとしている。掘り出しているんだ。手伝ってくれ」

見ると、砂の中に誰かの服が見える。ウインケニーと少年は協力して、砂を手でかき分ける。二人はお互いに名乗りもしない。そんなことをしている暇《ひま》はなかった。

やがて、地面から太った中年の男が現れた。知っている顔だった。まさか彼が、ここに来ているとは思わなかった。

「シャーロットか！」

ウインケニーと少年が、彼を砂の中から引っ張り出した。中年の男……シャーロットは咳《せ》き込みながら、砂の外に出てきた。彼も神溺教団に仕《つか》えていた擬人《ぎじん》の一人だ。空間を操る大魔術を完成させた、才能ある魔術師である。裏切りが発覚し、記憶を奪われて肉に落とされていたはずだが、なぜここにいるのだろう。

「たしか、ウインケニーだったか。もう一人の君は知らないが、ありがとう」

ウインケニーは、シャーロットを支えながら言う。

「挨拶《あいさつ》はあとだ。ともかく、ルルタのもとに行かねばならない」

シャーロットは、顔をしかめながらうなずく。

「そうは言っても、ルルタはどこだ。私の空間魔術も、場所がわからなければ使えないぞ」

ルルタの居場所を知らないのはウインケニーも同じだ。そこで少年が口を挟《はさ》んだ。

「場所ならわかる。ルルタは、この空間の中心にいる」

ウインケニーとシャーロットが、少年のほうを見た。

「中心というのは、どっちのことだ？」

「ここは外の世界とは全く違う空間らしい。ここでは場所も方角も、定まっていない。中心と思う方向に歩けば、どちらに向かっても中心にたどり着く。中心から遠ざかりたいと思えばどちらに歩いても遠ざかる。俺もよくわからないが、そういうことらしい」

「妙な話だが理解はできた。中心には何がある？」

ウインケニーが訊く。

「劇場のような建物があった」

「劇場……？」

少年の言葉に、ウインケニーとシャーロットは同時に首をかしげる。この世界の中心にあるのは、世界の持ち主であるルルタの居城のはずではないのか。劇場とは、唐突《とうとつ》で場違いだ。

「なぜあんなものがあるのか、俺にもよくわからない。一度見ただけだから、中の様子もわからない。だが……」

少年は少し言葉を切り、続ける。

「あそこには、人がいた。戦いは素人《しろうと》の俺でもわかった。あそこには、とんでもない力を持っている奴《やつ》がいた」

ウインケニーとシャーロットは、顔を合わせてうなずきあう。行くしかない。ウインケニーは石油に姿を変え、シャーロットは空間魔法を発動させる。

「少年、君は行くかね」

シャーロットが言う。しかし、少年は首を横に振った。

「俺はあんたらと違って、何の魔法も使えない。行っても役に立ちそうにない。俺なりに何かをしてみるつもりだが、たぶん何にもならないだろう」

「そうか……」

彼は置いていくしかないだろう。役に立ちそうにないのは、ウインケニーも同じだが。

「行こう、ウインケニー」

ウインケニーは砂の上を滑っていく。シャーロットは細かく空間を移動しながら進んでいく。

しかし、ウインケニーは進みながら考える。ルルタのもとに行き、一体何ができるのだろうか。戦闘力がないに等しいこの二人でルルタと戦うのか。それとも、世界を滅ぼさないでくれと泣きつくのか。

向かったところでどうなる。その思いを見透《みす》かすかのように、あるいは自分自身を説得するかのように、シャーロットが言った。

「ウインケニー。諦《あきら》めるんじゃあないぞ。お前は、たいした男じゃないか」

「………」

ウインケニーは何も応《こた》えられない。

「見当もつかんのは私も同じだ。だが、考えろ、探せ、見つけ出せ。絶対に、可能性はゼロではない。お前はかつて、不可能を可能にした男ではないのか」

そうだ。ウインケニーは自分を鼓舞《こぶ》する。俺はモッカニアの心を読み切って操った。あの時のようにルルタを知り、心を読み切って操る。不可能ではないはずだ。

だが、そのためにはルルタのことを知らなければならない。最低でも、なぜ世界を滅ぼすのかがわからなければ、話にならない。

しばらく進んだ。砂漠の向こうに何かが見えた。遠すぎて確認はできないが、あの少年の言っていた劇場とやらかもしれない。

そして、劇場とウインケニーたちをつなぐ間に、二つの人影がある。それを見た瞬間、二人は同時に立ち止まった。

時間は少しさかのぼる。ウインケニーやシャーロットとは別に、また一人の男が、砂の中から現れる。ウインケニーと同じように、男はしばらく空の向こうに映る光景を眺めていた。空のスクリーンには、ユキゾナの敗北が、武装司書の壊滅《かいめつ》が、マットアラストの命乞《いのちご》いが映し出されている。

「……ふ、」

それを見ながら、男は笑い出した。始めはひそやかに、次第《しだい》に高く、最後には天を仰《あお》いで哄笑《こうしょう》した。

完全勝利の笑いだった。長年、それこそ五十年も願い続けた夢の到達。自らの行く手を阻んでいた者たちが、一人残らず倒れたときの笑いだった。

男の名を、カチュア＝ビーインハスという。薄い緑色の髪を持つ、小柄で痩《や》せ衰《おとろ》えた老人である。

先代の楽園管理者であり、神溺教団の総力を挙げてのクーデターを企《くわだ》てた男である。彼もまたラスコール＝オセロの手で、ルルタの仮想臓腑に来ていたのだ。カチュアは言った。

「素晴らしいですぞ、ルルタ。非の打ち所が一っとしてない。私の思うまま、私の願うままだ」

両手を挙げて、カチュアは映し出される光景を賞賛する。

「エンリケに殺され、ノロティに夢を打ち砕《くだ》かれた。だが、私はそれでも負けてはいない。私の魂は天国の中に生きていた。そして、私は今、ついに勝利に達したのだ」

空を見上げながらカチュアは語る。その目は空から離れない。疎《うと》ましい武装司書たちが消えていく様《さま》を、一秒たりとも見逃さないように。

「子供の頃読んだ童話を思い出すな。幸いを呼ぶ妖精《ようせい》を探し、山に登り、河を下り、探し歩いた。しかし妖精は主人公の家の中にいたと。よくできた話だ。本当の幸いは、近すぎて見えないところにある」

誰に話しかけているのか、カチュアは一人で喋《しゃべ》り続ける。

「神溺教団など要《い》らなかった。あれは無駄な回り道に過ぎなかった。死んで、天国に行き、ルルタに出会う。それが勝利への道だったのだ」

カチュアは両手を下ろす。

「だが、一つだけあえて言わせてもらうなら、砂の中の『本』どもを目覚めさせたのは余計だった。このように」

後ろを振り向く。背後に一人の女がいることに、カチュアはしばらく前から気づいていた。

「わずらわしい者たちが、あなたを止めにやってくる」

カチュアは、後ろに立つ女に向き直り、にこやかに話しかける。

「君を天国に行かせた覚えはないがな。まあ、ラスコールの気まぐれだろう」

その女は、目を見開き、顔を引きつらせている。そして、迷いながら口を開いた。

「その、確認のために訊くんだが……お前は、楽園管理者だな。あたしやシガルを神溺教団に引き込んだ、あいつだな」

「その通りだが、何か」

そこに立っている女のことを、カチュアは知っている。

アルメ＝ノートン。短い赤毛の髪に、赤い肌《はだ》。そして手には赤錆《あかさび》の浮いた大剣《たいけん》。かつてシガルに仕えたが、彼の死とともに神溺教団を離脱した。そして復讐《ふくしゅう》のためにラスコール＝オセロを追っていたが、ミレポックとマットアラストに敗れた。

直情的で短絡《たんらく》的。深い思索や理想の追及など何の縁《えん》もない女だ。

「……………そ、して、お前がこの事態を引き起こした、そういうことなのか？」

「君にもわかるように言ったつもりだが。信じられないな、まだ言葉が足りなかったか」

アルメの、赤い頬《ほお》が青ざめていく。

「信じられないのは、こっちだ。てめえ、何考えてる、頭が、どうかしてるのか？」

「君に理解できるように語るのは骨が折れそうだ。この老体には酷《こく》だな」

カチュアは笑う。

「何を考えてるんだ、お前は。本当に、世界を滅ぼすつもりかよ」

「その通りだ」

「イカれてんのか、この糞《くそ》ジジイ！」

アルメが、突撃を仕掛けた。それと同時に、カチュアは自身の魔法権利を発動し、剣を抜いた。武装司書時代に使っていた愛用の剣だ。

アルメの突撃を、カチュアは余裕を持ってかわした。彼は、自分の存在を隠蔽《いんぺい》し幻覚《げんかく》を見せる魔法を使う。右に避《よ》ける幻覚を見せて、実際は後ろに下がっただけだ。アルメは正直に、右の幻覚のほうを斬《き》った。

「ゴミ掃除か。つまらない仕事だが、まあ仕方ないだろう」

カチュアが剣を構える。その時、砂漠の向こうから一人の男と、水溜まりのようなものが近づいてくることに気がついた。あっという間にアルメのそばにたどり着く。

シャーロットと、石油に姿を変えたウインケニーだ。やはり、ウインケニーは来たかとカチュアは思う。神溺教団には珍《めずら》しい、骨のある人物だった。シャーロットは何故《なぜ》ここにいるのだろう。またラスコールの気まぐれか。

「アルメ！　状況を説明しろ！」

ウインケニーが、人間の姿に戻りながら訊く。アルメは、幻覚のほうのカチュアを指差して叫ぶ。

「こいつを倒せ、こいつが、原因だ！　ルルタを動かしているのはこいつだ！」

「…………楽園管理者…………」

シャーロットが、恐怖と困惑《こんわく》の表情を浮かべる。

「あなたが、世界を？　どうして？　理想の世界を作るのではないのですか⁉」

皆が同じことを訊くものだなと、カチュアは苦笑した。説明してやる気はない。

「くっちゃべってる場合じゃねえ！　頭がイカれてるに決まってる！　とにかくこいつを、倒すしかねえんだ！」

アルメが叫ぶ。シャーロットとウインケニーは、戸惑《とまど》いながらも戦いに突入する。だがカチュアは、掃除するゴミが、三つに増えたなと思っただけだ。

ふと、カチュアは過去を思い出した。

カチュア＝ビーインハスは、グインベクス帝国の貴族の家系に連なる、地主の家に生まれた。特に不自由があった記憶はなく、家庭環境に問題があったとも思えない。自分がなぜ、こんな奇怪《きかい》な人格になったのか、カチュア自身全く理解できない。

生まれながらの理由のない悪意。そうとしか呼びようがないものを抱えて、カチュアは生を受けた。

彼は生まれつき、全てを憎《にく》んでいた。家族を、友を、自分の国を、他の国々を、現代管理庁を、バントーラ図書館を、自分自身を。目に映るものも映らないものも、あらゆるものを憎んでいた。

なぜ、こうも愚鈍《ぐどん》なのだろう。愚劣《ぐれつ》で不合理なのだろう。未完成で不完全なのだろう。

そう思う自分を変えようとは思わなかった。カチュアは憎むからカチュアなのである。確かなものは憎しみのみであり、変えるべきは憎しみ以外の全てだ。

彼は世界を変えようと決意する。彼は、正常な人間の仮面をかぶりながら、世界を変革する手段を考え始めた。自分が憎まずにいられる世界とはどういうものか。

長い思索の後《のち》、カチュアはたどり着いた。

世界全ての人が、完全な存在と一体になっている世界だ。世界の誰も、自らの意思を持たず、自らの価値基準を持たない。人生の目標は、完全な存在への奉仕《ほうし》であり、それ以外に何もない。

完全な存在のみを信じ、完全な存在のみを求め、他の何もかもを捨て去った、そんな人間が暮らす世界だ。

つまり、カチュアは神を求めたのだ。神への信仰に満ちた世界を欲したのだ。

しかし、決定的な問題があった。この世には、神はいないのだ。

かつてはいたという。いや、現在もいるにはいる。世界を統括《とうかつ》する三人の世界管理者だ。その中で未来管理者オルントーラは、最もカチュアの望む神に近い。だが彼は楽園時代の終わりに、この世を去っている。神話の中に伝わるのみの存在となっている。

現代管理者トーイトーラは、物理法則そのものというべき存在で、神とは違う。過去管理者バントーラは、地中深くに隠遁《いんとん》し、決してこの世に干渉《かんしょう》しては来ない。

彼は、苦悶《くもん》する。神を信じたくても神がいない。

ならば、造《つく》ればいい。どうやって造るかは、見当もつかないが。

カチュアは、武装司書への道を進んだ。バントーラ図書館は、今も昔も常《つね》に最強の武力を持つ組織だからだ。世界を変えるためには、武力は間違いなく必要になる。世界変革のアイデアが浮かぶ日に備え、館長代行の地位に上っておかなければならないと判断した。

権力を握るために武装司書の道を選ぶ人は、実は非常に少ない。館長代行を目指す者は、権力を握ることよりも戦闘力を高めるほうに興味がある者ばかりだ。

また、強力な魔法権利を持つ者は、権力欲や金銭欲が薄くなる傾向がある。強大な権力を保持する館長代行の座が、汚職や権力争いとは無縁《むえん》なのは、ここに理由がある。

その中でカチュアは、極《きわ》めて例外的な存在であった。

カチュアは優秀な武装司書であった。生まれつき保持していた能力は、戦闘に極めて有益だった。酒にも遊びにも目をくれず、生真面目《きまじめ》に魔術審議を繰り返す姿は武装司書の鑑《かがみ》と讃《たた》えられた。

怜悧《れいり》な頭脳は、次代のバントーラ図書館が最も求めている才能と喜ばれた。

仮面の奥に潜《ひそ》む狂気には誰にも気づかれないまま、カチュアは着々とバントーラ図書館を完全に支配する策略を進めていた。

そんな折、カチュアの人生を、ひいては後《のち》の世界の命運を変える事件が起こる。

その日カチュアは、事務室でデスクワークに励《はげ》んでいた。仕事の内容は、武装司書たちの勤務評価と人物評定だ。毎年一度の年俸交渉《ねんぽうこうしょう》と、これからの人事管理のための基礎資料を作成していた。本来は館長代行と、事務機関の考査部が行う仕事だが、彼はそれを一手に任されるほどの信頼を得ていた。

品のいいココア色のスーツ姿に地味なループタイ、それに鼻に乗せた小さなめがね。特殊な髪の色を除けば、武装司書らしからぬ出《い》で立《た》ちであった。

その時、彼は二十三歳。すでに第二封印迷宮を突破し、一級武装司書の資格を得ている。館長代行から、ルルタの存在と神溺教団の秘密も聞かされていた。しかし彼はこの時点では、ルルタにさしたる興味を抱いていなかった。金と人手と手間《てま》をかけさせる、厄介《やっかい》な危険物程度の認識だった。

羽ペンを走らせていたカチュアは、不可解な思考共有に突然邪魔された。

（カチュア、館長代行執務室へ行け）

誰が何の用で言っているのか。カチュアは立腹して無視した。

（カチュア？）

送り主は無視されたことに戸惑ったようだ。次の瞬間、うぞ、と背筋《せすじ》から尻《しり》の穴にかけて、おぞましい何かが駆け抜けた。それが何か、カチュアにも理解できない。殺気なのか、あるいは何か不快感を与える能力を行使したのか。後にも先にも同じ現象がない以上、言葉での説明は不可能だ。

（カチュア、館長代行執務室へ行け）

送り主を理解した。まさか、彼から呼びかけられるとは思っていなかった。間違いない、ルルタ＝クーザンクーナだ。

めがねを置き、剣を取って廊下を走った、間違いなくただならぬ事態だ。館長代行執務室に駆け込んだ次の瞬間、驚きで腰が抜けそうになった。

「………カチュア、よく来てくれたなあ。俺《おり》ゃあ、一人で心細かったんだぜえ」

執務室の中には、彼の友人でありライバルでもある男がいた。名前を、マキア＝デキシアート。後に館長代行に就任する人物だ。

カチュアと同じくスーツ姿だが、趣味の方向性は全く逆だ。黒い光沢のあるスーツに、ヘチマ襟《えり》のシャツ。どちらも最上級のオーダー品だ。髪はきっちりと整えて、右側に流している。左の目に、スペードの形をした眼帯をつけている。その色気のある出《い》で立《た》ちは、貴族の娘でもかどわかしているのが似つかわしい。武装司書らしいのは、腰の細剣《さいけん》ぐらいだろう。

戦闘力は若干《じゃっかん》カチュアが上だろう。頭脳の切れ味もカチュアが勝っている。しかし、飄々《ひょうひょう》として物に動じない態度と、要所要所で見せる不可解な勘《かん》のよさがある。カチュアにも、内面を図《はか》りきれない不思議な男だ。

「見りゃあわかると思うけど、大変なことになっちまったなあ」

彼の唇《くちびる》が震えている。顔が真《ま》っ青《さお》だった。そしてそれはカチュアも同じだ。バントーラ図書館館長代行の右腕左腕と呼ばれている男たちの表情ではない。

この部屋には、館長代行がいるはずだった。いや、いるにはいる。確かに代行はいる。

首は、窓際にあった。マキアの足元だ。

二つの足首は扉側の壁際にあった。こちらは、カチュアの足元だ。

胴体は部屋の真ん中に、手は両側の壁の近くにあった。胴体と足を結ぶ直線状に、太ももの部分が。手と胴体の間に、二の腕の部分があった。

ちぎられた。文字通り、引きちぎられたのだ。

カチュアは、自分の胸元を掴《つか》み、ぜいぜいと息を吐いた。館長代行は、カチュアと段違いの戦闘力を持っていた。後のイレイアやハミュッツと比べても互角《ごかく》、あるいは上回っていたかもしれない。あの代行の死体が、目の前にある。あの代行を無造作《むぞうさ》に殺した者がいる。恐怖を感じずにはいられない。

ルルタの強さは、わかっていたつもりだった。しかし、頭で知っていただけだった。肌で、我が目で、見知った強さではなかったのだ。

「落ち着いたかよう、カチュア」

間延《まの》びしたような、妙な口調でマキアは言った。いつもどおりの、ふざけた口調だ。今は多少無理をしているようだが。それでも、彼のほうがまだ平静を保てている。

「ああ、なんとか」

胸を押さえながらカチュアが応《こた》える。

「とりあえず、周りの部屋には何も起こってないぜ。殺されてるのは、二人だけだなあ。他の連中には近づかないように言っておいた」

二人と言われて、カチュアは慌《あわ》てて周囲を見渡す。気づかなかったが、観葉植物にもたれかかるようにして倒れている人物がいる。四十歳ほどの中年女性だ。面識はない。

「………お前は会ってなかったな。当代の楽園管理者だ」

マキアが説明を加えてくれる。見ると、腕に大量の針傷がある。何かを注射された痕《あと》だ。もしかしたらまだ生きているのかもしれないが、助かるまい。

とにかく、尋常《じんじょう》な事態ではない。理解が追いつかず、カチュアは呆然《ぼうぜん》と立ち尽くす。

「ところで、館長。状況はわかりましたけどねえ。このあとどうすればよろしいんで？」

マキアが言った。カチュアは驚いた。だが、たしかにこの先にするべきことはルルタにしかわからないだろう。マキアも冷静には見えないが、異常なまでの大胆さと判断力は失っていない。

（……カチュア、マキア、少し、落ち着くといい。僕は君たちに危害を加える意思はない）

ルルタの思考共有が頭の中に響いた。その口調は、妙に優しい。攻撃するつもりがないのは本当のようだ。

（君たちの意見を僕は求めている。君たちは、これが幸福だと思うか？）

窓から、二本の注射器が現れた。中には赤紫の毒々しい液体が入っている。ゆっくりと空中を飛んでくる。ルルタと注射器という、何やら異様な組み合わせに体がこわばる。

二本の注射器。部屋の中には二人。何をしようとしているかは明白だ。動こうとしたが、体が動かない。拘束《こうそく》されているのか、恐怖で動けないのかすらわからない。

「思わない！」

注射器の中の液体を見たカチュアが、反射的に叫んだ。注射器の一本が止まった。

「おいおい、なんだいこりゃあ」

青ざめながらマキアが言う。

「マキア、ロイズ薬だ」

カチュアがマキアに言う。

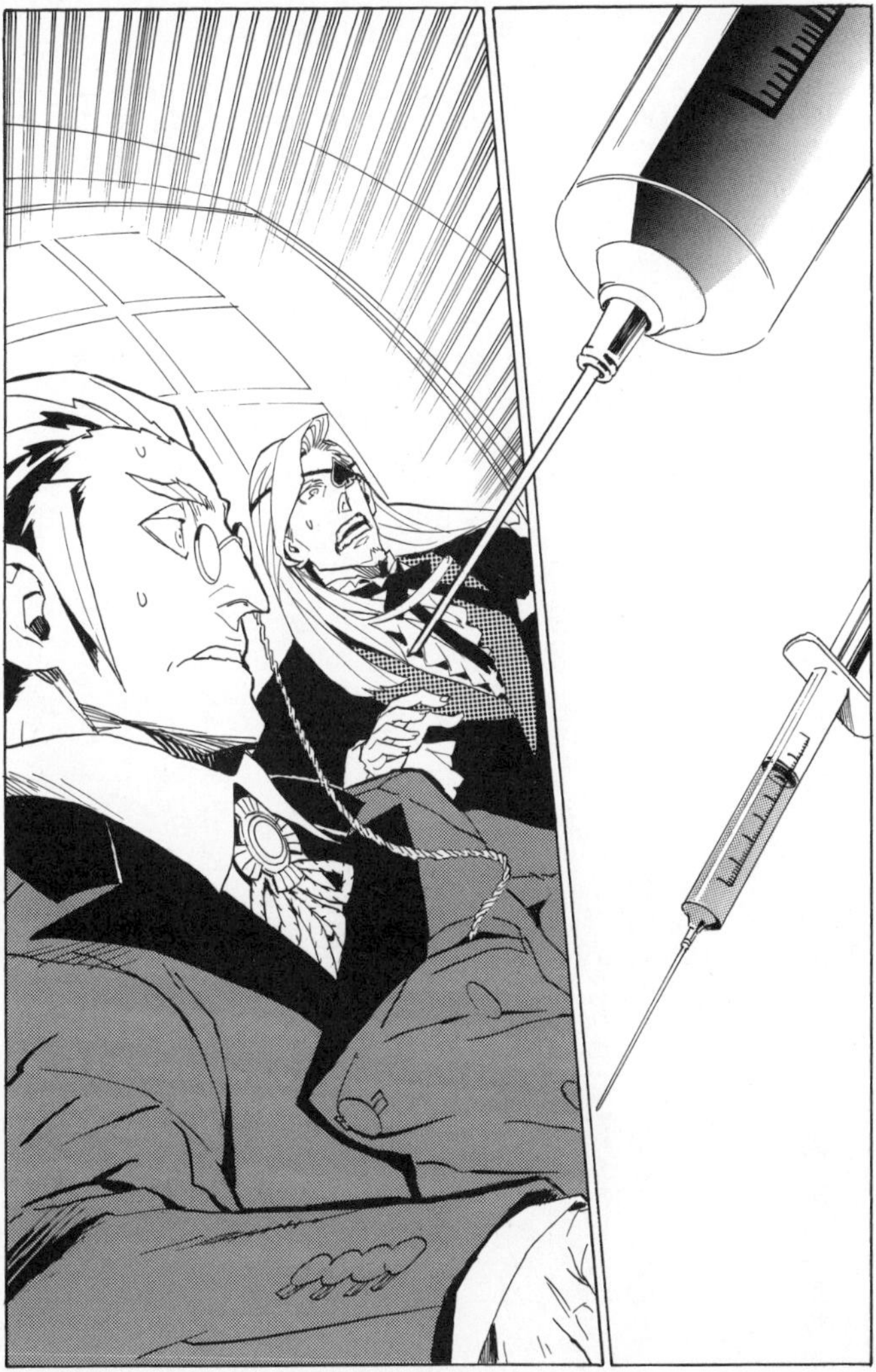

「な、なんだいそりゃあ」

マキアが慌てふためく。

「強力な麻薬だ。数年前、科学庁の研究者が、ロイズという花から開発したものだ。短時間ながら高揚感、幸福感を得られるが、恐ろしい副作用を伴《ともな》う」

マキアが叫ぶ。

「な、なんだいそりゃ、お、思わない。俺も思わない！」

刺される寸前だった注射器が止まる。二つの注射器は同時に破裂し、中の液体が甘ったるい匂《にお》いを放った。

(よかった。君たちも僕と同一意見だ)

ルルタは、本当に安心しているようだった。

(君たち二人は、すでに先代の代行から僕に関する説明を受けていると思う。僕が、完全な、欠けるところのない幸福を求めていることも。

状況を説明しよう。先代の代行と、楽園管理者は人にロイズ薬を与え、僕に幸福な人間の『本』として捧《ささ》げていた。何か思惑《おもわく》があってのことかと静観していたが、どうやらこれで職務を全《まっと》うしていると考えていたようだ。

君たちは、彼らの考えが正しいと思うか？)

「………」

カチュアは沈黙する。ルルタの存在を聞かされたのは一年ほど前のことだ。館長代行は幸福の『本』を与えている限り、ルルタは無害だと語っていた。その時、一抹《いちまつ》の不安を覚えたのだが、杞憂《きゆう》は現実になってしまった。

「職務怠慢《たいまん》は否《いな》めません」

カチュアは、ためらわずに言った。

(そうか。マキア、君はどう思う?)

マキアは、しばらく黙っていた。そして、腹の中から搾り出すように言った。

「……確かに、職務は果たしていませんでしたがねえ」

(君もそう思うなら、この件の責任をとるのは、彼らだけで十分と判断する。今後は君たちがバントーラ図書館と、神溺教団を運営しろ。僕から伝えるべきことはこれだけだ。今後の君たちの働きに期待している)

「勝手に話を終わらせないでくれませんか。この人を殺したことに、何か一言、あってもいいんじゃないでしょうか」

「おい、やめろマキア」

慌ててカチュアが止めに入る。彼との友情は見せかけのものだが、彼には利用価値がある。死なせるわけにはいかない。

(マキア。君の怒りは有益なものではない。君は有用な武装司書であり、君を失うことは僕にとっても損失《そんしつ》になる)

従わないなら殺す。ルルタが言っているのは、単純にそれだけだ。

「何を言ってるんでしょうかね。俺が言っているのは、この人を殺したことについてですが」

「やめろマキア！　死ぬ気か!?」

（人間は全て僕の所有物であり、殺すも殺さぬも僕の自由。彼は過《あやま》ちを犯し、人間は死なない限り愚行《ぐこう》を反省はしない。弁明はこれで十分だと思うが）

マキアはしばらく黙ったあと、笑い出した。

「その通りでした、いやあ、忘れていましたよ、失敬しました館長。大変に、失敬しました」

声は笑っているが、その奥には怒りがある。

（……………マキア、君の判断に満足した。有用な武装司書を殺さずに済んだのは、大変に喜ばしいことだ。今後の君たちの働きにも期待する）

「そりゃどーも」

マキアが気のない様子で言う。

（マキア。僕は、何も間違ったことを要求してはいないはずだ。僕が願うのは二つだけ。より多くの人々が幸福であること。そして、その幸福が僕に捧げられることだけだ。人々が幸福なことは良いことだし、僕に幸福が捧げられることも良いことだ。

それを実現させるのは、僕にとっても君たちにとっても最上のこと。それを理解しておくべきだろう。どちらが館長代行になり、楽園管理者になるかは君たちの判断に任せる）

それで話は終わった。

ルルタの気配が消えると同時に、マキアは机を殴りつけた。そして、静かに泣き出した。正常な人間の仮面をかぶっているカチュアは、彼を慰《なぐさ》める。

「仕方ないんだ、マキア。私たちにはどうしようもないことなんだ」

その言葉とは裏腹《うらはら》に、腹の奥でカチュアは、まったく別のことを考えていた。

彼は、感激していたのだ。

なんと、素晴らしい力なのだと。自分をこれほど恐怖させ、マキアにも先代の代行にも手も足も出させない。

絶対的な権力は、絶対的な戦闘力に支えられなければならない。そして、絶対的な戦闘力が、今まさにここにあるのだ。ルルタを神に仕立て上げる。カチュアは目標を見つけた。必要なものはそばにあった。ルルタ＝クーザンクーナを、カチュアは必要としていたのだ。


そして彼は、行動を開始した。マキアと話し合い、楽園管理者に就任した。武装司書を利用するのはやめた。世界を一新するためには、既存《きぞん》の権力組織は邪魔になるだけだからだ。ルルタによる世界統一の構想を練り上げるまでに、十年かかった。神溺教団の組織を拡大するのに、二十年かかった。武力を集めるのに、さらに二十年かかった。

国家を支配するのはわけないことだった。簡単に各国の中枢《ちゆうすう》にスパイを送り込めた。あとは、武装司書を滅ぼすのみ。そのために十分な武力はすでに保持していた。

そして、神溺教団と武装司書は、世界全土を巻き込む死闘を繰り広げた。

歴代最強とも謳《うた》われたハミュッツたちを相手取り、最善を尽くしたと言えるだろう。ハミュッツを幾度《いくど》となく危機に陥《おちい》らせ、命を奪う寸前まで追いつめたこともある。

シガルを支援し、怪物ザトウを育てあげ、モッカニアを操って戦わせ、育てた戦士たちや人間爆弾を惜《お》しげもなく投入した。そして最後の一手、アーキットの蒼淵呪病《そうえんじゆびよう》の発動にこぎつけた。しかしそれでもなお、カチュアは敗れた。

戦いの中心となったハミュッツ＝メセタ。ハミュッツの危機を救ったコリオ＝トニス。スパイ狩りのスペシャリストであるミンス＝チェザイン。それに蒼淵呪病の大乱を打ち砕いたノロティ＝マルチェとエンリケ＝ビスハイル。この五人が一人でも欠けていたら、勝利していた確信がある。策や戦力で劣っていたとは思わない。ただ、運だけが悪かったのだ。

ルルタの仮想臓腑の中で、空に映し出される平和な世界を眺めながら、カチュアはついに、世界の変革を諦めた。


仮想臓腑の砂漠の中を、カチュアは一人歩く。このまま砂の中に消える前に、一度ルルタに会いたかった。

カチュアは、ルルタが何を考えているのかを知りたかった。絶対的な戦闘力を知るのみで、彼がどんな存在なのかは知らなかった。なぜ、自分を支援してくれなかったのだろうか。過去の神溺教団よりも、自分が作る世界のほうが優《すぐ》れているはずなのに。

最後の疑問の答えを聞き、それに満足して消えよう。そう思っていた。

カチュアは、仮想臓腑の中心、劇場のような建物にたどり着いた。

仮想臓腑の中心にある劇場は、思いのほか小さかった。小さな村の広場に収まりそうな大きさだ。全体が白い石でできている。おそらくは、周囲にある砂を固めて作ったのだろう。円形の壁の中に、無造作に置かれた石の長椅子《いす》。収容人数は七、八十人というところだろうか。小さく威厳《いげん》のない、さりとて、清浄さも瀟洒《しようしや》さも持ち合わせてはいない、ただのつまらない劇場で、まるで誰かが置き忘れていったかのような印象を与えた。

世界の所有者にして、神の力をも超えた男の居城にふさわしい建物ではない。

しかし、そこにルルタはいた。

「……………」

カチュアは彼に話しかけるのをためらった。舞台の中央に座り、眠っているように見えたからだ。近づいても、ルルタに反応はない。本当に眠っているのだろうか。

ルルタは眠っている時期がある。いや、おそらく一年のほとんどを眠って過ごしているらしいと、誰かが言っていた。マキアだったろうか、フォトナだったろうか。思い出せない。

もしかしたらルルタは、カチュア率《ひき》いる神溺教団が戦っていた間、ずっと眠り続けていたのかもしれない。だとしたら、笑い話にもならない。

ルルタはまるで無防備に見えた。目を覚ます様子もない。カチュアはそのまま、劇場の中を歩き、辺りを見回す。

ふとカチュアは、舞台の奥に、奇妙なものがあることに気がついた。

「……なぜ、こんなものがここに？」

砂漠の中心に劇場があることも奇妙だが、劇場の奥に「これ」があることも奇妙だ。

いや、もしかしたら、「これ」のために劇場を造ったのかもしれない。だとしたら「これ」は、ルルタにとって重大なものということになる。

広大な砂漠の中に、ぽつんと劇場がひとつ。劇場の中には、ぽつんと「これ」がひとつ。「これ」が、重要でないはずがない。

彼は近づき、それに触れた。


「カチュア=ビーインハスか」

ルルタが目を覚ました。カチュアはすでに、「それ」から手を離していた。

「……あれに、触れたのか」

「はい、触れました。そして、あなた様が本当に求めているものを知りました。端的《たんてき》に申し上げます、ルルタ=クーザンクーナ。あなたは、世界を滅ぼすべきです」

「……」

ルルタは、じっと黙っていた。

「あなた様が本当に求めているものは、世界を滅ぼさなければ手に入らない。武装司書も、神溺教団も、この世界全てが、本当はあなた様にとって無意味なのです」

「……」

「決断してください。あなた様ご自身のために」

ルルタはしばらく黙っていたあと、

「消えろ」

と一言だけ言って、指を動かした。カチュアの体は、とてつもなく大きな力で外へ吹き飛ばされ、砂へ叩《たた》きつけられた。そして、カチュアは砂の中に埋められた。


それが一年前のことだ。一年の迷いの時間のあと、ついにルルタは決断してくれた。カチュアの願い通りに、世界を滅ぼしてくれた。

心の底から、カチュアは喜んでいた。ついに自分は、目的を成し遂《と》げることができた。この、不完全な世界を滅ぼすことができた、と。

すでに、チェスでいう詰《つ》みの段階を過ぎている。王の駒《こま》は盤上から消えているに等しい。邪魔者を消す手間《てま》すら本当は要らないのだ。

カチュアは、仮想臓腑に残った、僅《わず》か三人の抵抗勢力と、最後の戦いを続けていた。

ウインケニーは焦《あせ》っていた。こんなところで手間取っているわけにはいかないのだ。カチュアを倒したところで、すでに動き出しているルルタが止まるとは限らない。カチュアを倒したあと、さらにルルタを止める手段を探さなければならないのに。

「アルメ！　後ろだ！」

ウインケニーが叫ぶ。アルメは振り返り、背後を攻撃する。狙《ねら》いは間違っていなかった。しかし、速さが足りない。アルメの大剣は空《くう》を切り、カチュアの片手剣《かたてけん》はアルメの肩から胸にかけてを切り裂いた。

「おのれ、楽園管理者！」

シャーロットが、魔法権利を発動し、カチュアのいる空間をねじり上げる。だが、すでに移動していたのか、攻撃は空を切る。

ウインケニーは、カチュアの逃走経路を予想して、攻撃を仕掛ける。石油の姿のまま飛び上がり、覆《おお》いかぶさって肺に潜り込もうとする。それも失敗だった。

老いたとはいえ、まがりなりにも元一級武装司書だ。戦闘力には大きな差がある。アルメは戦士としては一流に程遠い。シャーロットは大魔術師でも戦いの経験がない。ウインケニーは論外だ。

「無駄だ、愚《おろ》かな抵抗者たちよ。君たちも早く、消え失《う》せてしまいなさい」

カチュアが笑いながら言う。その幻覚を見せる能力で、本当はどこにいるのか全くわからない。

三人は傷ついている。カチュアの片手剣に切られた傷口からは、血ではなく、砂があふれ出していた。

「なんなんだ、この砂は……」

ウインケニーが呟く。彼は左手を切り落とされている。傷口からは、砂がこぼれ落ちてゆく。砂がこぼれるのを止めようとしているが、その隙《すき》にまたカチュアの攻撃をくらってしまう。

やがて、ウインケニーはこの世界のからくりに気がつく。仮想臓腑の中にいる人間は本来すでに死んでいる。肉体のない、魂だけの存在だ。攻撃を受けても血は流れない。肉体はなく、血もないのだから。その代わり、攻撃されるたびに自我を削《けず》り取られていく。体から砂が流れ落ちるたびに、ウインケニーがウインケニーであるという、認識が薄れてゆく。

「ウインケニー！　てめえ、弱《よえ》えんだからすっこんでろ！」

アルメが叫んで、突撃する。しかしカチュアの幻覚を見切れず、無駄な攻撃を繰り返す。

「なぜですか、カチュア！　理想の世界を作るのではなかったのですか⁉」

シャーロットが空間魔法で辺り一帯の空間を歪《ゆが》める。しかし、ウインケニーの目から見ても、彼の攻撃は鈍重《どんじゅう》すぎる。

「なぜだ……」

ウインケニーには何もできない。なぜ、俺たちは無力なのだ。なぜ、こんなに無力な自分たちが、世界を守る最後の砦《とりで》になっているのだ。俺たちに、世界など救えない。なのになぜ、俺たちが最後まで残っている。

戦っても無駄だというのなら、いっそ殺してくれ。そのほうがよほど悔《く》いが残らない！

カチュアはひらりひらりと攻撃をかわし、嬲《なぶ》り殺すように剣を繰り出す。ウインケニーたちは、絶望的な戦いを続けざるを得なかった。

そのとき、ハミュッツとバントーラ図書館を貫く針の上に立っていたルルタが、ふと何かに気がついた。

「仮想臓腑で、何事か起きているな。僕を止めに来た者たちが戦ってるのか」

ルルタが目を閉じた。

「行くか」

足の親指で針の上に乗ったまま、ルルタは片足だけでしゃがみ込んだ。

ルルタは目を閉じた。眠っているような、意識を失っているような様子になった。彼は魂を仮想臓腑に沈めてゆく。そして、ウインケニーたちのいる砂漠の中に姿を現す。ルルタは外の世界から、自分の体内にあるもう一つの世界にやってきた。


長い戦いの中で、シャーロットがついに力尽きた。

「オ、リビア…、君、だけは」

その最後の言葉もむなしく、彼の太った体は、うず高い砂の山に変わる。

そしてアルメも敗れた。両脚を切り飛ばされて倒れ、全身が砂に変わってゆく。

「くそったれが、こんなもんかよ、ミレポ！　武装司書！　てめえらはこんなもんかよ！」

「こんなものなのだよ、アルメ」

倒れたアルメに、とどめの一撃が放たれた。彼女の体も砂になって消える。

ついに、ウインケニーだけが残された。もはや、為す術はない。その瞬間、声が響いた。

「やはり、君か。カチュア」

声が響くのと同時に、周囲で巨大な爆発音が轟《とどろ》いた。雷撃《らいげき》だった。誰の攻撃かと考える暇もなく、ウインケニーは自分の死を確信した。石油の体が雷《いかずち》に耐えられるわけがない。

しかし、ウインケニーは生きていた。石油から人間の姿に戻った。周囲には火花が散るばかりで、見渡しても誰もいなかった。カチュアもまた、砂になって消えてしまったのだ。

「……ルルタ？」

ウインケニーは、頭上を見上げる。空の彼方《かなた》から、降りてくる人影がある。それは、ウインケニーからやや離れた砂の上に降り立った。しばしウインケニーは状況がつかめず、立ち尽くしていた。

「相変わらず、わずらわしい男だ」

空から降りてきたルルタは、静かな、しかし遠くまではっきりと聞こえる声で言った。そして、ようやくルルタがカチュアを倒し、自分を助けたことに気がついた。

ルルタは、ちらりとウインケニーを見て、それから背中を向け、劇場へと歩いていく。

ウインケニーも、その後ろを追いかけた。

砂漠を越えて、ウインケニーは小さな劇場に足を踏み入れる。ルルタは確かにこの中に入っていったはずだ。

中に入っても、拒絶の声も、攻撃も来ない。ウインケニーは客席の後方部に立った。

ルルタがいた。舞台に軽く腰をかけて、ウインケニーを見ていた。

何をどうすればいいのかわからず、呆然とするウインケニーに、ルルタは言った。

「ウインケニー＝ビゼだったかな。もし違っていたらすまない」

思いのほか落ち着いた声だった。そして、思いのほか普通に言葉をかけられた。

「……相違ありません。神溺教団擬人《ぎじん》、ウインケニー＝ビゼ、推参《すいさん》いたしました」

直立したまま、ウインケニーは言った。敬語を使う必要があるのかないのか、よくわからないが、とりあえず敬意を払うことにした。

「僕に、用があって来たんだろう。座るといい」

言われるままに、ウインケニーは客席にある石の椅子に腰を下ろした。

妙な雰囲気《ふんいき》だと思った。この会話は、あまりに普通過ぎる。今まさに世界を滅ぼそうとしている男が、単なるつまらない人間に過ぎないウインケニーに、座ることを勧《すす》めている。異常な状況と、常識的な対応が重ならない。

「僕を、止めに来たのだな」

「その通りです。……ルルタ、カチュアを倒したのは、私を助けるためですか」

何から話せばいいのかよくわからない。とりあえず、最初に浮かんだ疑問を口にした。

「僕のところに客が訪れようとしている。だが、朽《く》ちた老木が道をふさいでいた。邪魔だったから、取り除いた。それだけだ」

「……ありがとう、ございます」

「呼んだのは僕だ。気にしなくてもいい」

　何だろう、この会話は。

「あの男……カチュアの言っていることを途中から聞いていた。彼は、僕を操っていると思っていたようだな。馬鹿《ばか》な男だ」

「え？」

「カチュアは原因ではない。きっかけですらない。あの男がいようがいまいが、僕はこうしていた。カチュアが、この世界滅亡の原因だと思っているなら、考えを改めたほうがいい」

「……」

「たまたま、あの男が望む方向に事態が動いただけだ。あの男の成果は、何一つない」

　それはどういうことだろう。世界を滅ぼすのはルルタ自身の判断ということか。

「わずらわしい男だったな。彼のしたことで、僕のためになったことは一つもなかった。彼が造りあげようとしていた新しい神溺教団も、つまらないものだ。ただ圧政を強《し》いて、人々を苦しめるだけに終わっていただろう。こう言われるのが不快だったら謝るが」

「かまいません、私にもう、カチュアを慕《した》う気持ちはありません」

「……そうか。だが、君の『本』は僕にとっては悪いものではなかったよ。そう、あのアルメの『本』もだ。君たちは、世の中に利益をもたらさないだろうが、知恵を絞《しぼ》り、命を懸け、死力を尽くして事を成す姿は、美しいと僕には思えた。こういう雑談は、嫌いか？」

「……い、いえ」

「どうもさっきから、僕は饒舌《じょうぜつ》になっているな。考えてみれば、誰かと会話をすることも、もう五十年ぶりだからか」

ウインケニーには、語ることが浮かばない。感じるのは、ただ違和感だけだ。

ルルタ＝クーザンクーナ。神をも超える力を持つ、世界の所有者。そして、今まさに、世界を滅ぼそうとしている男。

ハミュッツのような、精神が根底からねじれているような人物だと、勝手に考えていた。あるいは、モッカニアのように、心のバランスが崩《くず》れてしまった男かもしれないと考えていた。そうでなければ、もはや会話すら成り立たない、常人《じょうじん》には理解不能の存在だと思っていた。だが、今話している限り、ルルタはどれでもない。

ルルタは、正常だ。精神の正常を定義することは難しいが、ルルタに異常性を感じない。しかし、その正常な人間が、今まさに、世界を滅ぼそうとしている。ウインケニーには理解できない。この男は何だ。何を考えている。なぜ世界を滅ぼす。

「さっきから僕だけがしゃべっているな。何か言ったらどうだ。僕を止めに来たんだろう」

その通りだ。しかし、何を言えばルルタを止められるのか見当もつかないのだ。

「ルルタ、なぜなのですか」

「………」

「なぜ、世界を滅ぼすのですか。私には理解できません」

ルルタは目線をそらす。

「一口では語れない」

「……あなたは、完全な、欠けることのない幸福を求めている。そう伺《うかが》っています。私たち神溺教団は、そのために尽力《じんりょく》してきました。シガルに尽くし、ガンバンゼルに尽くしてきました。それでは不十分だったのですか」

「……」

「カチュアの神溺教団が愚かなものと仰《おっしゃ》いました。私も、同意いたします。ですが、新しい楽園管理者ミンス＝チェザインがいます。あの男なら、カチュアよりずっと素晴らしい神溺教団を作れます。

　神溺教団は誠心誠意あなたに尽くしてきました！　その報《むく》いが、なぜ滅びなのですか！　私たちの何が不満なのですか！」

　ウインケニーは、自分の言葉に驚いた。自分はこれほど、神溺教団に所属意識を持っていたのか。

「……神溺教団はよく働いた。ミンス＝チェザインもいい働きをしてくれるだろう。君たちは、するべきことをしたと思う」

「ならばなぜ⁉」

　ウインケニーは立ち上がって叫んだ。

「君たちでは届かないんだ。欠けることのない完全な幸福に」

「理由として成立していません！　世界が完全な幸福を与えてくれないから世界を滅ぼすので

すか！　滅ぼしたら、なおさら完全な幸福は手に入らない！　自明のことです！」

「……すまない」

ウインケニーは驚愕《きょうがく》した。なぜ謝る。謝るぐらいなら、滅ぼすのをやめてくれ。

「だが、僕にはこうするしかないんだ」

「……」

「他に方法はないか、ずっと考え続けた。だが、こうする以外に、どうしようもないんだ」

ルルタは、しばし黙った後、右手を広げ、何かを捧げ持つように持ち上げた。すると、掌《てのひら》の中に輝く小さな砂が生まれた。

「言葉で何時間語っても何もわからないだろう。知るといい」

掌の上を光の砂が漂っている。それを、軽く息で吹き飛ばす。それが砂漠の中に広がっていく。

「僕の記憶だ。それに触れれば、僕の二千年を知ることができる」

ウインケニーは空中に散らばった砂の一粒に触れた。それには、『本』と同じように、ルルタの今までの生涯《しょうがい》がこめられていた。

時間にして、わずかに数十秒。その間に、ウインケニーは全てを理解した。ルルタが生まれたときのこと、終章の獣との戦いのこと、そして、これから世界が滅ぶ理由も。

「理解したか、ウインケニー。この世界がなぜ滅ぶのか」

ルルタは静かに言った。

「さあ、どうするんだ？　ウインケニー。僕を止めに来たのだろう」

ウインケニーは言葉を失っていた。

ルルタを止めなければならない。世界を救わなければならない。だが、ルルタにぶつける言葉の一つすら、心の中に浮かばない。

止められない。自分には、ルルタを止められない。ルルタの全てを理解した今、ルルタを否定することができない。

諦めるな、考えろ。モッカニアを操ったときのように、ルルタを操るのだ。ルルタの心を動かすのだ。

そう思っても、言葉が浮かばない。

ウインケニーの目から涙が落ちた。誰のための涙だろう。滅びゆく世界のためだろうか。世界を救えない自分への涙だろうか、それとも、ルルタのための涙だろうか。

「……駄目、だ」

嗚咽《おえつ》混じりの声でウインケニーが言う。そして、膝を落とした。

「できない、何も……ルルタ、すみません、私には止められません。これでは、どうしようもない……世界を、滅ぼす以外に……」

ルルタは、どこか悲しそうに笑った。

「……君もか」

立ち上がり、静かに移動した。ウインケニーの横に立ち、頭に手を乗せた。

「『涙なき結末の力』」

ウインケニーの体は地に落ちていく。


ウインケニーの体が、砂の上に横たわるのを見て、ルルタはまた舞台の端に腰を下ろした。

「君も、僕を止められないか」

眠るウインケニーに語りかける。

「武装司書も、神溺教団も、君も、誰も僕を止められないのか。僕は、最大限に譲歩《じょうほ》しているんだぞ。誰でもいい、僕を止めてみろと言ってるんだ」

ルルタは空を仰ぐ。

「本当に誰も、僕を止められないのか。本当に僕は、こうするしかないんだろうか」

空を見つめながら、ルルタは呟き続けた。

第二章　戦士と光の救世主

時を遡《さかのぼ》ろう。ルルタの生まれた時より、さらに過去へと。

後《のち》に、楽園時代と呼ばれる日々の話だ。その名の通り、人類が欠けることのない幸せの中で生きていた時代の話だ。


バントーラ図書館最後の日、世界の二度目の滅亡《めつぼう》の日から、二万年を遡ろう。

その時代、世界の人口はまだ少なく、大陸中央部、後の時代のメリオト公国からロナ国あたりの温暖な地域に、人々は寄り集まって住んでいた。

人々の生活は質素だ。住む家は小さな素焼きのレンガ造《づく》り。食べるものは麦粥《むぎがゆ》か、膨《ふく》らんでいないパンと少しのスープ。肉や果物は手に入ったときしか食べられない。

色のない麻《あさ》の服を着ている。宝石も黄金もなく、女性を飾るのは拾ったきれいな小石や羽飾りだけだ。娯楽《ごらく》といえば、歌い人と呼ばれる旅芸人の一団が村を訪れたときのみだ。

電気や蒸気機関を知り、繁栄を謳歌《おうか》する時代の人間が見たら、みすぼらしく思えるかもしれない。楽園時代も名ばかりかと、軽蔑《けいべつ》するかもしれない。

しかし、日々を暮らす彼らの顔を見るといい。そこに、ありえないような安楽を見るだろう。

彼らは後の時代の一般市民より遥《はる》かに恵まれている。明日の食事の心配はいらず、骨身を削《けず》る重労働も知らない。

彼らは貴族たちよりずっと平穏《へいおん》だ。財産を持たないから、失うことを恐れない。自分を誇示《こじ》することも、裕福さを見せびらかすことも必要ない。

犯罪もなく、戦争もない。嫉妬《しっと》も対立も差別もない。後の時代の人間には、理解も想像もできない、本当の平和がそこにある。平和が壊れることすら心配しないですむことが、本当の平和なのだ。

楽園時代には、人々を導く存在がいた。それは、未来管理者オルントーラと呼ばれていた。人々に、正しい未来を与える世界管理者だ。

オルントーラは目には見えない。耳を澄《す》ましても声は聞こえない。世界を巡《めぐ》って探しても、絶対に誰にも見つからない。しかし、オルントーラは間違いなくいる。

たとえば、とある家の食卓に、今年取れた一番の山葡萄《やまぶどう》が上っている。三人の子供たちにとってその美味は、何にも比較できない幸せだ。一粒一粒もいで食べていく。だが、三人の子供たちは、自分は損《そん》をしているのではないかと思うのだ。

そんな時、子供たちにオルントーラから声がかかる。人間の声ではなく、思考共有の通信でもなく、伝達を伴《ともな》わずに直接、理解にいたるような不思議な感覚だ。

（長兄は今まで六個食べています。次兄は七つ、末妹は五つ。これから、長兄は三つ、次兄は二つ、末妹は四つ食べれば平等ですが、弟と妹に譲《ゆず》るのが、兄の正しいあり方ですよ）

長兄はオルントーラの言うとおりにする。弟と妹は、少しだけたくさん美味を味わい、長兄は兄としての誇りを胸に抱く。

オルントーラが囁《ささや》くのは、ほんの小さな事柄だ。夫婦のいさかいには、歩み寄るために必要な言葉を。村同士の揉《も》め事には、互いに損をしない妥協《だきよう》点を。強き者には、謙虚《けんきよ》さを。弱い者には励《はげ》ましの言葉を。

ほんの小さな、当たり前のような事柄を、オルントーラは囁く。だが、ごくごく小さな、当たり前のことの積み重ねが、世界を楽園に変えているのだ。

後の時代と楽園時代。どちらが幸福かは比べられない。幸福は人それぞれだからだ。だが、楽園時代に生きる人間を、後の時代に放り込んだとしたら、誰もがおののき、絶望するだろう。

ここは、恐ろしい時代だ。まさに地獄そのものだと嘆《なげ》くだろう。

もう少し時代を進めよう。今から、三千年ほど前のことだ。

世界は相変わらず平和だが、注意してみればそこに、不穏《ふおん》の予兆《よちよう》を感じ取れるだろう。

多く持つ者と、少なく持つ者とに分かれている。彼らが持つのは装飾品、嗜好《しこう》品、食料や土地だ。そして、多く持つ者をねたむことを、少なく持つ者をあざけることを覚えている。男は女に猥雑《わいざつ》な目を向け、女はそれを楽しんでいる。

いつの間にか人々が、酒という娯楽を覚えている。草を煙にして吸う遊びを始めている。正常な心を乱し、健康を害するというのに。オルントーラは教えてもいないことなのに。よしなさい。そうオルントーラが囁いても、彼らは聞こうとしない。一度ぐらい、オルントーラの命令に背《そむ》いたところで、世界が楽園でなくなるわけではないのだ。

一度きりの人生だ。楽しむのが一番じゃないか。そう思い、オルントーラの正しい未来を忘れていく。


さらに時代を進めよう。二千と数百年ほど昔のことだ。

後の時代の人間には見慣れたものが、しかし、楽園時代の人間には見知らぬものがそこにある。

犯罪である。戦争である。国家である。民族である。対立であり、差別である。

いかなる詐術《さじゅつ》を用いたのか、王と名乗る者が、一人では使い切れない財産を持ち、人々の命すら握っている。貴族と呼ばれる者たちが、そのおこぼれに預かっている。

どんな気の迷いのなせる業《わざ》か、盗みを働く者がいる。盗まず、ごく当たり前に働いていれば手に入るものを、他人から奪おうとする者がいる。

自分の心の痛みを、他人にぶつけることで紛《まぎ》らわす者がいる。自分の強さを、他人を虐《しいた》げることで見せつける者がいる。

もはや、オルントーラの存在など誰もが忘れ果てている。知識としては知っていても、自分とは関係のない、遠い存在だと思っている。その声が頭に響いても、耳を貸す者はなく、いつしか声すら聞こえなくなっていた。

そんな時代が、数百年も続いたある日。

それは、起きた。


そのとき世界を支配していたメリオト王国の首都。その中央にそびえ立つ、王の座す巨塔。十一階建ての頂点が突如《とつじょ》、まばゆく輝いた。人々は最初、それが王の力だと思った。しかし、当の頂点から落ちてきたものを見て、恐怖の叫びを上げた。王の死体と、絢爛《けんらん》な玉座《ぎょくざ》が、まるでゴミのように放り落とされたのだ。

光の中に、翼のある女たちがいた。とてつもなく精巧《せいこう》な、白金《はっきん》の像だった。この七体の天使たちの手には、それぞれ別の奇妙な道具が握られていた。蜘蛛《くも》を模《も》した細身の剣。芋虫《いもむし》を模した短剣。うずくまる妖精《ようせい》の彫像。猿《さる》の面を刻《きざ》んだ杯《さかずき》。どれもが、見知らぬ道具であった。

余談だが、これら七つの道具は後に追憶《ついおく》の戦機と呼ばれることになる。七つの追憶の戦機は全《すべ》て、このとき世界にもたらされたものだった。楽園時代の出来事は、『本』で知ることはできないため、追憶の戦機の由来《ゆらい》や創造者のことは口伝えで残された。伝承《でんしょう》には誤りが多く、また武装司書による歴史の改ざんもあったため、追憶の戦機の伝説は間違った形で伝わっていくことになる。

七つの戦機を持つ、七体の天使は、群集たちを見下ろした。その顔は美しく端正《たんせい》だが、冷酷《れいこく》な殺意がこもっていた。

そのとき、オルントーラの声が世界に住む全ての人の頭に響き渡った。歴史上、一度として誰も感じたことがない、強い声色《こわいろ》だった。

(非常に、残念です)

言葉とは裏腹《うらはら》に、声には怒りがこもっていた。

(オルントーラは正しい未来を導くために、暴力を用いることとなりました。七体の懲罰《ちょうばつ》天使は、これより、逆徒《ぎゃくと》たちを滅ぼします。そして、来《きた》るべき日、世界が楽園でなくなるとき、オルントーラは終章の獣《けもの》を遣《つか》わすでしょう)

終章の獣。その名前を聞いたとき、世界の全員が理解していた。それが、どんな姿をしていて、どれほど恐ろしく、どれほど強いかを理解していた。人間の力では、何があってもかなわないことをわかっていた。伝達を伴わず、理解を与えるオルントーラの力だった。

(まだ、この世には楽園の欠片《かけら》が残っています。それが、ついに消え失《う》せたとき、完全に世界が楽園でなくなったとき。それが、世界の終わりの日です。その日まで、せめて正しい生き方をなさい)

それだけを言って、オルントーラの声は消えた。七体の天使も、空を飛びどこかへ消え去った。

人々は、泣き出した。誰もが、泣く以外に何もできなかった。終章の獣が現れるとき、絶対に誰もが死ぬのだ。もしも太陽が落ちてくるとしたら、死なない者は誰もいないだろう。永遠に雨が降らなくなるとしたら、生き残れる者は誰もいないだろう。わかりきったことだ。

終章の獣の力は、それと同質のものだと理解していたのだ。

さめざめと、さめざめと、人々は泣き続けた。


一年後。王都の広場に、一人の男が立っていた。目深《まぶか》にフードをかぶり、全身をマントで覆《おお》っていた。彼は拳《こぶし》を振り上げ、声を嗄《か》らして演説をしていた。人々は生き残る希望を失っていたので、誰も耳を貸さなかった。男は飽《あ》きることを知らないように語り続けていた。

「世界は滅ばない！　人々が力を合わせれば、終章の獣にも勝てるのだ！」

度《ど》し難《がた》い演説も、長く続けていれば次第《しだい》に人が集まってくる。しかし人々は一様《いちよう》に、彼を哀《あわ》れむ目つきだった。彼は悲嘆《ひたん》のあまり正気を失い、妄想《もうそう》にとりつかれているのだ。

「必要なものは、十万人の戦士である！　誰もが力を尽くし、魔法権利を手に入れれば、十万人の戦士は必ず集まる！

必要なものは、天使たちの持つ七つの戦機である！　勇敢《ゆうかん》な戦士たちと、知略《ちりゃく》の策士たちが集《つど》えば、天使たちを討《う》ち果たせる！」

あまりにも確信を持って話し続ける男に、人々は多少とも興味を引かれる。しかし、続く言葉に落胆《らくたん》した。

「そして、必要なものは十万人の戦士の『本』である！」

ありえない話だった。人々の魂《たましい》は『本』になり、バントーラ図書館に収められる。そして人間は『本』に触れることはできないのだ。『本』を収めるバントーラ図書館は、広大な海と、深い深い迷宮、それに因果抹消能力《いんがまっしょう》による結界《けっかい》によって人間を阻《はば》んでいる。『本』を掘り出す司書天使には、人間の力では太刀《たち》打ちできない。人間が『本』を手に入れることなどできるわけがない。

「どうするんだ⁉『本』を手に入れるには！」

「『本』を手に入れる手段は、私にもわからない。だが、必ず手段はある！」

「なぜわかる」

「私は見たのだ！」

男は、フードを跳《は》ね上げる。そこには、白と黒と茶の斑《まだら》模様、猫色の髪の毛があった。それは伝説と誰もが思っていた、未来を予知する力の証《あかし》だった。

「私は見たのだ！　人々が、十万の戦士の『本』を集め、七つの戦機を手に入れた時、一人の英雄が現れることを！」

もう、彼を嘲笑《あざわら》う者はいなかった。

「英雄の名はルルタ！　ルルタ＝クーザンクーナ！　透明の髪の救い主ルルタ＝クーザンクーナが現れる。

彼が終章の獣と戦い、渡り合うところを私は見た！

十万の戦士の『本』と、七つの戦機を集めるのだ！　そうすれば、救い主ルルタが必ず、奇跡を起こしてくれる！」

人々が歓声《かんせい》を上げた。そして、新たな時代が始まった。人が、命の全てを懸《か》けて神とぶつかり合う時代が始まったのだ。


そして、さらに時代は進む。


「………ク」

誰かが呼んでいる。そう思い、ヒハク＝ヤンモはわずかに目を開けた。

「ヒハク、死んだか!?　死んでいないなら立て！」

誰かが呼んでいる。なんだろう、もう眠りたいのに。そう思い、またヒハク＝ヤンモは目を閉じようとする。

次の瞬間、彼は跳ね起きた。足元に槍《やり》が落ちていた。それを拾い上げて、辺《あた》りを見渡した。

周囲には、百人を超える兵士たちがいる。槍を振るう風切り音と、魔法が炸裂《さくれつ》する轟音《ごうおん》。怒《ど》号《ごう》と悲鳴と断末魔《だんまつま》。

そうだ。自分は戦っていたのだ。ルルタのために、世界のために、七つ目の戦機を手に入れるために。ヒハクは槍を握り締め、頭の痛みをこらえながら走り出した。

三十がらみの、痩《や》せた男である。背は低く、顔は細く、垂《た》れた目にも、薄い唇《くちびる》にも力強さは感じられない。しかし、そんな彼でも戦わなければならない。世界を滅びから救うために。

今から、一九二八年と数カ月の昔。後の呼称《こしよう》を使えば、人暦紀元前《じんれき》一年のことである。ヒハク＝ヤンモを含む兵隊たちがいるのは、後に、ロナ国西部マメリア地方と呼ばれる地域である。

兵隊たちが纏《まと》っているのは、青銅の鎧《よろい》と盾《たて》、その下に麻布の服。盾は小さく、鎧は頭部と胸の辺りをかろうじて覆う程度だ。薄く頼りないが、この時代にあってはこれが精一杯《せいいっぱい》の装備であった。

使っている武器は、穂先《ほさき》だけが青銅でできた槍。刃《やいば》すらついていないただの棒切れを振っている者もいる。

「隊列を崩《くず》すな！　囲め、囲むのだ！」

指揮官だけが鉄の兜《かぶと》をつけている。彼は最後方で、兵士たちに向かって叫び続けている。

「必ず、必ず討ち取るのだ！」

彼らが槍を向けている先。そこには、一体の天使の像があった。全身が輝くような白金でできた、美しい女性の像である。光に透ける薄布を纏い、背中には同じく白金の羽《は》が生えている。左手に奇妙な二つの杯を持っていた。

未来管理者オルントーラの遣わした、懲罰天使。その最後の一体である。

兵士に囲まれた女性像は、空を飛び後方に離脱しようとする。しかし宙に飛び上がった兵士たちが追撃《ついげき》する。輝く白金の体が無残に傷つく。倒れたところに集中攻撃が加えられる。

しかし、懲罰天使はなおも動き続ける。

追いつめられた懲罰天使が声にならない声を発した。

『終章魔獣《まじゅう》　一部召還《しょうかん》　獄王蛇《ごくおうへび》　槍士《そうし》　鉄嚙鼠《てつごうねずみ》　象兵《ぞうへい》』

兵士たちに緊張が走る。懲罰天使の足元に、黒い泥《どろ》が生まれる。それが恐るべき魔獣の姿をとっていく。生み出された魔獣は、次々に兵士たちに襲《おそ》いかかっていく。呼び出されたのは終章の獣のごく一部だ。数年の後には、この魔獣が地を覆い尽くすほどの数、呼び出されるという。

動揺する兵隊たちに、指揮官が叫ぶ。

「ひるむな！　叫べ、我らが救世主の名を！」

指揮官の声に兵士たちが応《こた》える。兵士たちが叫びを上げる。

「おお！」

「ルルタ＝クーザンクーナ！」

「ルルタ＝クーザンクーナ！」

「我らが救い主、人類の希望、我らがルルタ＝クーザンクーナ！」

その言葉が、兵士たちを奮起《ふんき》させる。呼び出された魔獣の攻撃を盾で受け止め、背後から槍で突く。獄王蛇の酸も、象兵の巨体も、兵士たちの恐れるところではない。

しかし、魔獣の力は強大である。兵士たちは数を減らしていく。

その兵士たちに懲罰天使はさらなる攻撃を仕掛ける。

『最終懲罰権利　行使　因果抹消能力　発動　能力名　詩結《しけつ》　施行《しこう》』

今まで動かなかった、懲罰天使の右手が動いた。ほっそりとした指が、指揮官の胸を指差す。次の瞬間、指揮官は胸を押さえ、もんどりを打って倒れた。

因果抹消能力、詩結。懲罰天使が操《あやつ》る最強の力だ。指を差した相手を、無条件で殺すことができる。

「おのれ、懲罰天使！」

指揮官を失おうとも、兵士たちの士気は下がらない。槍を振るい、叫び声を上げ続ける。

「ルルタは恐れない！」

「ルルタはひるまない！」

「ルルタは敗《やぶ》れない！」

「我ら皆、ルルタのように！　我ら皆、ルルタのように！」

まるで言葉自体に魔力がこもっているように、兵士たちはルルタの名を叫び続ける。誰もが嬉々《きき》として死んでいく。ルルタの名を叫びながら。

一時間が過ぎた。残る兵士は僅《わず》か五人。しかし、終章の獣は全滅し、懲罰天使も傷ついている。

残された五人の中に、ヒハクもいた。

兵士たちの中でヒハクの実力は中程度だろう。生き残れた理由は運以外に何もない。

残された五人の兵士は固まって、懲罰天使の首を狙《ねら》っている。その中の一人が言った。

「あとわずかだ。誰か一人、生き残ればいい。懲罰天使を倒し、あの戦機をルルタに持ち帰れば我らの勝ちだ。誰か一人、生き残れば我らの勝ちだ！」

「おう！」

仲間が目をぎらつかせながら応える。

「……お、おう」

ヒハクも、一呼吸遅れて応える。

五人の中で、最も弱い兵士が、無謀《むぼう》にも突撃を開始する。その心臓を懲罰天使が指差し、殺す。

「続け！」

彼は命を張った囮《おとり》だ。彼が殺《や》られる間に、残る四人が突撃する。懲罰天使も動きが鈍《にぶ》っている。指を差される前に破壊することは不可能ではない。兵士たちは追い、懲罰天使は退《ひ》く。

ヒハクは、四人の一番後ろにいた。懲罰天使に近い順に、指を差されて死んでいく。

「ルルタ、世界を救ってください！」

先頭を走っていた男が、指を差されて死んだ。残り三人だ。

「ルルタ、俺の『本』を……」

言い終わる前に死んだ。残り二人。

「勝てる、勝てますルルタ！」

もう一人の兵士が死に、ヒハクは一人になった。

残されたヒハクは、あと一足で懲罰天使に届くところまで接近している。踏み込み、一撃を加えれば、懲罰天使の体を真っ二つに分断できるだろう。間に合うか否《いな》か、ぎりぎりのところだ。

ためらわずに、まっすぐ踏み出せば間に合っただろう。しかしヒハクはためらった。懲罰天使の指が上がる。

「ル、ルル、タ」

力ない呟《つぶや》き。ゆっくりと動く懲罰天使の指。ヒハクが、槍を捨て、背中を向けた。そして、わめき声を上げながら逃げだした。

『邪悪存在、殲滅《せんめつ》　懲罰終結』

背後で聞こえる懲罰天使の声。それを聞いた後も、ヒハクは逃げ続けた。ルルタのために、世界を救うために戦い抜いた、百人の兵士の死体を背にして。

「……………痴《し》れ者が」

と、救世統括《とうかつ》官ヴーエキサルは吐き捨てるように言った。その前で、ヒハク＝ヤンモはただ唇を噛《か》み締めていた。

懲罰天使との戦いから十日後である。ヒハクは、メリオト王国西部にある王都へと帰り着いていた。待っていたのは、当然ながら裁判であった。

場所は、王都の中央にある王の巨塔である。裁判官は目の前にいる男だ。メリオト国王ヴーエキサル＝メリオトという。かつて懲罰天使に殺された王の遠縁《とおえん》にあたる。

鷹《たか》のような目を持つ青年であった。その容貌《ようぼう》に反せず、いや、容貌以上に恐ろしい人物である。人民を統治する手腕は、歴代の王たちとは比較にならない。人々を導く意志は、世界の誰よりも強い。

そして、臆病者《おくびょうもの》を叱責《しっせき》する厳《きび》しさは凄《すさ》まじく、ヒハクは生きた心地がしなかった。

「七つ目の追憶の戦機を手に入れられなかったということはありえん。だが、おめおめと生きて帰ってくることはさらにありえん。

まさか、理解しておらんのか？　この世界は今、未来管理者の定めた滅亡に向かっている。終章の獣を倒すには、あの七つ目の追憶の戦機がどうしても必要だということを」

ヒハクは、唇を噛み締める。歯の隙間《すきま》から血が噴《ふ》き出す。わかっている。わかってはいるが、なお恐怖に負けて逃げてしまったのだ。

「わかっていないわけがありません」

「お前は、出陣の前に誓《ちか》ったはず。ルルタのために生き、ルルタのために戦い、ルルタのために死ぬと。どう申し開きをするつもりだ」

申し開きができるわけがない。ルルタのために生きることは、当たり前のことであった。ルルタのために死ぬことは、万民《ばんみん》の目標であった。ルルタの役に立つことは最大の美徳であり、ルルタに『本』を食われ、ルルタの一部となることは最上の栄誉であった。

後の時代の倫理観《りんりかん》をここに持ち込むのは誤りだろう。もしルルタが力及ばず敗れれば、世界の誰も生き残れないのだ。

ヒハクは、後悔で身をよじりたくなる。何故《なぜ》生き残ってしまったのか。生き残った後、どうなるかわかっていなかったのか。

「督戦《とくせん》部隊を呼べ。最上級の拷問《ごうもん》にかけた後《のち》、死刑に処す」

ヴーエキサルが当たり前のように言った。ヒハクにもわかっていた。

「…せ、せめて」

「おや、何か言うことがあるようだぞ」

ヴーエキサルが顔をしかめてヒハクを嘲《あざけ》る。

「ルルタに、ルルタに私の『本』を食っていただけますか」

「か、は」

ヴーエキサルが哄笑《こうしょう》した。

「ルルタに食われ、ルルタの一部となるのは勇者の証《あかし》、ここにいる男は、自分を勇者と思っているのか！」

ヒハクは唇を震わせながら食い下がる。

「ですが、私の力が、何かルルタの役に立つかもしれません、せめてルルタの一部とさせてください」

「役に立つだと？　馬鹿《ばか》が。ここでお前の力を見せてみろ」

ヒハクはおののきながら、自分の魔法権利を発動した。ヒハクの体が変化していく。胴体が樹木の幹に、腕は枝に、体毛は葉に変わっていく。ヒハクの能力は、自分の体を樹木に変えるものだった。もちろん、戦いには何の役にも立たない。もともとは植物の力を手に入れようとしたのだが、失敗に終わったのだ。

「馬鹿な力だ！　何の役にもたたん！　もういい！　見るのも汚らわしい！　さっさと消えて、どこででも勝手にくたばれ！『本』は土の中で埋もれ消えるといいわ！」

ヴーエキサルが見るに堪《た》えないとばかりに怒鳴り散らす。しかし、彼の背後から囁《ささや》かれた言葉が、ヴーエキサルを止めた。

「待て」

彼が言ったのは、その一言だけだ。しかし、その場にいた誰もが、考えるより早く床に平伏《へいふく》していた。

いつの間に現れたのか、ヴーエキサルの背後に彼はいた。裸《はだか》の上半身と、腰に巻いた布、細く引き締まった少年の体が、暗い部屋の中で輝いているように見えた。背中まで伸びる透明の髪と、肩に彫《ほ》り込まれた蔦《つた》の紋様《もんよう》。

世界の救世主にして、人類唯一《ゆいいつ》の希望。

『本』食らいの能力者ルルタ＝クーザンクーナがそこにいた。

「ルルタ。お目覚めでおられましたか」

ヴーエキサルが言った。世界の救世主たるルルタだが、尊称はつけない。ルルタの名そのものが最上の敬称だからだ。

「少し前に」

その目は、ヴーエキサルを見ているようでもあり、どこも見ていないようでもある。その表情から、内心を推《お》し量《はか》ることはできない。

「失礼ながらルルタ、あなた様は、世界の唯一の希望。我らような凡愚《ぼんぐ》たちに関《かか》わり、時と労力を無駄にしてはなりません」

ヴーエキサルが言う。ルルタは聞いているようでもあり、聞いていないようでもある。

「そうだな。手短に話そう。その男……ヒハクを殺すな」

ヒハクを含む、誰もが驚いた。一番驚いたのがヒハクだろう。人民の統治は全て、メリオト国王であるヴーエキサルに一任されている。ルルタは、口を挟《はさ》むことすらまれだ。しかも、この役立たずを助命させるとは。

「ありえません！　この男は恥《はじ》知らずにも敵前逃亡した……」

「僕が彼を要《い》ると言った。それ以外に何かいるのか？」

反論するヴーエキサルを、ルルタが一言で静める。その迫力は、人間の領域をはるかに超えた力によるものか、それともルルタが生来持つ、言い知れぬ何かによるものか。

「七つ目の追憶の戦機を手に入れる遠征、次に出立《しゅったつ》するのはいつだ」

ルルタが訊《たず》ねる。

「これから残された戦士を集め、武器と鎧を調達しまして、懲罰天使の位置を特定して……一カ月あれば出陣できるかと」

「その戦いに、ヒハクを参加させろ。もう一度機会を与える」

「……は、かし、こまり、ました」

なぜルルタが自分を助命するのか、全く理解できないままヒハクはただ平伏し続けている。

「ヒハク」

まさか、ルルタから声をかけられるとは思わなかった。動転して声も出ない。

「君は強い。そして強くなれる。君は一カ月の間、ルルタを見ろ。ルルタを知り、ルルタの強さを知れ」

「……あ、ああ」

まともに返事もできない。ルルタに声をかけられるだけでも栄誉である。それが、これほど多くの言葉をいただけることが信じられない。

「僕がなぜ強いか、それがわかれば君も強くなれる。一カ月だ。それ以上は待たない」

平伏しているヒハクは気づかなかったが、ルルタはいつの間にか部屋から出て行ったようだ。

ヒハクより先に、ヴーエキサルが立ち上がっていた。苦々しげにヒハクを見つめている。

「………どういうことだ、わからん。あの人の考えが」

理解できないのはヒハクも同じである。自分を救う理由が、何一つ思いつかなかった。

ヒハクは王塔を去り、帰路に就《つ》いた。傍《かたわ》らには今年で七歳になる息子がいた。父を迎えに来ていたのだ。名前はカーロイという。父と子、二人だけの暮らしであった。

「父さん、どうしたの?」

カーロイは、父の顔を見ながら言った。ヒハクはカーロイに、永遠の別れを告げたはずだった。

「父さんはな、途中で引き返すことになったんだ。ルルタと、ヴーエキサル様から、命令を受けてな。それで、戻ってきた」

カーロイに、嘘《うそ》をついた。こんな嘘は、すぐにばれることはわかっている。しかし、今息子に真実を告げる勇気がないのだ。

ヒハクとは、そういう男なのだ。

「……………そう」

カーロイも、父がどういう人間か、わかっているのだろう。だが、何も言わなかった。情の繋《つな》がりのない親子である。こんな情けない男が父親では、情が繋がるわけもない。

「七つ目の追憶の戦機、手に入らなかったんだね」

「……………父さんがいれば、必ず手に入ったんだがなあ。一カ月後に、もう一回遠征に行くから、その時は必ず手に入るぞ。そうすれば、ルルタの勝利は間違いなしだ」

強がりだ。しかし、ルルタは言ったではないか。ヒハクは強いと。そして強くなれると。なら、これくらい言ってもかまわないだろう。

「……………」

カーロイは何も応えなかった。

ふと、足を止めた。遠くから、火山のような轟音が響いてくる。北の空の果てからだ。

「ルルタだ」

呟いたのはカーロイだ。父子は並んで、北の空を見る。断続的に赤い光が瞬《また》き、遅れて地鳴りがする。

おそらく、ルルタが爆発の魔法を操っているのだろう。来《きた》るべき戦いの日に備える、いつもの訓練だ。

ルルタは食った『本』の魔法権利を自《みずか》らのものとする。すでに三万人を超える戦士が、自ら命を差し出して『本』になった。その全ての魔法権利が、今ルルタのものになっている。

人間では到底《とうてい》、訓練の相手は務まらない。ルルタは山を砕《くだ》き、海を沸騰《ふっとう》させ、大地を削りながら戦闘技術を磨《みが》いている。

『ルルタがなぜ強いか。それを理解すれば、君も強くなれる』

そう言われた。どういう意味なのだろう。ルルタがどれほど強いかなど、この赤い光を見れば理解できる。ルルタが強いのは、世界の救世主だからに決まっている。生まれながらに、ヒハクとは次元の違う存在だからに決まっている。

「どういうことなんだ」

見れば見るほど、自分との圧倒的な差を知るだけだ。強くなどなれるわけがない。

次の日、ヴーエキサルの側近《そっきん》がヒハクを訪ねてきた。これから登城し、ルルタを見ろという用件だった。

「ルルタのお言葉でしょうか」

と聞くと、

「いいえ、ただ、あなたがルルタを見ることが、ルルタの意向です」

冷たい声で側近は答えた。顔を見るのも嫌だといわんばかりに早々に立ち去っていった。

カーロイを置いて、ヒハクはまた王塔に行った。王塔を囲む中庭に、並木と柵《さく》に囲まれた場所がある。ルルタ専用の訓練場で、ヒハクなどには本来立ち入りは許されない。しかし、今日は門兵が中に入るよう顎《あご》で指示した。

訓練場には、ルルタとヴーエキサル、それに一人の老婆《ろうば》の姿があった。

「ラスコール＝オセロ」

と、ヒハクは呟いた。見るのは初めてだが、手に持った石剣のことは話に聞いている。老婆の姿をしているが、これは死んだ人間の体を借りているに過ぎない。ラスコール＝オセロの本体は、手に持った石剣のほうだ。

彼について、ヒハクは多くを知らない。どうやら、ルルタやヒハクが生まれる前から、この世にいたらしい。人間のために『本』を生み出し、ルルタに『本』を運ぶ存在だという。ラスコール＝オセロがいなければ、『本』はルルタのもとに運ばれない。つまり、世界が救われる可能性もない。ラスコールはルルタと同様、世界を救うために欠かせない存在だ。

しかしその素性《すじょう》は、謎に包まれている。

「本当に、九十九人全員を食うのでございますか」

ヴーエキサルが言った。ルルタはいつもの静かな決意を秘めた顔でヴーエキサルを見つめている。

「あなた様の『本』食いの力も、完全無欠ではございません。これほど大量の『本』を食うのは、危険過ぎます」

「彼らは僕のために命を懸けた。それに報《むく》いるには、僕もまた命を懸ける他にない」

地面には九十九冊の『本』がある。それが、空中を舞って、宙に浮いているルルタの周囲を漂った。

「やはり、危険では………」

ヴーエキサルが言うが、彼にルルタの行動を止める権限などない。

「僕がここで死ぬなら、もともと終章の獣に勝つなど不可能ということだ」

一瞬で、『本』が粉々《こなごな》に砕け散った。土埃《つちぼこり》のようになった『本』が、ルルタの体に吸収されていく。全ての『本』を食い終えたルルタは、しばし目を閉じ、その場に留まっていた。

「！」

ルルタの体が地面に落ちた。次の瞬間、ルルタは矢のように跳躍《ちょうやく》してヴーエキサルたちから離れた。

「おやおや、いささか無理があったのでございましょうか」

ラスコールが、どことなく楽しげに言った。ヴーエキサルがルルタを追う。

「近づくな！　巻き込まれるぞ！」

ルルタが叫んだ。次の瞬間、自らの喉《のど》を掴《つか》んであえぎはじめた。体が大きく震えている。空中で目に見えない爆発が巻き起こり、光球《こうきゅう》や雷撃《らいげき》、炎や氷撃《ひょうげき》がルルタの体から放出されている。

「これはいったい」

ヒハクはヴーエキサルに訊《たず》ねたが答えてくれない。代わりにラスコールが言った。

「魔法権利を制御《せいぎょ》できていないのでございます。たかが九十九冊程度の『本』では仮想臓腑はびくともしませんが、魔法権利はまた別のものでございます」

ルルタの背中から放たれた雷撃が、ヒハクの足を焼いた。暴走した力はルルタ自身をも傷つけていく。

「魔法権利は、ルルタ様ご自身の力で制御なさらなければならないのでございます。しかも、もはやルルタ様の御体《おからだ》も御心《おこころ》も、疲労の限界を通り越してございます」

聞いたことがなかった。『本』を食えばそれだけで力を得られるものと思っていた。

「ですが、それでもなお、生き残る。それ故《ゆえ》にルルタ様なのでございます」

ルルタの震えが次第におさまっていく。そして暴走していた魔法も制御されていく。ルルタは喉から手を離し、地面へと倒れこんだ。ヴーエキサルがルルタの体を抱え起こし、王塔の中へ連れて行く。

「流石《さすが》でございます」

「……私もそう思います」

ルルタたちが去っていくのを、ヒハクは見つめていた。ルルタは、生まれ持った魔法権利と才能だけではなく、研鑽《けんさん》し、努力する力も持っているのだ。

「ヒハク様。あなた様は、ルルタ様がなぜ強いか理解しろと、申しつけられたのでございますね。はてさて、何か感じ取れてございましょうか？」

ラスコールが、ヒハクに向き直った。どことなく、心底《しんそこ》からはルルタを敬《うやま》っていない雰囲気《ふんいき》がある。ルルタに様をつけるのも、敬意ではなく小馬鹿にした響きを感じる。

「……私にはわかりません。ルルタはなぜ強いのか……。ラスコール様はわかるのですか？」

「さて。私のような卑《いや》しい下僕《げぼく》には到底考えの及ばぬことでございます」

と、ラスコールはそっけなく言った。

だが、今日わかったことがある。

今までルルタは、苦しむことも倒れることも知らない、完璧《かんぺき》で優雅《ゆうが》な存在だと想像していた。だが、そうではなかった。あの力は研鑽と努力の果てに手に入れた強さだったのだ。巨大な苦痛に耐え、大きな苦難に挑《いど》んでいたのだ。

自分も、もっと強くならねばいけない。いまより、努力を重ねなければいけないのだ。

しかし、とヒハクは思う。自分はもう三十過ぎだ。魔術審議《しんぎ》を行って力を得られるのは、二十代の半《なか》ばまで。もうこれ以上は努力しても無駄なのだ。

ヒハクには、どうすればいいのかわからない。どうすれば強くなれるのだろう。


王塔の中では、戦士たちが魔術審議を行っている。昔より数はかなり減っている。ほとんどの戦士がルルタに食われるか、あるいは追憶の戦機を求めて死んでいったからだ。残された戦士の中でも、ここに集められているのは、選《え》りすぐりの精鋭《せいえい》たちである。

ヒハクは彼らの間を、あてどなくぶらぶらと歩いていた。

彼らは一様に、ヒハクに冷たい視線を向けて来る。敵前逃亡のことも、その後のルルタの言葉も、知れ渡っているのだろう。

ふと、部屋の一つに目を向ける。

その中に集まっているのは、十代から二十代前半までの青年たちだ。

車座《くるまざ》になって座る真ん中に、羽の生えた少女の像がある。現在ある六つの追憶の戦機の一つ、自転人形ユックユックだ。もともとは、人から魔法権利を奪う力を持つ道具である。それを改造し、人の魔法権利を束ねる道具に作り変えたものだ。

「始めるぞ」

監督官らしき男がそう言うと魔術審議が始まった。

彼らは、ヒハクよりはるかに地位の高い戦士だが、あの懲罰天使との戦いには参加していない。次も参戦しないだろう。彼らにはまた別の任務がある。

「………ぐ、ぐうあああ」

魔術審議が始まって早々に、一人の少年が頭を掻《か》きむしった。魔術審議失敗だ。混沌《こんとん》に近づきすぎたのだ。監督官が引きずり倒し、体を押さえつけながら水を飲ませる。ヒハクも慌《あわ》てて手を貸した。

「お前は今日は終わりだ。他は続けろ」

「嫌です！　やらせてください！　もう少しなんです！」

苦しんでいる少年が、這《は》いずって戻ろうとする。

「やめなさい、危険だ！」

監督官が押しとどめようとする。しかし少年は、歯を食い縛《しば》りながら言う。

「嫌だ、やめない。もう少しで、ルルタに捧《ささ》げる力が完成する」

「だが、お前はもう限界だぞ」

「今日が正念場《しょうねんば》なんです。我ら十人、死を恐れる者はいません！」

彼らの気迫に押されて、ヒハクは下がった。少年は輪《わ》に戻り、魔術審議を続ける。

彼らが挑戦しているのは、人を生き返らせる大魔術だ。一度死んだ後、自動的にもう一度生き返る魔法権利を得ようとしている。その魔法権利をユックユックに集め、ルルタに譲渡《じょうと》するのだ。そんな魔術が実現するはずがないと、最初に聞いた時ヒハクは思った。しかし今、この若者たちは不可能を実現させようとしている。

「………ぎいいあああ！」

一度倒れた少年が、また絶叫した。監督官が首を横に振った。もう助からない。しかし若者たちの集中力は微塵《みじん》も途切れない。

また一人、また一人と少年たちが倒れていく。監督官とヒハクは彼らを救護する。残り六人になったところで、監督官は強引にユックユックを取り上げて魔術審議を中断させた。

皆が泣きだした。仲間の一人を失ったことが理由ではない。魔術が完成しなかったことを嘆いていた。続けさせてくれと監督官に詰め寄っている少年もいる。

「終わりの日は近づいているんです。俺たちが間に合わなかったせいで負けたら、俺たちは死んでも死にきれません」

「休め。また、明日だ。明日は必ず完成する！」

使命感と、熱気に包まれた部屋の中で、ヒハクは疎外《そがい》感を感じていた。迷いも恐れもなく戦う少年たちと、どこに行き、何をすればいいのかもわからない自分。彼らと自分の差はなんだろう。

彼らがこんなにもがんばっているのに、俺は何をしているのだろう。

窓の外から見える塔内の訓練場に、ルルタの姿がある。そこでルルタは何かをしていた。しきりに腕を動かしているように見えるが、何をしているのかはわからない。見つめていると、すぐそばを、ヴーエキサルの側近が通りかかった。気後《きおく》れしたものの、話しかけてみる。ルルタは何をしているのか。聞くと、意外にも快《こころよ》く答えてくれた。

「あれは精密動作の訓練だ。麦の粒と針を使う。麦の一粒をこうやって空中に投げて」

ヴーエキサルの側近が真似《まね》をしてみせる。左手で麦粒を上に放り投げ、右手の針で麦粒を切りつけるらしい。

「空中で何百回も切りつけるのだ。麦粒を割り砕かないように、かすかに針を当てて削り取る。それを何百回も繰り返す」

ヒハクは驚嘆《きょうたん》する。ルルタの力は、山を消し飛ばす破壊力だけではないのだ。恐るべき精密さと速さも備えているのだ。

「食った『本』の魔法権利で、ルルタの身体能力は上がり続けている。だから『本』を食ってすぐは、体を上手に操れないのだ。だからああやって訓練をしておられる」

ルルタの右手は、全く目に映らない速度で動いている。巻き起こった風圧が、ここまで届く。真空の刃《やいば》が生まれているのか、ヒハクの皮膚《ひふ》に傷が走る。

「私はルルタがお休みになられているところを見たことがない。数日に一度、ほんのわずか、睡眠をとられるだけだ。日々、片時も休むことを知らない」

自分とはなんという違いだろう。ヒハクは驚嘆する。

「いや、一度だけ……」

そのとき、ヴーエキサルの側近が口ごもった。何かを言いかけて、やめた様子だ。

「何か、あったのですか」

「何もない。ルルタを疑うことなど、貴様に許されていると思うのか」

「いいえ、疑ったことなど……ですが、何が」

「貴様は知る必要はないことだ」

そう言い残し、ヴーエキサルの側近は立ち去っていった。

よくはわからないが、ルルタにもかつて何かがあったのだろう。それよりも、自分のことを考えよう。

ルルタを見たところで、圧倒的な差を知るばかりだ。自分は今後、どうすればいいのか、見当すらつかない。もう帰ろうと、ヒハクは思った。また明日になればいい考えが浮かぶかもしれない。明日考えればいいじゃないか。そう思って帰路についた。


いつものように食事をとり、カーロイを眠りにつかせる。そして寝室を離れ、ヒハクは外で月を眺《なが》めた。これからのことを、月を見ながら考える。

どうすれば強くなれるかは、すでにわかっている。自分に足りないのは、強い心だ。努力する心、くじけない心、恐れない心だ。体を樹木に変える能力は役に立たないが、他の戦士と比べて、肉体強化の魔術も、剣や槍の技術も、決して劣ってはいない。懲罰天使との戦いの時も、ひるまなければ勝てたのだ。

どうすればいい。ルルタのような強い心を、どうすれば手に入れられる。ヒハクは考え続ける。しかし、何も浮かばないままヒハクは、寝床《ねどこ》へ戻る。

明日考えればいい。きっと、明日になれば名案が浮かぶだろう。

彼はいつもいつも、明日は強くなろうと思って、日々を過ごしている。明日が来ても、また明日へと先送りにする。彼の明日は、何十年も来ていない。

ヒハクが眠りに就いたその頃、ルルタはようやく訓練を終えた。空を飛び、王塔の最上階にある寝室へと戻る。壁に取り付けられたルルタ専用の扉を開けて中に入った。

「御帰還《きかん》喜ばしく存じます。食事をお持ちいたしました」

中にいた人を見て、ルルタは言う。

「どうした？　食事の配膳《はいぜん》までお前がしなければならないほど、人手不足でもないだろう」

寝室《しょみん》にいたのはヴーエキサルだった。彼が持ってきた食事を、ルルタは手早く食べる。食事は庶民と同じ、麦粥と少しの塩漬《しおづ》け肉だけだ。ルルタは日ごろから贅沢《ぜいたく》な食事を自制している。

「一つお聞きしたいことがあります。ヒハクのことですが」

「彼に何かあったか？」

「いえ、特に何も」

「無意味な話題を持ってくるな。僕は忙しい」

ルルタはあっという間に食事を終えた。側近たちを呼び、疲れた体をもみほぐさせる。肌《はだ》の傷に薬を塗らせ、体に異状がないか確認させる。ルルタにとっては休むことすら戦いだ。明日の訓練に備え、疲労と傷を癒《いや》さねばならない。

「なぜ、ヒハクを救いになられるのですか？　私にはどうしても、理由がわかりません」

「そんなことがお前には重要事項か。暇《ひま》なのか？」

ルルタはそっけなく言う。

「あなた様に重要なことであれば、私も行動しなければいけません。

彼の能力……自らの体を樹木に変える力は、何か重要なものなのですか？」

「そんなはずがないだろう。彼の力が必要なら、その場で死なせて、『本』を食っている。彼自身それを望んでいた。そもそも、あの力が何の役に立つ？」

「樹木でい続ければ、何千年でも生きられるのでは……」

「終章の獣との戦いは数カ月後だ。それに勝つことが全て。その役に立たないなら無意味だ」

「その通りでございますが……」

「彼は何でもない、ただの男だ。お前が気にするような背景は何もない」

「では、ルルタ。なぜ彼を助けようとされたのですか？」

ルルタは、ふっと小さくため息をついた。

「お前にはわからないよ。いくら考えても、わかるはずがない。お前ではな」

そう言って、ルルタはヴーエキサルを下がらせた。

その晩、ヒハクは夢を見た。ああ、この夢かと、ヒハクは恐怖におののく。

俗《ぞく》に、オルントーラの囁きと呼ばれる夢だ。世界の誰もが、一月《ひとつき》に一度ほど、この夢を見る。懲罰天使や終章の獣を遣わし、世界を滅ぼそうとしているオルントーラが、人間たちに見せている夢だ。

「……う、うわあああ」

茫漠《ぼうばく》とした夢の世界の中に、ヒハクは一人でいる。そして、はるか彼方《かなた》から終章の獣たちが押し寄せてくる。たった数匹でも苦戦した獣たちが、数百万、数千万、いや、無限に押し寄せてくる。

ヒハクは槍を持ち、為《な》す術《すべ》もなく逃げる。戦うなど考えることもできない。山火事をコップ一杯の水で鎮火《ちんか》するようなものだ。戸板《といた》一枚を道具に、津波を止めるようなものだ。

逃げるヒハクは終章の獣に追いつかれ、組み伏せられる。そして、あっという間に八つ裂きにされて死ぬ。

オルントーラがこの夢を見せているのは、降伏《こうふく》させるためだ。戦うことは無駄だと理解させ、生きることを諦めさせるためだ。

ヒハクは目を覚ます。冷や汗《あせ》で全身が冷たくなっている。まるで死人のように。

「……はあ、はあ、はあ……」

この夢を見るたびに理解させられる。終章の獣は強すぎる。いかにルルタでも、あの終章の獣に勝てるとは思えない。

ルルタも同じように、この夢を何度も見るという。しかし、それでも終章の獣を恐れず、自らの勝利を疑わず、迷わずに生きているという。なぜ、そんなことができるのだろう。ヒハクにはどう考えてもわからない。

どうすれば、強くなれる。強い心を手に入れられる。わからないまま、時間だけが過ぎていく。


三週間が過ぎた頃、ヒハクはヴーエキサルに呼び出された。彼はその間悩み続けていたが、傍《はた》から見れば食って寝るだけの生活で、ただ時間が過ぎていくのを待つだけに見えただろう。

「強くはなったか？　ルルタの仰《おお》せの通りに」

ヴーエキサルが言う。ヒハクは上手《うま》い言い逃れの言葉が浮かばず、声を詰まらせた。ヴーエキサルは蔑《さげす》みの色も隠さずに言う。

「ふん、ルルタの慧眼《けいがん》も、貴様だけは例外か……だが」

鷹のような目で、ヒハクを見つめる。

「今日呼んだのは、そのことではない。別に用件がある。そこそこの実力を持つ戦士が一人必要だった。これを取れ」

ヒハクは一本の剣を渡された。蜘蛛を模した柄《つか》と、糸のように細い刃を持つ奇怪な剣だ。

「これは、まさか」

「そうだ、七つの戦機の一つ、常笑《とこわら》いの魔刀シュラムッフェンだ。今日一日で、これの使い方を習得しろ」

これで何をするのかと、ヒハクは訊ねる。

「貴様を含め、四人の戦士を召集《しょうしゅう》した。貴様らには、ルルタの訓練を手伝ってもらう。四つの戦機を使ってルルタと戦うのだ」

ヒハクの背中に、怖気《おぞけ》が走った。いくらシュラムッフェンを使ったとしても、ルルタ相手では一秒も持たない。

「違う、ルルタは全く攻撃をしないと仰《おっしゃ》っている。お前たちは一方的に攻撃を仕掛け、ルルタは無手《むて》で全ての攻撃を退《しりぞ》けるのだ」

ヒハクの背中に、ぞっと悪寒《おかん》が走った。そんなことをして、もしもルルタが死んでしまったらどうするのか。どうやら、恐れているのはヴーエキサルも同じらしい。

「私も言った。ルルタに、危険を冒《おか》すことを控《ひか》えていただきたいと。だが、ルルタが決意したのなら私も従う。そうするしかないからだ」

「……………」

「ルルタは仰っている。一切《いっさい》の手加減を許さないと」

ヒハクは、おののきながら魔刀を受け取った。自分の攻撃でルルタが死ぬなど、ヒハクは自分の死より恐ろしい。


次の日、世界の果ての果てにある砂漠で、訓練は行われた。ルルタに運ばれて、ヒハクたち四人の戦士はこの砂漠に連れてこられた。誰もが、陰鬱《いんうつ》な面持《おもも》ちだった。しかし、ヒハクたちの不安など意に介《かい》さず、ルルタは攻撃を命じた。

ルルタを殺してしまうのではないかという四人の懸念《けねん》は、杞憂《きゆう》に終わった。誰もが、ルルタを視認《しにん》することすらできなかった。ルルタは目にも留まらぬ速度で駆け、空を舞った。刃を向けるどころか、どこを攻撃すればいいのかもわからなかった。

「これでは、訓練にならない」

と、ルルタは言う。ヒハクたちは安堵《あんど》した。しかし、ルルタはさらにぞっとすることを言った。

「僕はここから動かない。君たちは、そこから好きに僕に攻撃を仕掛けろ」

と、砂の上で立ち止まった。

誰もが動けない。四人の戦士が、四つの追憶の戦機を持ったまま固まっている。

ヒハクが持っているのは、常笑いの魔刀シュラムッフェンだ。不完全ながら因果抹消攻撃を行え、無数の斬撃《ざんげき》であらゆるものを切り裂く剣だ。

もう一つは、常泣《とこな》きの魔剣アッハライ。シュラムッフェンと同系統の力を持つが、威力《いりょく》は上回る。

この二本の剣より、さらに上位の戦機が三つある。大冥棍《だいめいこん》グモルクと、彩《あや》なる砂戦艦《させんかん》グラオーグラマーン、そして韻律結界《いんりつけっかい》ウユララだ。

大冥棍グモルクは、黒い霧《きり》に覆われた質素な棍棒《こんぼう》だ。手触りから形状を推測することができるが、実際に見ることはできない。直接目にしたら、視力を失うといわれている。不可視《ふかし》の巨大な打撃力を生み出し、一撃で大地を割り砕く。

彩なる砂戦艦グラオーグラマーンは、短剣ほどの大きさの鉄片《てっぺん》が無数に寄り集まったような形をしている。持ち主の意思で動き、姿を変える。空中に浮かぶ要塞《ようさい》のような船だ。

「……韻律結界は使わない。僕が、自らの力のみで防ぐ」

五つ目の追憶の戦機、韻律結界ウユララは、ルルタの肩に刻まれている文様だ。因果抹消能力の防御《ぼうぎょ》力を持つ。ルルタが戦う意思を持っていない時に限り、無敵にして絶対の防御を行う。

なお、六つ目の追憶の戦機、自転人形ユックユックは、直接戦いには使えないのでこの場にはない。これらに、ヒハクが奪取《だっしゅ》に失敗した七つ目の戦機を加えると、必要な武器は全てそろうことになる。

なお、過ぎ去りし石剣ヨルは、七つの追憶の戦機には数えないことになっている。ヴーエキサルがそう言っていたのだが、理由はよくわからない。少し前は過ぎ去りし石剣ヨルも、七つの追憶の戦機の一つに数えられていたはずなのだが。

「さあ来い」

戦士たちは首を横に振る。

「できません、恐ろしくて、手が動きません」

「やれ。恐れるな」

「ですが……」

ルルタが、叱責《しっせき》する。

「ルルタは恐れない。ルルタはひるまない。故に、ルルタは決して負けない。僕を信じろ。信じる意志があれば攻撃できるはずだ」

しばしの沈黙の後、アッハライの泣き声が響いた。そして、グラオーグラマーンが密集攻撃陣形をとり、グモルクの破壊の槌《つち》が打ち下ろされる。ヒハクも一足遅れながら、シュラムッフェンの力を発動する。

ルルタが両手を振るう。黒い波動がアッハライとシュラムッフェンの攻撃をかき消す。無数の巨大な針が大地から突き立ち、グラオーグラマーンを迎撃する。地面を陥没《かんぼつ》させるほどのグモルクの攻撃を、拳《こぶし》の一撃で弾《はじ》き返す。

「惰弱《だじゃく》な攻撃だ。お前たちはまだ、ルルタを信じていないのか」

静かな言葉に、僅《わず》かに怒りがこもる。その言葉に戦士たちがいきり立つ。

戦いは一昼夜続いた。音《ね》をあげたのはルルタではなく四人の戦士のほうだった。

「……………だめだ」

ルルタは呟いた。その姿は、血にまみれている。流石《さすが》のルルタでも無傷とはいかなかった。傷は超回復の力でとっくに癒《い》えているのだが。

「申し訳、ございません。ですがもう足が………」

ヒハクたちが砂上に倒れている。全身が鉛《なまり》のようだ。喉が千切《ちぎ》れるように渇《かわ》いている。

「君たちのことではない。僕の………」

ルルタが拳を握り締めている。

「僕の力が足りない」

ヒハクは驚いた。四つの追憶の戦機ですら、全く歯が立たなかった。それでもなお足りないのか。

「力が要る。いまより、さらに強い力が。王都に戻るぞ」

そう言ってルルタは四人の戦士を見えない力で摑み、宙に浮かせた。そのまま矢のような速度で王都に飛んでいく。

「……………を、僕は守る」

ルルタが何かを呟いた。誰かの名を呼んだ気がしたが、ヒハクには聞き取れなかった。それどころではない。ヒハクの悩みは、なお深くなっていた。

これほどの力を持ちながら、ルルタはまだ足りないのか。足りない力を補《おぎな》うために、ヒハクごときに何ができるというのか。仮にヒハクの『本』を食ったところで、大河にコップ一杯の水を加えるようなものだ。

今日、答えに近づくことはできなかった。理解できたのは、自分の無力とルルタの圧倒的な力。それだけだった。

自分は、ルルタに必要なのか？　最も根源的な疑問を、ヒハクは感じずにはいられなかった。

王都に戻ったルルタは、珍《めずら》しく大声を出した。

「ヴーエキサル！　ラスコール！　来い！　アーマキスクの『本』を食う！」

ヴーエキサルが王塔の中から飛び出してきた。一緒にいた四人の戦士も、驚愕《きょうがく》のあまりにへたり込んでしまった。

アーマキクスとは、三十年ほど前に死んだ戦士だ。あまりにも強大な魔法権利を制御できず、能力取得と同時に灰になってしまった男だ。彼の『本』だけは、食ってはならないとルルタ自身が定め、封印《ふういん》されていた。

地面の中からラスコールが現れた。

「アーマキクス様の『本』でしたら、肌身離さず備えてございます」

「ちょうどいい」

ルルタがラスコールに近づいていく。

「いけません！　それだけは。今度こそ、それだけはなりません！」

ヴーエキサルが、ルルタの足にすがりついて食い止めようとする。同じく四人の戦士たちも、ルルタの前に立ちはだかる。

「お前たち、追憶の戦機を使え、何をしてでもかまわん、止めるのだ！」

考えるより先に、ヒハクは持っていたシュラムッフェンを構える。しかし、その前にルルタの指が動き、不可視《ふかし》の力で撃ち落とされた。他の三つの追憶の戦機も、使う間もなく奪われる。

「ヴーエキサル、邪魔だ」

ルルタが指を動かすと、ヴーエキサルが後ろに転がっていく。

「いけません、お願いします、この命捧げても……」

三人の戦士も同じく吹き飛ばされる。残されたヒハクは、土下座《どげざ》してルルタに懇願《こんがん》する。

「ルルタ……もういいです、もうよしてください、あなたは十分に強い。これ以上、危険に挑まないでください！」

「……ヒハクか」

思い出したかのように、ルルタが言った。

「もういい！　もういいんです！　あなたは十分に戦った！　十分に強くなった！　これ以上はもうやめてください！」

「……ヒハク。たしか、そろそろ一カ月が経《た》つ頃だな」

何か悲しそうな表情で、ルルタは言った。

「まだお前は弱いままか。僕を理解できていないのだな」

ヒハクの体が、跳ね飛ばされる。ルルタは、ラスコールから禁断の『本』を受け取った。

「ヴーエキサル、ナモ、ヤンナ、ラキリ、ヒハク、そしてラスコール」

『本』が砕け散る。砕けた『本』がルルタに吸収されていく。

「僕を信じろ。必要なものはそれだけだ」

ルルタが、食ってはならない『本』を食った。

瞬時に、ルルタの体が火焔《かえん》に包まれた。近くにいたヒハクが、あまりの熱さに絶叫しながら逃げ出した。火のついた服と髪を、のたうち回って消火した。近くにいただけのヒハクですらこれだ。ルルタがどんな状況なのか、想像するだに恐ろしかった。

炎の色は赤を通り越し、見たこともない白色になっている。白光でルルタの姿が見えない。

「水を持って来い！」

「氷の魔法は！　氷の魔法を誰か使えないか！」

仲間の一人が、氷を操る魔法をルルタにたたきつけた。だが、ルルタに届く前に溶けて気体に変わる。全力を一度に振り絞《しぼ》っても、何にもなっていなかった。

「誰か、誰でもいい、何とかしろ！」

炎上するルルタを前に、人々が為す術もなく走り回る。ヒハクは、ラスコールに詰め寄り、胸倉《むなぐら》を摑んで問いかける。

「ラスコール様、いや、ラスコール！　ルルタはどうなるんだ！　教えろ！」

「私のあずかり知らぬことでございます。はてさて、死ぬのでございましょうか、生き延《の》びるのでございましょうか」

平然とラスコールは言う。

「しかし、ここで死なれてはいささかつまらぬ結末でございますが」

「そんなことを言ってる場合か！」

ヒハクは、ラスコールを突き飛ばした。

もうだめだ。ルルタは死ぬ。死なないわけがない。これで終わりだ。何もかもご破算《はさん》だ。

恐怖と同時に、どこか安堵する気持ちがあった。ルルタが死ねば、もう誰もヒハクに、強くなれと言わないだろう。

ヒハクは膝《ひざ》を突き、両手を突いた。涙があふれ、止まらなかった。

ルルタは、そして世界は終わったのだ。

そのヒハクの襟首《えりくび》を、ヴーエキサルが掴んで引きずり起こした。

「何をしている痴《し》れ者が。ルルタを見ろ！　ルルタを信じろ！」

だが、何を見ればいい。もうだめなのに。

「もう、だめだ。何もかも終わりだ」

「馬鹿者！」

ヴーエキサルが殴りつけてきた。ヒハクは、地面に倒れこみ、そのまま立ち上がろうとしなかった。

長い時が過ぎた。次第に熱気は収まってきた。

「なんだ、これは」

ヒハクが声を上げた。熱気に混じり、強烈な冷気が吹いてくる。対流が巻き起こり、熱い風と冷たい風にむせ返った。なぜ冷気の風が起きているのか、誰かが魔法を使っているのか。

「……………まさか」

熱が収まった。焼け焦《こ》げた土の上に倒れている、ルルタの体。全身が、いや、骨までもが黒く焦げ、人型の棒切れにしか見えない。

それを誰もが歯を食い縛りながら見つめる。次第に、その姿が人の形に戻っていく。そして最後に、髪が元の姿に戻り、裸身《らしん》のルルタが体を起こした。

「ヴーエキサル、服だ」

大歓声が上がった。ヴーエキサルが駆け寄り、腰布を巻かせる。

「少しばかり、疲れた。ヴーエキサル。休ませろ」

ヴーエキサルがルルタを王塔の中へと連れて行く。力なくルルタが振り向く。そして、笑いながら言った。

「聞け、喜べ、ルルタは手に入れた。終章の獣に勝てる力を」

「ルルタ、まだ喋《しゃべ》られては」

「皆に伝えてくれ。僕は勝てると」

再び歓声が上がった。周りにいた者たちが、ルルタの言葉を伝えるために駆け出した。だが、ヒハクだけが、一人、呆然《ぼうぜん》と立ち尽くしていた。

ルルタを見て、ルルタを理解しろ。そうすれば、ルルタのように強くなれる。

その言葉で、ヒハクは生き延びた。そして、ルルタを理解するために悩んできた。

しかし、理解できたのはルルタと自分の圧倒的な差だけだ。それでも、ヒハクは悩み続けた。ルルタの役に立つために。

しかし、今日ルルタは言った。終章の獣に勝つ力を手に入れた、と。だとすれば、もうヒハクは必要ないのだ。

逃げよう。いや、逃げるのではなく、立ち去ろう。自分はルルタに必要ではない。悩むことも、強くなることもしなくていい。

家に戻り、立ち去るために荷物をまとめた。

持って行くものは驚くほど少なかった。自分一人、どこでものたれ死ねばいい。

「どこへ行くの？」

家を出る間際、カーロイが声をかけてきた。

「あ、ああ。少し遠出する。何心配するな、すぐに帰ってくる」

「…………遠征《えんせい》は？」

「何を言ってるんだお前は。すぐに帰ってくるさ」

カーロイは置いていこう。今時、孤児《こじ》なんて珍しいものでもない。

「最低だ」

「何を言うんだカーロイ」

「見てたよ。今日、ルルタが焼かれてる時、父ちゃんだけがあきらめていた。もうだめだって言ってた」

「…………」

「どうして、ルルタを信じないの？　ルルタを信じろって言われたのに」

「………」

「どうして嘘をつくの？　逃げて帰ってきたって、僕は最初から知ってた」

「………」

「どうしてまた逃げるの！　どうしてさ！　なんでさ！」

「俺は弱いんだよ。それだけだ」

そう言って、家を出た。


王都を出て、どこかへ向かう。行くあてはない。

ヒハクは知っている。世の中の全員が全員、ルルタのために戦っているわけではない。戦いから逃げまわって暮らしている人も、小数ながらいる。そういう中の一人になればいい。ルルタがそのうち世界を救ってくれるのを待てばいい。それだけだ。

歩き疲れて立ち止まり、へたり込んだ。

「後悔、してるわけじゃねえぞ」

ヒハクは口に出して言った。カーロイのことを頭から振り払おうとする。

もう考えるな。あいつがいなければ、俺はとっくに逃げていた。しんどい思いをしたのはあいつのせいじゃないか。

俺が今まで逃げなかったのはあいつのためだ。あいつに、惨《みじ》めな思いをさせたくなかったからだ。あいつの前でだけは、せめて強い父親でいたかったからだ。

もういい、終わったことだ。あいつは俺が弱いと初めからわかってたんだ。

「ちくしょう、ちくしょう！」

自分は弱い、それはわかっている。それでも、ヒハクは立ち上がり、駆け出した。また、王都に向かって。


「カーロイ！　カーロイ！」

呼びながら走り続ける。カーロイを見なかったかと、道行く人に訊《き》いてみる。だが、誰に訊いても答えてくれない。臆病《おくびょう》者のヒハクなど、顔を合わせるのも嫌だといったふうだ。臆病者のくせに、子供だけは可愛《かわい》いかと罵《ののし》られもした。

日が暮れていく。もう一度家に戻ってみたが、カーロイは帰っていない。このまま、二度と会えないのではと恐怖する。

また探し回り、歩き疲れる。そしてへたり込んだ瞬間、どこか遠くから声がした。

「ヒハク、カーロイはここだ」

その声に向かって走り出す。声が誰のものか、その時は気づかなかった。

王都のはずれ、森の中にカーロイはいた。泣き疲れて眠っていた。その傍《かたわ》らに、木の幹にもたれかかって座っている一人の人物をヒハクは見た。

現実とは思えない、夢だろうとヒハクは思う。だが、夢ではなかった。

「ル……」

声が出なかった。あんぐりと開いた口が動かなかった。カーロイに膝を貸し、頭を撫《な》でている男がいる。それはルルタ＝クーザンクーナだった。

「何を、そんなに驚いている」

ヒハクの顔を見ながら、ルルタは笑った。彼が笑うところを初めて見た。いや、彼も笑うことがあるのだと初めて知った。

「……僕もたまには休むことがある。特に今日は骨身にこたえた」

驚いているのはそのことではない。救世主たるルルタが、カーロイに膝を貸しているのだ。

「あれから大分経ったな。なぜ僕が強いのか、まだわかっていないらしいな。全く君も、困った男だ」

その口調は、ヴーエキサルとはまるで違った。冷たさを感じない。それどころか、叱《しか》ってくれることが嬉《うれ》しくなるような声だった。

「まだわからないのか。簡単なことじゃないか。

僕は、皆がいるから強いんだ」

「……」

「皆が僕に力を貸してくれる。僕の魔法権利は、皆が与えてくれた。追憶の戦機は、皆が力を尽くして手に入れたものだ。だが、それだけでは僕は救世主にはなれない」

「……」

ルルタが、拳を握り締めた。その拳は華奢《きゃしゃ》で、思いのほか小さかった。

「守りたいと思う人がいる。そして、僕を守ろうとしてくれる人がいる。だから僕は強いんだ」

ルルタがカーロイの髪を撫でた。

「人は弱いよ、ヒハク。そして終章の獣は強い。途方もなくだ。だけど、誰かを守りたいという気持ちがあれば、終章の獣にだって決して負けないと僕は思う。

誰かを守りたい。誰かが自分を守ってくれる。そう思えるのなら、君は必ず強くなれる」

ルルタは優しく、カーロイの頭を撫でた。

「お前にはこの子がいるじゃないか。僕にはわかっていた。この子がいるなら君は強いと」

そうだ、とヒハクも思う。逃げようとしたとき、それを引き留めたのはカーロイの存在だった。

「君が、逃げ帰ったとき僕は何も思わなかった。君はたいした戦士ではない。地上の統治は、ヴーエキサルに任せているから、口を挟むことは考えていなかった。

だが、僕のところにこの子がやってきた」

「……………カーロイが」

「この子は君を守ろうとしたんだ。父ちゃんは本当は強いんだと、だから、もう一回戦わせてあげて欲しいと、僕に言ってきた。

父ちゃんは自分を情けない男だと思ってる。そんなままで死なせたくないんだと」

「………そんな」

「僕は皆を守りたい。皆も僕を守ろうとしている。君はこの子を守りたい。この子は、君を守ろうとした。同じことだ。だから、君は僕と同じように強い。僕はそう思ったんだ」

ルルタがカーロイを揺り起こした。カーロイは、ルルタに抱かれていることに驚いている。

ルルタの顔とヒハクの顔を交互《こうご》に見つめる。

「僕からの願いだ。カーロイ、ヒハクは頼りない。だから君が守ってやってくれ」

長く、長く言葉を詰まらせた後、カーロイは言った。

「……ルルタに」

泣きながらカーロイは言った。

「ルルタに言われなくても、僕は」

我慢《がまん》の限界が来たように、カーロイはヒハクに抱きついた。

「馬鹿、馬鹿、父ちゃんの馬鹿野郎！」

ヒハクはカーロイを抱きしめた。それを見ながら、ルルタが笑っている。

ヒハクは思った。もう逃げない。逃げる必要もない。自分は、本当の強さを手に入れたのだと。

「ありがとうございました。俺たちは帰ります、また、明日」

「ああ。また明日だ」

ルルタは、西の空を見た。ヒハクとカーロイも、そちらを見た。

「きれいな夕日だな。いつもと何も変わらないが、だからこそきれいだ。そうは思わないか」

夕日を眺めることなんて、これまで何度もなかった。言われてみれば、なんときれいなのだろう。ルルタは喋り続ける。

「ゆっくりと夕日を見つめて感動することも、花を愛《め》でて心温まることも、今は難しい。世界の滅びが近づいていて、そんな時間も、心の余裕もなくなっている。

だが、僕が世界を救えれば、新しい時代がやってくる。誰もが安らかに、夕日を眺められるようになるだろうな。そうだろう、ヒハク、カーロイ」

「そう思います」

「誰もが安らかに日々を暮らす。誰もが心をつなぎ支えあう。それは必ずできることだ。未来管理者がいなくたって、人間は楽園を自分の手で作れるんだ。僕はそう信じている。だから、君たちもそう信じていてほしい」

「はい」

ルルタは、ふう、と息を吐いた。

「なんだか、久しぶりにたくさん喋ったな。今日は楽しかった」

「はい、ルルタ、本当にありがとうございました」

カーロイが言った。ヒハクは聞かなければいけないことがあった。

「最後に教えてください、ルルタ。あなたはなぜ、この子と私を救ってくれたのですか？」

そう聞くと、ルルタはきょとんと眼を丸くした。そして、困ったように笑った。

「ヴーエキサルといい、君といい、そんなつまらないことがわからないのか？」

「え？」

「僕は君とその子を助けることができた。それはとても簡単なことだった。それを実行するのがそんなにおかしなことなのか？」

つまり、特に理由はないということなのだろうか。それだけなのだろうか。

「何か特別な事情があるとか、裏があるとか、そう考えなければ納得できないのか？　全く、困った連中だな。

まあ、一つ理由を挙げるとすれば……」

ルルタはなぜか恥《は》ずかしそうに鼻を掻いた。

「僕は、泣いている子供を見ると放っておけない性質なんだ、理由はそれだけだ」

そう言い残し、ルルタは王塔に帰っていく。彼を見送りながら、ヒハクはカーロイに語りかけた。

「俺たちは幸せだな」

カーロイも迷いなくうなずいた。ルルタは大きすぎる。強さも、優しさも、大きすぎる。ルルタと、同じ時代を生きられるだけで幸せなことだ。

「カーロイ、心配かけたな、父ちゃんは、もう二度と迷わない。強くなってみせるからな」

それから十日後、再度の遠征軍が結成された。そして、その列にはヒハクも加わっていた。

出発から七日後、彼らは帰還した。百人の遠征軍は、七十五人になって帰ってきた。ヒハクはその先頭を歩いていた。

ヒハクが、門の前で待つ遠征軍の家族たちの中に、カーロイの姿を見つける。

そして天に向けて高く拳を突き上げた。

ヒハクが持ち帰った七つ目の追憶の戦機は、奇妙な二つの杯だった。指揮官がヴーエキサルのところへ運んでいった。これから名前をつけて、ルルタに捧げるのだろう。

その能力については、どうやらすでに調べはついていたらしく、ヴーエキサルは知っているようだ。しかし、ヒハクの耳には入っていない。多少気にはなるところだが、まあ、些細《ささい》なことだ。

ヒハクは強くなれた。そして、ルルタの役に立つことができた。それだけで十分だ。

ルルタはその後、ヒハクたちのところに姿を現すことはなかった。しかし、それも、全く問題ではない。ヒハクの心の中に、ルルタは深く刻まれているのだから。

それから半月ほど、ヒハクは忙しく働いた。予言によれば、最後の戦いは本当にすぐそこまで迫っている。ヒハクたちは一般人が避難《ひなん》するための防獣壕《ぼうじゅうごう》を掘り、終章の獣が防獣壕を襲ってきた時の対処を確認しあった。

老人や子供たちが家を捨て、家財道具を持って防獣壕に避難していく。残された僅かな戦士たちが、彼らを守るために戦いに備える。

準備が全て終わった頃。その日は来た。

今日がその日だとは、誰の目にも明らかだった。晴れ渡っていた空に、にわかに暗雲が走る。雨は降らないのに、雷《いかずち》がひっきりなしに轟《とどろ》き落ちる。まだ外にいた人々が、押し合うように駆けていく。ヒハクは彼らを導き、時には背負って防獣壕へと、避難させていく。

あらかたの作業が終わり、防獣壕の扉を閉じる前、ヒハクは隣にいた戦士に聞いた。

「ルルタは!?」

「まだ王塔におられる!」

「……ここを任せるぞ!」

そう言ってヒハクは駆け出した。奇妙なことに、数日前からヴーエキサルとその側近、それにルルタのそばに仕《つか》えていた上級戦士たちの姿がないのだ。

王塔にたどり着く。同じような懸念を持っていた者は他にも何人かいた。

「ルルタはどうなさっている?」

「ヴーエキサル様は?　この非常時にどこへ?」

皆、困惑《こんわく》していた。全員が下級戦士たちだ。許可なく王塔に入ることはできない。門の前で口々に囁《ささや》きあう。

「ここにいる必要はない!」

その時、朗々《ろうろう》とした声が響いた。王塔の最上部から、飛び立つ人影がある。

「安全なところへ行け！　一刻も早くだ！」

その言葉とは裏腹《うらはら》に、誰もが動かなかった。今まさに、最後の戦いに向かうルルタの姿を、自らの目に収めたかったからだ。

嵐に舞う透明の髪、左肩に刻まれた韻律結界ウユララの紋様。足元には虹色《にじいろ》に輝く彩なる砂戦艦グラオーグラマーン、手には妖《あや》しく霧立ちこめる大冥棍グモルク。腰布には常笑いの魔刀と、常泣きの魔剣がくくりつけられている。

なにか、言いようのない感動を覚えた。強さを極《きわ》めた果ての神々《こうごう》しさに、言葉を失った。

「僕は行く！　君たちは、新たな時代を生きろ！」

そしてルルタは、別の場所へと移動する。

「恐れるな。落ち着いて、ゆっくりと安全な場所に避難しろ。時間はまだある。皆が安全に避難できるよう、一人一人が何を為《な》すべきかしっかりと考えろ」

戦いを前に、ルルタは皆の安全の心配までしている。ヒハクは、涙が出るほどに、ルルタを尊敬する。

戦いの出発の前に、合い言葉を叫んだ。皆が声を合わせて叫んだ。

ルルタは恐れない。ルルタは迷わない。ルルタは挫《くじ》けず、ルルタは決して負けない。

叫びながらヒハクは思った。自分は信じよう。この言葉を、信じ続けよう。

戦場へ飛び立つルルタを見送り、ヒハクたちは防獣壕へ向かった。

だが、気になることが二つだけ残っている。

ヴーエキサルたちはどこに行ったのか、そして、ヒハクたちが持ち帰った七つ目の追憶の戦機は、一体なんの役に立ったのかということだ。ルルタは間違いなく持ってはいなかった。

しかし気にしている暇はない。すでにルルタと終章の獣の戦いが始まっている。空の向こうから、巨大な爆発音が響いてくる。

「……ルルタ、信じます、あなたを、信じます」

そう言いながらヒハクは、防獣壕の入り口に陣取った。ここからは、この場を守ることが自分の戦いだ。

しかし予想に反し、ヒハクの戦いはあっけなく終わった。防獣壕の扉を食い破り、狼《おおかみ》の姿をした終章の獣が二匹駆け込んでくる。ヒハクは槍で必死に応戦する。

倒せなくてもいい。中に入れさせなければいい。それだけを考えて、戦うこと数分。

「！」

二匹の終章の獣が、ふいに後ろを振り返る。そして、外へと駆け出していった。こんな場所に関わっている暇などないといった様子だ。

「ルルタと戦いに行ったのか」

それしか考えられないだろう。外では、獣たちのいななきに混じり、何の音かもわからない、戦闘音が響いてくる。

防獣壕の扉を修繕《しゅうぜん》し、傷ついた体を手当てする。それからは、終章の獣の襲撃《しゅうげき》はなかった。長い、待機の時間が始まった。

ヒハクは外に出ようとする子供をたしなめ、恐れおののく女性たちを励《はげ》ます。一緒の防獣壕にいたカーロイが、泣く赤子をあやし、自分より小さな子供たちに麦粥を分け与えている。

外は、どれほどすさまじい戦いになっているのか想像もつかない。

戦いはどれほど続いたのだろうか。一両日ではきかないだろう。三日三晩か、あるいはそれ以上か。何度か静かになったこともあったが、すぐにまた戦いの音が響き渡る。

ある時、防獣壕が壊れるほどの地震が起こった。次に、鼓膜が破れるような大きな音がした。これは終章の獣の力によるものなのか、ルルタの力なのかもわからず、ヒハクは恐怖におののいた。

そして、さらに時が過ぎる。

槍を抱きながら眠りに落ちていたヒハクが、カーロイに揺り起こされた。

「父ちゃん、外が」

「駄目だ、外に出たら」

「違う、外が……」

いつの間にか防獣壕の扉が開いていた。そこから、太陽の光が降り注いでいた。太陽の下では、人々の声が響きわたっていた。

「勝った！」

「勝ったぞ！」

「ルルタが、ルルタが勝ったんだ！」

「ルルタ！　ルルタ！　ルルタ！」

抱き合い、歓喜《かんき》の叫びを上げる人々。それを見た瞬間、疲れを忘れ、ヒハクは駆け出した。カーロイとともに人々の輪に加わり、三日ぶりの太陽の下で笑いあった。


しかし、人々がいくら探しても、ルルタの姿は見えなかった。人々は壊れた家を建て直し、傷ついた人を助けながらルルタの帰りを待った。

一日経ったが、ルルタは帰らなかった。

二日経っても、ルルタは帰らなかった。

ヴーエキサルや、ともに消えた側近たちの姿もなく、ラスコール＝オセロも行方《ゆくえ》不明だ。指導者を失った人々は次第に不安に駆《か》られ始める。

それ以上に、世界を救った救世主に会えないことに悲しみを覚え始めた。

「父ちゃん、まさか、ルルタは…」

「駄目だ、言っちゃいけない。ルルタを信じよう」

三日経ち、四日経った。

人々は世界が救われた喜びを忘れていく。世界が救われても、あの人がいなければ世界は色あせる。

相討《あいう》ち。そんな結末は悲しすぎる。

そして、五日目の朝。

「ルルタが帰ってきた！」

王都の正門で、喉も裂けよとばかりに叫ぶ男がいた。誰もが自分の仕事を投げ捨てて、表通りへ走った。集まってきた人たちの間を縫《ぬ》うように、男は叫びながら走りまわった。ルルタが帰った、ルルタが帰ったと。

ヒハクはカーロイを抱き上げ、王都の正門に向かった。ヒハクが、残された戦士の中で一番足が速かった。前にいる人々を抜き去って、ルルタのもとへと駆ける。

ルルタが見えた。ヒハクの目に、ルルタの姿がはっきりと映った。追憶の戦機は、何故か持っていない。肩に、韻律結界ウユララの紋様があるだけだ。外傷は見つからない。背後にラスコール＝オセロを従えている。

「ルルタ、ルルタ！」

叫びながら走っていく。うつむいていたルルタが、ふと、目を上げた。

「ああ、ヒハクか」

ルルタが、ヒハクの顔を見た。

それが、生きているヒハクの、最後の記憶であった。

次の瞬間、ルルタは手を軽く振るった。その動きを、ヒハクは視認できなかった。ヒハクの頭は、隕石《いんせき》が突き当たったかのように、粉々《こなごな》に弾けて吹き飛んだ。赤い霧吹きを吹かれたように、後ろを走っていた人々の顔が赤く染まった。

即死であった。

だが、この瞬間に死ねたことは、まだしも幸せだったのかもしれない。

ヒハクは、この後の光景を見なくても済んだのだから。

ルルタの体から、終章の獣が生み出された。集まった人々に、終章の獣を解き放った。世界を滅ぼすための力を、なぜ使えるのか、人々に告げなかった。

何故それを人々に差し向けるのか、語らなかった。

理由も目的も告げず、人々を殺して殺して殺してまわった。その表情は、面のように硬直し、一切の感情がかき消えていた。

カーロイは首のないヒハクの体にすがりつき、絶叫し、泣き喚《わめ》いていた。繰り広げられる虐《ぎゃく》殺《さつ》の中で、カーロイを助ける者は、誰一人いなかった。

この日を最後に、楽園時代は終わった。人類の、いや、ルルタの時代の始まりであった。

第三章 陰謀者と憂鬱の暴君

「……なあ、ルルタさんよ。あんたはなぜ、ヒハク＝ヤンモを殺したんだね？」

ヒハク＝ヤンモの死から、一八七八年後。一人の男がグラスを傾けながら呟《つぶや》いた。ヒハク＝ヤンモの名前が語られるのは、おそらく一八〇〇年ぶりか、それ以上になるだろう。彼は、樹木に姿を変えるという能力のほかは、何者でもないただの男だった。彼の名は歴史の彼方《かなた》に消え去っている。

呟いた男は、マキア＝デキシアートという。当時のバントーラ図書館館長代行だ。ややもすると下品になりそうな派手《はで》なスーツ姿に、目にはトランプのスペードを模《も》した眼帯。腰に差している剣は、武装というよりもファッションの一部に見える。武装司書の頂点でありながら、実に武装司書らしくない男である。

「彼の能力が欲しかったとすれば、理由は成り立つねえ。だがねえ、あんたが彼に一言、命が欲しいと言いさえすれば、彼は喜んで首を差し出したんじゃないのかい。なんで、あんなにも無残《むざん》に殺す必要があったんだね」

マキアが傾けるグラスには、最上級のブランデーが注がれている。グラスをちびりちびりと空《から》にしていく。

「いや、それ以上に、わからないことがある。あそこにいた人たちを殺す理由はないだろう？　恐怖で民衆を支配したかったのか？　そんなわけはないよなあ。あんたは世界を救った英雄じゃないか。何も言わなくたってあんたのために、誰もが奉仕《ほうし》するはずだ。

　世の中に恩知らずはたくさんいるが、気にすることは何もない。あんたの力ならそんな連中、一瞬で殺せるはずだろう」

「……」

　マキアは何かを待っている。待ちくたびれたように酒を呷《あお》り、またブランデーを注ぐ。

「だんまりですか。それとも眠っておられるのでしょうかね」

　そう言ってマキアは、グラスを掲《かか》げた。

「一杯ご一緒しましょうや。上司と部下が、グラスを傾けて腹ぁ割って話し合う。それでこそいい組織ができるってもんですぜ。

　グラスは二つ、椅子《いす》も二つ持ってきてるんですから、遠慮はなさらずに」

　この時、マキアは驚くべき場所にいた。バントーラ図書館最深部、第二封印《ふういん》書庫の中だ。冷たく凍《こお》りついた書庫に立つ、小さな樹木の木陰《こかげ》。ルルタ＝クーザンクーナの傍《かたわ》らで、彼はあろうことか酒を飲んでいるのだ。

　簡素《かんそ》な木のテーブルを置き、それを挟《はさ》んで折りたたみ式の椅子を二つ。テーブルの上にはブランデーの大瓶《おおびん》と、チーズを練り込んだクラッカーの袋、それにグラスが二つある。そこにルルタの姿はない。マキアは、ルルタを酒宴に誘っているのである。

武装司書は、封印迷宮の中での飲酒を禁止されていない。そんな真似《まね》をする者は、一人として武装司書にいないからだ。ルルタも、自分の前で酒を飲んではいけないと言ったことはない。そんなことを思いつく馬鹿《ばか》を、想定していないからだろう。

「もしかして、お酒は駄目なお方でしたか？　こりゃあ失敗した、ジュースの用意を忘れていましたよ。それに、甘いクリームパイでも持って来ればよかったか？」

しかもマキアは、本当に酔っている。まだ呂律《ろれつ》は回っているし、まっすぐ歩けはするだろう。だが、その口調は明らかに酒が回っている。

「なあ、ルルタさん、教えてくださいよ。あんたは、いったい何を考えているのですかね。まさか、何も考えてないなんて返事は御免《ごめん》ですよう」

そう言って、マキアはけらけらと笑い転げた。

ルルタの機嫌を損ねれば、死あるのみ。それはマキアにも当然わかっている。これは暴挙を通り越して愚行《ぐこう》である。いや、狂気の沙汰《さた》に近い。

だが、この愚行には理由がある。彼は、決して無意味な行動に出る男ではない。

マキア＝デキシアート。歴代の館長代行の中では、戦闘力自体はさほど高くない。卓越《たくえつ》した身体能力と、念動力を込めた、強力な斬撃《ざんげき》を得意とする、標準的な戦闘スタイルである。

しかし彼には、秘密の能力があった。その能力の存在は、マキア本人以外誰も知らない。

彼の隠された力とは、予知能力である。

常笑《とこわら》いの魔女シロンのような、数百年先を見通す力ではない。後《のち》の時代のマットアラストのように、確実に未来を予知できる力でもない。予知能力としてはきわめて低級といえるだろう。

しかし彼は、この力が自分の最高の能力と自負している。

彼は予感を感じ取ることができるのだ。たとえばある朝、今日は良いことが起こりそうだと感じることができる。敵と戦う前に、この相手はやばそうだと感じることができる。予知できるのはこの程度だ。

的中率も100パーセントではない。10のうち1は外れる。当たっているときも下手《へた》な行動でせっかくの予知を無意味にしてしまうこともある。

貧弱な力だと、人は思うだろう。特に実戦には全く使えない。しかし、この力は何にも勝る予知能力だとマキアは思っている。

確かに戦闘にはまったく使えない力だ。だがこの力は、戦うべきか否《いな》かを戦う前に教えてくれる。そして、誰と戦うべきかを教えてくれる。戦術に用いる力ではなく、戦略に用いる力なのだ。

そして、常《つね》に戦略は戦術に勝る。無意味な戦いをせず、勝てる戦いのみをする者こそが最強なのだ。マキアはそう思っている。

その日の朝、彼は予感を感じた。

今日、自分は生きて帰れる。ルルタの前で酒を飲み、馬鹿な言葉を重ねても、ルルタは自分を殺すことはない。彼はその予感に、自《みずか》らの命を託《たく》していた。

「さらにわからないのは、終章の獣《けもの》の力を食ったことです。あなたは間違いなく世界最強の存在。それは、終章の獣の力がなくたって変わりはないでしょう。にもかかわらず、さらなる力を食う。不合理じゃありませんか？」

グラスを重ねながら、マキアは喋《しゃべ》り続ける。彼は酒豪である。口調こそ酔っ払っていても、頭脳の切れ味は衰《おとろ》えていない。

「そう、あなたは今さら力を求める必要はないわけですねえ。だから、終章の獣の力を食ったのは、別に理由があるってことでしょう。戦闘力以外の理由で、終章の獣の力が必要だったのか……それとも、否応《いやおう》なしに食わざるを得なかったのか……。

ともかく、何かあったんでしょうねえ。あなたに、俺たちの知らない何かが」

ルルタは何も答えない。

「そう、やはり、あのときのことです。あなたが、終章の獣と戦い、倒し、帰ってくるまでの間。あの数日の間に、何かがあった……」

マキアはくあ、とあくびをした。クラッカーをわしづかみにして食い、またグラスにブランデーを注ぐ。

「そのあたりのことを伺《うかが》いに来たのですがねえ、やはり、だんまりでございますか」

そう言いながら、マキアはブランデーの瓶をルルタに向けて掲げた。

マキアが館長代行の座に就《つ》いたのは五年前だ。就任のきっかけは、先代の館長代行と楽園管理者が、職務怠慢《たいまん》を理由にルルタに虐殺《ぎゃくさつ》されたからである。もう一人の代行候補のカチュアが楽園管理者になることを希望したので、消去法でマキアが代行になった。

仕事ぶりは、褒《ほ》められたものではない。現代管理庁から政治家や実務家を何人か引き抜いて補佐官《ほさ》につけた。政治面の仕事は、彼らに全《すべ》て任せている。すでに引退した先輩の武装司書を顧問《こもん》として呼び寄せて、図書館の運営を一任している。

代行の椅子に座っているだけのお飾り、といっても誰からも異論は出ないだろう。戦士としては一流でも、政治家や組織の長としては三流以下。それがマキアへの評価である。着実に組織を強化しているカチュアに比べると、差は歴然《れきぜん》としている。

だがその評価はマキア自身が望んだものである。政治の仕事に時間をとられないために、彼は無能を装っているのだ。

館長代行に就任して以来、マキアは密《ひそ》かにルルタのことを調査していた。空《あ》いた時間のほぼ全てを、ルルタを調べることに費《つい》やしてきた。

第二封印書庫の『本』を全て読んだのはいうまでもない。もっと浅い階層に収められている『本』にも、ルルタに関する情報の、ごく些細《ささい》な断片が残っている。それらも、丹念《たんねん》に調べつくした。さらに、メリオト公国にわずかに残る遺跡を巡《めぐ》り、神話やおとぎ話として残っているさまざまな古代の事件を調べあげた。

得られた情報のかけらを組み合わせ、推理と憶測《おくそく》を駆使《くし》し、マキアはルルタの過去に肉薄《にくはく》した。ヒハク＝ヤンモの名前すら知っていたことに、マキアの調査がいかに徹底したものかわかるだろう。

それ以前の館長代行や楽園管理者の中にも、ルルタのことを探った者がいる。しかし、マキアの五分の一もルルタのことを知っている者はいないだろう。

とりわけ時間をかけて調べたのは、ルルタと戦った者たちのことだ。いままで、何人もの館長代行が、ルルタへの反逆を企《くわだ》てた。その誰もが、無残な返り討《う》ちにあっている。彼らの戦略、戦法、発想の出所《でどころ》、それに失敗の有様《ありさま》。全て、入念に調べ上げた。

全て一人で行った。カチュアにも、武装司書にも、誰にもマキアの目的が漏《も》れないように。

そう、マキアは、ルルタと戦おうとしているのだ。

この三百年、ルルタに挑《いど》もうとする者はいなかった。竜骸咳《りゅうがいぜき》事件の無残な失策に、自暴自棄《じぼうじき》になった館長代行が、自殺まがいの戦いを仕掛けたのが最後だ。館長代行たちは数限りなく繰り返された敗北から、ルルタと戦うことは不可能と悟っていた。

だがマキアには、予感の能力がある。危険の予感を感じ取れれば、致命的な失策を事前に回避できる。死の予感を感じ取れれば、負ける戦いを仕掛けなくて済む。それだけマキアは、自分の能力を信じていた。

そして、マキアが戦いを挑んだ理由はもう一つある。

五年前の、先代代行が虐殺された時のことだ。

（今後は君たちがバントーラ図書館と、神溺教団《しんできょうだん》を運営しろ。僕から伝えるべきことはこれだけだ。今後の君たちの働きに期待している）

ルルタは平然と先代の代行を殺した。そして、当たり前のように次代のバントーラ図書館をマキアたちに任せると言ってきた。まるで、いらなくなった道具を捨てて新しいものに取り替えるように。

カチュアは恐怖に慄《おのの》いていた。恐ろしかったのはマキアも同じだった。だがマキアは、恐怖の底から、ふつふつと怒りがこみ上げくるのを感じていた。

「勝手に話を終わらせないでくれませんか。この人を殺したことに、何か一言、あってもいいんじゃないでしょうか」

彼は、先代の代行を尊敬していた。世界のために、武装司書のために、身を粉《こ》にして働いていた人だった。せめて、何か一言でもないのかという思いが、彼を動かしていた。

理性では従わなければならないのがわかっている。だが、理性などくそ食らえだった。

「おい、やめろマキア」

（マキア。君の怒りは有益なものではない。君は有用な武装司書であり、君を失うことは僕にとっても損失《そんしつ》となる）

カチュアの制止も、ルルタの言い分も、火に油を注ぐだけだった。自分自身、怒りを制御《せいぎょ》できなくなっていた。

「何を言ってるんでしょうかね。俺が言っているのは、この人を殺したことについてですが」

「やめろマキア！ 死ぬ気か！」

ああ死ぬ気だよ。怒りに駆《か》られてそう答えそうになった。その瞬間、マキアは予感を感じたのだ。

耐えれば、何か良いものが見つかる。

その予感が、マキアを押しとどめた。良いものが見つかるとは、ただたんに生き残れるという意味ではない。もっと重大なものだと感じていた。それは、自分一人にとってではなく、武装司書に、いや、世界にとっての良いものが見つかるという予感だった。

「その通りでした、いやあ、忘れていましたよ、失敬しました館長。大変に、失敬しました」

怒りを抑えることができたのは、予知能力への自信だけが理由ではない。「良いもの」の正体を知りたい好奇心もあった。

（………マキア、君の判断に満足した。有用な武装司書を殺さずに済んだのは、大変に喜ばしいことだ。今後の君たちの働きにも期待する）

「そりゃどーも」

だが、今の予感は何だったのだろう。このあと何が見つかるというのか。疑問が渦巻《うずま》くマキアの頭に、ルルタの思考共有が響く。

（マキア。僕は、何か間違ったことを要求してはいないはずだ。僕が願うのは二つだけ。より多くの人々が幸福であること。そして、その幸福が僕に捧《ささ》げられることだけだ。人々が幸福なことはいいことだし、僕に幸福が捧げられることも良いことだ。

それを実現させるのは、僕にとっても君たちにとっても最上のこと）

ルルタの話を聞きながら、何か、引っかかるものがあった。ルルタは、言い訳をしている。自分の行動を正当化しようとしている。

彼もまた、罪悪感を抱いているのだ。その認識がマキアを冷静にさせる。予知能力を研《と》ぎ澄《す》ませる。もう少しで何かが見つかる気がする。

次の瞬間、もう一度予感が舞い降りた。

自分は、ルルタに、勝てる。

マキアは確信した。それが、耐えたことで見つかる良いものだと。しかしその予感に、マキア自身が驚いていた。

勝てるというのはどういうことだ。一級武装司書とはいえ、たいして目立つ存在でもない自分が、ルルタに勝てるというのか。自負する能力とはいえ、信じていいのだろうか。

今までルルタに挑んだ館長代行たちが、どのようにして負けてきたか、マキアは知っている。理性的に考えれば不可能だ。何があっても絶対に不可能に決まっている。

「仕方ないんだ、マキア。私たちにはどうしようもないことなんだ」

カチュアの慰《なぐさ》めが耳に届く。耳には届いているが聞こえてはいない。

ルルタに、勝てる。理性では信じられなくても、その予感を感じたこともまた事実。まだ見えていないだけで、ルルタを倒す方法は確実に存在する。そして、その方法はマキアの手の届く範囲内にある。

マキアはそれから悩んだ。勝てないと理解している理性を信じるのか、勝てると予感した自分の能力を信じるのか。

本心では戦いたい。戦う理由はいくらでもある。代行の敵《かたき》を討《う》ちたい。世界を支配する暴君を倒したい。ルルタのいない、新たなバントーラ図書館を未来に残したい。

だが、決意はできなかった。ルルタに挑むことは恐ろしすぎる。自分の全てを投げうってもなお足りない。もし負けたら、ルルタの報復は多くの人間を巻き込むだろう。

一日悩み、一週間悩んだ。一月《ひとつき》悩み、一年悩み、そして今もなお悩んでいる。

優柔不断とあざ笑《わら》うことはできないだろう。ルルタに挑むのはそれほどのことなのだ。


それから五年後、マキアはルルタの前で酒を呷《あお》っている。

五年間、調べれば調べるほど、自分には勝てないことが理解できるだけだった。ルルタの力は圧倒的で死角はない。およそ人間が考えつく抹殺《まっさつ》手段は全てやりつくされている。

そして、あの勝利の予感も二度と訪れなかった。手段を思いついても、それでは負けるという予感を感じるだけだった。

あの予感は、錯覚《さっかく》だったのだろうか。それとも、予感は本物でも、機会は失われてしまったのだろうか。

マキアは、ルルタに会いたかった。どんな内容でもいいから、何かを話したかった。

かつて、勝利の予感を得たのは、ルルタと話している最中のことだった。もう一度、何かの予感を感じるとしたら、ルルタと話しているときしかありえない。

それに、もう一度会い、その声を聞けば何かがわかるような気がした。ルルタを倒すためには、よりルルタを知らなければならない。

ルルタの前で酒を飲む。この暴挙には目的がある。ルルタから、何らかの対応を引き出すことだ。どんなことでもいい。不快に思ったルルタが自分を追い返すのでもいい。酒には興味がないと、酒瓶《さかびん》を叩《たた》き割るのでもいい。何らかの反応さえあればいいのだ。

しかし、ルルタは何度呼びかけても応《こた》えない。思考共有を使い、人々に呼びかけるのは、いつもルルタの側から用件があるときだけだった。

そして、今も。

「……ありゃ、いつの間にかけっこう飲んでるなあ」

と、マキアは酒瓶を揺らす。残り三分の一ほどだった。ここらで切り上げるかと、マキアは思った。

「……ふふふ、どうかしてたな、俺は」

冷静に考えれば、まともなやり方じゃない。何にもならなくて当たり前だ。どうかしている。

マキアは、酒瓶を置き、揺れる酒を見つめながら思った。そもそもこの五年間がどうかしていたのだ。ルルタと戦い、勝つ。そんなことをしてどうする。ルルタの言うとおり、幸いな人間の『本』を集めて、ルルタに捧げていれば何の害もないというのに。

五年間、もう十分だろう。馬鹿な夢を追うのはやめて、真面目《まじめ》に働くときがきたのかもしれない。酒瓶に残った、残り三分の一ほどの酒を飲み終えたら、ルルタと戦うことは忘れよう。

この酒を飲み干して、地上に戻り、酔いを醒《さ》ましたら、それで悩むのは終わりにしよう。まあ、負けて死ぬよりは悪くない終わり方だ。

その時、手が伸びて酒瓶を持ち上げた。

「端的《たんてき》に聞こう。君は正気か？」

テーブルの向かい側から、涼やかな少年の声が響いた。誰の声なのか気づけずに、マキアは酒瓶のなくなったテーブルの上を見つめていた。ラスコール＝オセロが新しい体に乗り換えたのか。それにしては、口調が違う。

「酒は狂《くる》い水と聞いている。君がどれほどこれをやるのか知らないが、ほどほどにしておくべきだ。館長代行として、あるべき姿とは思えない」

「正気ですよ、ご心配なく」

顔を上げる。そこには、透明の髪を持つ一人の少年がいた。その背後にあるはずの、樹木が消えていた。ルルタ＝クーザンクーナの顔を見るのは、マキアは初めてだった。いや、歴代の館長代行や楽園管理者の中でも初めてかもしれない。

「君を見ながら、何を企《たくら》んでいるのか考えていた。だが、君は身一つでここに来て、ただ酒を飲んでいるだけだ。何のつもりか、聞きたい」

「企みなんてありません。先ほど言ったとおりですよ。あなたと話がしたかったんですよ」

「裏の裏は表か。なるほど、僕はまんまと策にはまったわけだ。ありえない行動だな。だが、ありえないからこそ目的を果たした」

「その通りです」

ルルタが、置いてあったグラスに、静かに酒を注いだ。そして表面張力ぎりぎりのところまで満たされたグラスを持ち上げ、水のように飲み干した。酒は一滴もこぼれなかった。

「僕はどうやら酔えないようだ。毒物は全て、体内で瞬時に分解される」

グラスを置き、酒瓶をマキアに返す。

「ではやはり、クリームパイでも持ってきたほうがよかったでしょうかね」

「そのようだな。次は、果物とクリームがとびきり載《の》ったやつを所望《しょもう》しよう」

ルルタは微笑《ほほえ》みながら言った。しばらく経《た》って、ルルタが冗談を言ったのだと理解した。どういうわけか猛烈な笑いがこみあげて、マキアは口元を押さえて腹がよじれるほど笑い続けた。

マキアはまたグラスに酒を注ぎ、少しだけ唇《くちびる》をしめらせた。そして、二人は話し始める。

「さて、君の要望どおり、腹を割って話し合おうか。先に僕から聞きたいことがある。正直に答えてくれ」

「ええ、かまいませんよ」

「君は僕と戦うつもりだな」

腹を割りすぎだとマキアは思った。内臓まで飛び出てしまう。だが、今日は俺が死ぬ日ではない。自分は生きて帰れる、そういう予感があったのだ。

「その通りです」

「君の大胆さは、どこから来るのかな」

「秘密です」

「そうか。それなら仕方ない」

殺し、『本』にして知ろう、とは言わなかった。どういうわけか、ルルタはマキアを殺すつもりはないようだ。理由がわからない。自分の代わりになる館長代行候補は育っている。ならば、生かしておく意味はないのに。

「頼みがある、マキア。君を生かしておく理由はそれだ」

マキアの心を読んだかのように、ルルタは言った。

「僕を殺してくれないか」

「…………」

その言葉を、妙に冷静な気持ちで聞けたのは、あまりにも驚きが重なりすぎて、感性が麻痺《まひ》していたからだろう。

「理由を聞かせてもらえますか」

「一口では語れないな。少し待て。話すことを整理する」

ルルタは立ち上がり、第二封印書庫の中をぼんやりと歩き回り始めた。喋ることを考えているのだろう。マキアは酒をゆっくり飲みながら、ルルタの言葉を待った。

「僕には夢がある。一九〇〇年近く前、終章の獣を倒し世界を救ったあのときから、僕はずっと、一つの夢を追いかけている」

「……夢？」

マキアの疑問には答えない。ルルタは話し続ける。

「完璧《かんぺき》な、欠けるところのない幸福を手に入れる。それを手に入れれば、僕の夢はかなう。だから僕は、待ち続けた。君たちが、欠けるところのない幸福を運んでくる日を。人間の一生の、二十倍を越える時間だ。君は、不老不死を望んだことはあるか？」

「……いえ」

「望まないほうが良い。人生は、百年かそこらで終わるから輝くのだ。二百年を超えると、くたびれ果てて嫌になる。五百年を超えると、老いることのない体が憎《にく》くなる。二千年に近づくと……もう言葉では言い表せない。

だが、僕には夢があった。夢をかなえるために、二千年も耐え続けてきた。

君たちが、欠けるところのない幸福をもたらしてくれる日を、待ち続けられた」

ルルタは椅子に腰を下ろさず、歩きながら話し続ける。

「だが、たとえ夢があっても二千年は長すぎるのだ。夢すら、くたびれ、擦《す》り切れ、老いていく。僕の体は十五歳のままで、夢だけが年をとっていく。

君は夢を諦《あきら》めたことがあるか？」

「一度諦めかけました」

「そうだろう。夢もまた死ぬのだ。夢がかなうか、夢を諦めるか、どちらかの形をとって。

僕は、この地の底から千里眼《せんりがん》で地上を眺《なが》めることがある。夢を諦めてゆく人を何人も見た。

ある画家が、生活に追われて絵筆を捨てた。武装司書を目指した男が、同時代のライバルたちに敗《やぶ》れて故郷へ帰った。一生をかけて研究を続けた老人の夢は、死とともに終わった。

僕は彼らがうらやましかった」

「妙なことを、言いますね」

「彼らは夢を諦められる。己《おのれ》の無力が、己の力ではどうしようもない現実が、己の弱さが、時間が、夢を諦めさせてくれる。だが、僕はどれもできない。

僕は強く、誰も僕を止められない。時間は永遠にあり、死ぬこともない。だから、誰も僕の夢を阻《はば》めない。

僕には手に入らないものを、世の中の人は持っている。敗北という、安らぎだ」

容易に理解できる話ではなかった。彼は、夢を諦めたいのだろうか。ならば好きに諦めればいいではないか。なぜ、マキアにこんな話をして、自分を殺してほしいと頼むのだろう。

「心というのは、一筋縄《ひとすじなわ》ではいかないものだ。僕は夢を追いかけている。その夢がかなってほしい。その心はまったく変わりなく、僕の中にある。年月を重ねるほど、日々が過ぎるほど、夢はますます大きくなる。

しかし、それとは別の心も生まれる。かなわない夢なら、いっそ諦めてしまいたいと

ルルタが拳《こぶし》を握った。そして、壁に叩きつけた。

「だがな、こんなところで諦めるなら、僕は何のために今まで生きてきた。樹木に姿を変えてまで、二千年も生き続けたのは何のためだ。神溺教団が僕のために『本』を集めてきたのは何のためだ。戦いを挑んできた代行たちを、僕の存在を忘れようとした代行たちを、殺したのは何のためだ。僕の夢は、たくさんの人を犠牲《ぎせい》にした。諦めるなら、それら全てが無意味になる。

そう思うと、諦められない」

「…………」

意外だった。彼が、神溺教団のことを気に病《や》むとは思わなかった。人を殺してきたことを、罪と感じているとは信じられなかった。

「夢をかなえたくとも、かなわない。諦めたくとも諦められない。僕はどちらの道も選べない。僕はもう、千年もこの気持ちを抱えながら、生き続けている。僕は、もう疲れたんだ」

話を聞きながらマキアは、自分が調べあげたルルタのことを思い出していた。かつて、彼は紛《まぎ》れもなく、世界を救うために戦った英雄だった。彼の目は光り輝き、心は熱く燃えていた。

年月は、人を変える。それが二千年ならばなおさらだ。しかし、そうとは言え、あの英雄が、こんな陰鬱な男に変わってしまうものだろうか。

「それで、殺してほしいと」

「……わかるか？　マキア。僕の気持ちが」

　正直、理解できない。

　ルルタはなぜ、こんなに憂鬱《ゆううつ》なのだ。彼は世界の、あらゆる幸福を集めていたはずだ。彼の憂鬱は、集めた幸福でも紛らわせられないほど深いのか。

　いや、彼にとって幸福を集めることは手段なのだ。目的ではない。しかし自分が幸福になるためではないとしたら、幸福を集めている理由は何だ？

　ルルタのことが理解できない。だが、言いたいことと、マキアにやらせたいことはわかる。

「感情的には理解できません。ですが、理屈の上ではわかりますよ。

　あなたは、誰かに自分を止めてほしいのでしょう。自分では諦めることができない。でも、誰かと戦い、力及ばず敗れるのならば、夢を諦められる。仕方ないんだと、自分を慰めることができる」

「その通りだ」

「もっとありていに言いましょう。あなたは、言い訳がほしいんだ。夢を諦めるために、自分自身を納得させる言い訳が」

「その通りだ。だが、人に聞かされると笑ってしまうな。僕の情けなさに。

　僕は、死ぬことすら人の助けを借りなければできないんだ」

「……」

「マキア。引き受けてくれるか？」

いつしか酔いは醒《さ》めていた。マキアは天を仰《あお》ぎ、考えた。

「一ついいですか？　先代の代行のこと、謝ってください。一言だけでかまいません」

「………今にして思えば、殺さなくてもよかった。すまなかった。許してくれ」

「………わかりました。引き受けましょう」

「そうか」

そう言うとルルタは、マキアに向けて手を伸ばした。危害を加える様子ではないので、マキアは黙ってそれを受けた。

胸の中に温かい何かが押し込まれた。これは魔法権利の譲渡《じょうと》だ。

「これは、僕が保持する力の一つだ。僕には何の役にも立たないから持っていけ」

「何の力ですか？」

「……姿を隠す力だ。この力を持つ者を、僕は認識できなくなる。僕を殺そうとしたとある戦士が持っていた力だ。この力を働かせている限り、僕は君の行動を知覚することは不可能になる。カチュアが持っている能力と形態は違うが同種の力だ」

「何のためにこんな力を？」

「君が何をしてくるかわかってしまえば、僕は容易に防げる。それに、明日になったら僕は、今日のことを後悔するだろう。そして、君を消そうとするはずだ。だが、その能力を保持している限り、僕は君を殺すことができない。君が僕を殺す策を、防ぐこともできない。

能力を発動してみろ」

急に与えられた力なので、発動させるために時間がかかった。魔法権利を施行《しこう》してみるが、何か変わった様子はない。

「これで、あなたには見えないということですか?」

答えはない。無視したのではなくて、聞こえていない様子だ。姿が見えなくなるだけではなく、声も聞こえなくなるらしい。

マキアは能力を解除し、話しかけた。

「これで、俺の戦いの準備は整ったわけですね」

「そうだ」

ルルタが背中を向ける。

「最後に、聞いておきます。あなたの夢とは何ですか?」

「……………」

ルルタは何かを言いかけて、やめた。

「知る必要はない。君は僕を殺すことだけに集中しろ」

少年の姿が、樹木の姿に戻っていく。

「こちらからも、最後に言っておこう。僕の夢をかなえる手段は、二つある。一つが、完全な欠けるところのない幸福を手に入れることだ。

そして、もう一つが」

静かな口調だった。だが、それ故にぞく、と怖気《おぞけ》が走った。

「この世界を滅ぼすことだ」

「……」

「この世界を滅ぼしたくはないだろう。ならば、僕を殺してみろ。この世界を守るために」

ルルタが樹木の姿に戻った後も、マキアはしばらく第二封印書庫の中にいた。どうやってルルタを倒すかを考えていた。

戦う決意はすでにできた。今日できなければどうかしている。

戦う方法も見つけた。ルルタには、絶対に克服できない弱点がある。

そしてマキアは、一つの予感を感じた。

自分はこの先、とてつもなく大きな罪を犯すことになる、と。

第四章 歌い人とある少年

楽園時代に生きる人々の間に、一つの噂《うわさ》話が流れていた。とある少女の噂話だ。

それが人々の口に上ったのは、終章の獣《けもの》とルルタ＝クーザンクーナの決戦から、二年ほど前のことだ。それ以前にも、彼女のことを知っている人はいた。だが、彼女の存在が噂として語られ始めたのはその頃だ。

人々は、迫りくる世界の滅亡《めつぼう》を回避するため、日々戦い続けていた。七つの追憶《ついおく》の戦機を集めるために、そして、ルルタに食われ、彼の力になるために。戦いだけが全《すべ》てであり、戦い以外のあらゆるものが無価値と断じられる世の中であった。

その中で、まるで別の時代から迷い込んだような少女が一人生きている。そんな噂が、人々の間にひっそりと伝わっていた。


一人の老婆《ろうば》が、道を歩いている。背負った袋が、さ迷い歩く病人のように揺れている。老婆は息を切らしている。鉱山から掘り出された砂鉄《さてつ》が、背中の袋いっぱいに詰まっているのだ。道の彼方《かなた》にあるのは、ルルタ＝クーザンクーナが暮らすメリオト王都だ。後ろには、老婆が暮らしていた小さな村がある。老婆は一人、王都に納める鉄を運んでいた。

彼女も昔は、ルルタに食われるために魔術審議《しんぎ》を行い、力を磨《みが》いていた。しかし、才能のない彼女はルルタの役には立たないと判断され、雑役《ざつえき》を命じられた。ルルタと、ルルタのために戦う戦士が使う鉄を、献上《けんじょう》することが彼女の務めだ。

「ああ……」

日は昇りきり、下りかけている。これでは、明日の日没までに王都に着けるはずがない。期日を破れば、また鞭《むち》打ちだろう。いや、次は殺されるのかもしれない。ルルタの役に立たない者に、一切《いっさい》の価値はない。

腹が減り、目がかすむ。もう三日も何も食べていなかった。若者のほとんどが日々を魔術審議に費《つい》やしている。そのため、畑の働き手が足りず、食物の生産量は極端に減っている。そうしたとき犠牲《ぎせい》になるのは、老婆のような弱く無用の人間たちだ。

背中の袋が重く、足が動かない。前に踏み出したところで、たたらを踏んでしまう。老婆はどうと道に倒れる。袋が破れ砂鉄が撒《ま》き散らされた。

もう、疲れ果てた。このまま死んでしまいたい。立ち上がる気力もなく、彼女は倒れたまま動かない。死が間近《まぢか》に迫っているのが感じられた。

彼女は思った。ルルタが世界を救っても、誰も自分のことは救ってくれはしないのだ。傷つき、疲れるだけの人生だった。どうして、こうも辛《つら》い思いをして生きねばならないのだろう。

そう思った彼女に、ふいに声がかけられた。

「……いいえ、それでも、生きてください」

老婆が目を上げると、一人の少女が彼女の横に立っていた。いつの間に現れたのか、老婆にはわからなかった。

老婆は少女の姿を眺《なが》めた。年の頃は、十五、六か。この時代にはほとんど見なくなった、ゆったりとした薄布の貫頭衣《かんとうい》を身にまとい、髪に雄鶏《おんどり》の羽《はね》を挿《さ》し、小さな石英《せきえい》の首飾りにつけている。髪は長く、三つ編みにして後ろにたらしている。髪は濃い金髪だが、前髪の一房《ひとふさ》だけが、あざやかな赤紫色をしていた。

「……それでも、辛くても、生きてください。それが私の望みです」

そう言って、「赤紫の少女」は、背中の袋を降ろさせた。そして、懐《ふところ》から布の包みを取り出して、老婆に見せた。中に入っていたのは、炙《あぶ》った百合《ゆり》の根だ。老婆は無我夢中で受け取り、貪《むさぼ》るように食った。

「……少しでも、力になれたでしょうか」

小さく、静かな声で、赤紫の少女は言う。確かに、わずかに腹は膨《ふく》れた。しかし、少しの食べ物が、逆に老婆の気力を削《けず》り取っていた。飢《う》え果て、死にかけた人間には、わずかな食べ物が毒になることも多いのだ。少女の施《ほどこ》しは、少女の願いとは逆の働きをした。

「……生きてください、明日のことはわからなくとも、せめて今日は」

赤紫の少女は悲しそうな声で言う。しかし、老婆は首を横に振った。

「ありがとう、でも、もう駄目です。私はもう、このまま死んでしまいたいのです。これ以上、辛い思いをさせないでください」

「……そう、ですか」

老婆は思い出した。いつだったか、聞いたことがある。傷つき、疲れ果て、死にかけている人の前に現れるという少女のことを。

彼女はどこからともなくやってきて、どこへともなく消える。言葉少なながら、一言一言に慈愛《じあい》がこもり、その風貌《ふうぼう》は聖者のように落ち着いている。そして、彼女は傷つき倒れた人間たちに、施しと癒《いや》しを与えてくれるという。

赤紫の歌い人、あるいは癒しの歌い人。名前も知れない少女は、人々の間でそう呼ばれている。

まさに、目の前にいる彼女だ。

「……あなたを立ち上がらせることも、あなたの命を救うことも、私にはできません。私にできるのは、ほんの少し、あなたを癒すことだけ」

「それだけで十分です、それだけで。この苦しさを、ほんの少しでも癒してくれるなら」

少女は、老婆の前に座った。老婆の頭を、まるで母親のように抱いた。

「……歌わせていただきます。あなたのために、癒しの歌を」

少女の手が、老婆の背中に回された。そして、優しく背中を叩《たた》いて、リズムを取り始めた。そのリズムに合わせて、少女は歌いだした。

少女の口は動いていない。「エ」の音を出す形のまま、固定されている。音程も声の大小も

変化しない。後《のち》の時代の人間が知るものとはかけ離れているが、それは間違いなく歌だった。

少女は、音を通じて、意思そのものを伝達している。彼女の歌は、ただの音ではなく、魔術の一種である。歌は聴く者の肌《はだ》を通して染《し》み入り、心に直接響き渡る。

リズムと音の高低で美を表現する歌は、楽園時代が終わった後に生み出されたものだ。この時代、歌といえば少女が奏《かな》でているこれを指した。

老婆はまた、別のことを思い出した。世の中にはかつて、歌い人と呼ばれる一族がいた。老婆が子供の頃にすら、その姿を目にすることはなくなっていたが。彼らは世界をめぐり、様々な歌を歌い、人々に幸せを運んでいたという。

少女の声が、老婆の肌に染み入ってくる。

(安らかに)

心の中に響き渡るのは、その意志だ。少女が今、老婆が安らぐことを願っていることが伝わってくる。その願いに、心が満たされていく。幼子《おさなご》の頃以来、いや、生まれて初めて、老婆は何の心配もない、本当の安らぎを得た。

(安らかに)

その歌を聞きながら、老婆は目を閉じた。


それから、二時間後、王都から来た運送人に、老婆は発見された。飢えて行き倒れたようにしか見えないのに、彼女は実に安らかな顔で横たわっていた。

老婆の死体が発見されたのと同じ頃、歌い人の少女は、遠く離れた森の中にいた。熊《くま》が掘ったらしい穴倉《あなぐら》に入り、座り込んでいだ。少女の腹が鳴った。

老婆に与えた百合の根は、手持ちの最後の食べ物だった。今日の食事をどうしよう。少女は腹を押さえてため息をついた。せめて、老婆が運んでいたのが麦だったら、くすねて食べ物にありつけたのに。最後に麦粥《むぎがゆ》を食べたのはいつだっただろう。何か食べたいと、少女は思う。

少女は穴倉の入り口に咲いていた花を摘《つ》みとり、噛《か》んで蜜《みつ》を吸った。花を摘んでは噛み、いくつかはそのまま無理やり飲み込んだ。これで空腹を紛《まぎ》らわそうと、少女は思った。

少女の名を、ニーニウという。苗字《みょうじ》はない。歌い人と呼ばれる一族は、代々苗字を持たない。名乗るときは、歌い人のニーニウ、もしくは癒しの歌い人ニーニウと名乗る。

噂の中でニーニウは、いずこに住むとも知れず、どこかから風のように現れるとされている。聖者のような心を持ち、慈愛に満ちた言葉をかけ、施しと救いをあまねく人々に与えるといわれる。

しかし現実はそんな格好《かっこう》のいいものではない。彼女は森の洞窟《どうくつ》をねぐらに暮らしていた。日々の食べ物に困り果て、夜露《よつゆ》の寒さに震える毎日を過ごしていた。

いずこともなく現れるのは、普段は身を隠しているからだ。周りに人影がないことを確かめてから現れ、用が終わればすぐに消える。彼女には、人前に姿を現せない理由があるのだ。

施しを与えるのは、そのときに与えられるものを持っているときだけだ。今日のように、食べ物を与えられることはまれなのだ。

神秘的に見えるのは、錯覚《さっかく》に過ぎない。

言葉少ななのは、ただ単に物事を伝えるのが下手《へた》だからだ。

聖者のように落ち着いているのは、人々の死や悲しみを見慣れているからでしかない。

本質的に彼女は、ただの少女以外の何者でもない。巷《ちまた》に流れる噂を聞いたら、彼女は失笑するだろう。

「……また助けられなかったな」

とニーニウは呟《つぶや》いた。先ほど歌を聞かせた老婆のことだ。自分にできたのは、死の苦しみを癒してあげることだけだった。もっと早く駆けつけていれば、命も助けられたかもしれないのに。後悔と、無力感が彼女を襲《おそ》っていた。

「……もっと、がんばらなきゃ、もっと、たくさんの人が苦しんでるんだから」

呟きながらニーニウは、夕日を見つめる。そして、自《みずか》らの膝《ひざ》を叩いて拍子《ひょうし》を取り、歌の練習を始めた。

癒しの歌い人ニーニウ。彼女は、聞く者に癒しを与える力を持っている。そして彼女はこの力を使い、傷ついた人々を助けて回っている。

この時代、彼女のような年頃の人間は、ルルタのために魔術審議を行うのが義務である。ルルタに力を与え、世界を救うために。

しかし、彼女は戦う力を磨いてはいない。才能がないからではない。苦しさに耐えかねて逃げたのでもない。彼女は自分の意志で、ルルタのために戦うことを拒絶していた。

彼女は信じている。自分の使命は、戦う力を手に入れることではない。傷ついた人を癒し、幸せにすることだと。


森の中で、山葡萄《やまぶどう》と食べられる野草を見つけ、ニーニウは空腹から逃れることができた。これ以上腹が減ったら、歌うことすらできなくなるところだった。さらに、食べている途中、運よく数匹の野うさぎを見つけて捕まえることができた。これで、四、五日は食べるものに困らなくて済む。

石のナイフで野うさぎの肉を切り分けていると、彼女の心を、ふいに小波のような悲しみが襲った。ニーニウはナイフを捨て、耳を澄《す》ませ、辺《あた》りをうかがう。赤紫色の前髪が、風もないのに揺れた。

(助けて………誰か)

「………誰かが、呼んでいるわ」

ニーニウは呟き、心の中に響く声の主を探す。

彼女は、歌い人の力とは別に、生まれながらの魔法権利を持っている。赤紫の前髪に象徴される力だ。前髪が揺れるとき、彼女は他人の心の痛みを感じ取るのだ。後の時代の、思考共有能力と同系列の力であるが、彼女の力は伝えることではなく、他者の気持ちを読み取ることに特化している。

「……どこ……？　近いの？」

ニーニウは思考の主を探す。そう遠くはない。方角もわかる。ニーニウは、洞窟の中から麻《あさ》袋《ぶくろ》を取り出して背負うと、森の中を走り出した。

日の暮れかけた危険な森だが、ニーニウはかまわずに走り続ける。それほど強力なものではないが、彼女は肉体強化の魔術も習得していた。その力がなければ、少女が一人森の中で生きていくことなど不可能である。

生まれ持った、感情を読み取る力。歌い人の力、それに肉体強化の魔術。彼女は若くして三つの魔法を所持している。おそらく、魔術の才能はかなり高いのだろう。ルルタのためにその才能を使えば、それなりの戦士になれるのかもしれない。しかし、彼女は戦士になるつもりは全くなかった。

ニーニウは数時間、森の中を走った。たどり着いたのは、王都から常人《じようじん》の足で一日ほどの距離にある、比較的大きな村であった。先ほど感じた思考の主は、この辺りにいるはずだ。村の中には入らず、はずれにある岩陰《いわかげ》に身を隠した。

「……まずいわ、王都に近すぎる」

ニーニウは、呟く。ある理由で、ニーニウはルルタの住む王都を避けて行動している。王都に入れば間違いなく命はない。近づくだけでも危険である。王都から歩いて一日の距離より近づくのは、できれば避けたいほどだ。

しかし、傷ついた誰かが呼んでいる。そして、ニーニウには傷ついた人を癒す義務がある。

ニーニウは形のない六つめの感覚を研《と》ぎ澄ます。

（助けて……痛い……痛いの！）

苦痛の声が遠くから聞こえてくる。場所はおそらく、村の反対側だ。ニーニウは、村の外周を大きく回るようにして移動する。村の中に足を踏み入れることはできない。

右手に、村の中の様子が見えた。若者たちが、村の広場に集まっている。ある者は座って目を閉じ、何かを呟いている。魔術審議を行っているのだ。木剣を使って打ち合ったり、岩に向けて火球や光弾を飛ばしている者もいる。この時代のありふれた光景だ。

この時代、優《すぐ》れた戦士たちは、みな王都に集められ、日々を戦いの訓練に費やしている。しかし、彼らよりも才能や能力の劣る者たちは、付近の村々で、農作業や雑役に服するかたわら、訓練を行っている。この村の彼らのように。

そして昨日出会った老婆のような戦士でない人間は、さらに離れた村に住み、酷使《こくし》され、搾《さく》取《しゅ》されるだけの日々を生きている。

王都の戦士、王都以外に住む戦士、戦士でない者たち。その間には、厳然《げんぜん》たる階級差があり、上位の者に下位の者は絶対服従しなければならない。上に上がるためには、強くなること、ルルタの役に立つこと、それ以外に方法はない。

現在のメリオト国王ヴーエキサルが築き上げた、人類皆戦士の体制である。

ニーニウは、村から極力離れて移動する。もしも村人たちに発見されたら厄介《やっかい》なことになる。魔術審議も行わず、農作業もしていないニーニウは、侮蔑《ぶべつ》か、あるいは憎悪《ぞうお》の対象なのだ。

村の外周をさらに大回りして村の反対側にたどり着く。

「……うっ」

そこで、嫌なものを見た。

十五歳ほどの少女が、縄《なわ》で木にくくりつけられていた。少女の膝や体に、細い木釘《きくぎ》が突き刺さっている。傷は浅いが、痛みはひどいだろう。

木釘を投げつけているのは、四人の少年たちだ。投げるたびに少年たちが笑い、少女は力なく悲鳴を上げる。

「いいざまだな、この地虫《じむし》が」

「次はちゃんと当てろよ」

また、少年が木釘を投げつける。地虫と呼ばれた少女の耳に刺さる。少女が、金切《かなき》り声を上げると、少年たちはまた大笑いした。

地虫とは、戦う意志のない者に向けられる、侮蔑の言葉だ。

十年ほど前、メリオト国王ヴーエキサルが、人々を集めて演説をしたらしい。

『我らは、刈《か》り取られる前の雑草ではない。踏み潰《つぶ》される地虫ではない。戦う意志を持ち、力を持った人間なのだ。

戦う意志のない者は、人の姿をしていても地虫に等しいのだ！』

その時から、弱い者や戦う意志のない者は、地虫と呼ばれるようになった。

「おら、避《よ》けるな！　刺されー！」

少女に何が起きたのかは、ニーニウにも想像がつく。少女は、弱音を吐いたのだろう。厳《きび》しい訓練に耐えかねたのか、それとも体を壊し、訓練自体ができなくなったのか。

それを見た少年たちが少女をとがめ、いたぶり、傷つけて楽しんでいるのだ。

止めようとすれば、彼らはこう言うだろう。ルルタのために、全身全霊《ぜんしんぜんれい》をこめて戦うのは当然のこと。それをしない地虫に罰《ばつ》を与えるのも当然のことだと。

しかしそれは建前《たてまえ》で、彼らはただ単に、人を虐《しいた》げるのが楽しいだけなのだ。そして、彼らの言うことがこの時代の正論なのだ。

ニーニウには、止めに入ることができない。止めようとすれば、次に木釘を投げられるのはニーニウだ。いや、もっとひどい目にあうかもしれない。

だが、もはや涙も涸《か》れ果てた少女に、心が痛む。赤紫の髪の毛が、少女の痛みと苦しみを、ニーニウに伝えてくる。

限界だ。そう思い、ニーニウが飛び出す。

「………もうやめて」

少年たちを怒らせないよう、聞こえるか聞こえないかの声で、少年たちに言う。楽しい遊びを邪魔された怒りの視線が、ニーニウに向けられる。

「何だこいつ」

少年たちは話を聞こうともしない。そして、ニーニウに木釘を投げつける。肩に突き刺さり、鋭い痛みが走る。

「……もう、十分でしょう。ここまでに、してあげてください」

「うるせえよ」

だが、次の瞬間ニーニウとは逆側から制止の声がかかった。

「何をしている。フィナ」

やってきたのは金髪の少年だった。貫頭衣の腰帯に、青銅の剣を差している。金属が貴重なこの時代にあって、剣を差しているということは地位ある戦士の証明である。おそらく、この村の戦士候補たちを束ねる役職の者なのだろう。

木釘を投げていた少年たちがひるむ。その間にニーニウは、縛《しば》られていた少女……フィナというらしい……を解放し、刺さった木釘を抜いていく。

「メッグ、来てくれたの」

傷ついたフィナが、駆けつけた少年の名を呼んだ。

「お前たちはすぐさま、魔術審議に戻れ。気を抜くとはどういうことだ」

少年たちは、その言葉に従い、村の広場に戻っていく。フィナが、助けられた安堵《あんど》でほっと息を吐く。助かったのは、彼女を介抱《かいほう》するニーニウも同じだ。

「怪我《けが》はないか」

メッグという少年が、フィナに向けて言う。ニーニウが見る限り、あちこち傷を負ってはいるが、重大なものはない。あのまま暴力が続いていれば、目や喉に木針が刺さっていたかもしれないが。

「メッグ、ありがとう、助けてくれて」

「重傷でないなら、さっさと魔術審議に戻れ。もしも怪我がひどいなら、今日だけは特別に休《きゅう》憩《けい》を許す」

「わ、わかった」

冷酷《れいこく》に言い放つメッグに、フィナは木釘を投げつけられていたときよりもさらに怯《おび》えた声で応《こた》える。

「そこの女、手当てをしておけ。手当てを終えたら、すぐに村から消えろ」

初めて、ニーニウにメッグの視線が向けられた。ニーニウは無言でうなずく。

「メッグ、この人は、私を助けてくれて」

フィナがニーニウをかばおうとする。メッグは委細《いさい》かまわずニーニウに近づいてくる。

「地虫が」

メッグが、フィナの手当てをするニーニウに向けてつばを吐いた。つばは、ニーニウの頬《ほお》にかかった。つばをぬぐおうともせず、ニーニウはフィナの傷口から、細かい棘《とげ》を吸いだしていく。

「フィナを助けた礼だけは言う。だが、地虫など見るのも汚らしい」

そう言って、メッグもまた、村の広場へ戻っていく。

「あの……あなた……」

フィナが、頬に吐きかけられたつばをぬぐってくれた。

「……しょうがないの。彼が正しくて、私が間違っているのだから」

優しいことなど、この時代では美徳にもならない。ルルタの役に立つか立たないか、それが全てだ。ルルタの役に立っていない以上、ニーニウは何をされても文句は言えない。つばだけで済んだのが幸いなのだ。

ニーニウに、たいした手当てはできない。棘を吸いだし、傷を水で洗い、布で覆《おお》うことだけだ。ニーニウは時間をかけて、丁寧《ていねい》に手当てを行う。ふと、ニーニウは少女が泣いていることに気がついた。

「……どうしたの?」

「会いたかったんです、ずっと、赤紫の歌い人に。本当に、会えるなんて、思ってなかった」

フィナは、ニーニウにすがりつく。

「赤紫の歌い人なら、こんな私でも、助けてくれるって……」

ニーニウはうなずき、フィナの肩に手を回す。

「……あなたのために、歌わせてください」

そう言って、ニーニウは歌いだした。歌っている間に、彼女の心が伝わってくる。

生まれつき体が弱く、魔術審議はできても訓練に耐えられないこと。先ほど出会ったメッグや、親や仲間たちに、いつも責められていること。強くならなきゃいけないのに、どうしても強くなれないこと。自分は弱いから、誰も自分を助けてくれないこと。歌いながら、ニーニウは彼女の思いを感じ取っていた。

弱者は無価値。それは、この時代の絶対の道理だ。覆《くつがえ》すことは決してできない。

しかしニーニウは、その道理に一人反旗《はんき》を翻《ひるがえ》す。自分以外の誰も、彼女を許してあげないのだから、自分が許してあげるしかない。

ニーニウは、自分の思いを歌にこめる。

強くなれなくてもいい。それでも、私はあなたを助ける。

弱くてもいい。それでも、私はあなたを許す。

あなたは、あなたでしかないのだから、私はありのままのあなたを認める。

歌を通じて、ニーニウの心がフィナに伝わっていく。フィナはニーニウにすがりついて涙を流す。誰かに許してもらったのは、初めてのことだったのだ。

歌が終わった後も、ニーニウにすがりついて泣き続けた。


泣きやんだ後、フィナは立ち上がった。また、訓練に戻らなければいけない。ニーニウも、立ち去らなければならない。

「ありがとう、赤紫の歌い人さん。でも、一つだけ教えてください」

「……………なんですか？」

「あなたは、どうしてこういうことをしているのですか？」

問いにはいろいろな意味がこもっている。なぜ人を助けて回っているのか。危険に満ち、屈《くっ》辱《じょく》を受けることになるのに、なぜ続けていられるのか。そして、ルルタとともに戦わなければいけないのに、なぜそうしないのか。

「……うまく答えられません」

問いにさまざまな意味があるように、答えにもさまざまな答えがある。一口ではとても伝えられない。

「……やらなくてはいけないと思うのです。それに、やるのが当然のことだと」

「わかりません、私には」

「……そう、でもいいのです。また会いましょう」

そう言って、ニーニウは去っていった。


ニーニウは、こうして日々を生きている。森の中で一人暮らし、誰かが助けを求めていれば駆けつける。あるときは、子を失った母を。あるときは、親に見捨てられた子供を。あるいは、疲れ果てた老人を、終章の獣に怯える戦士を、歌で癒して回っている。もう五年もこうした生活を続けていた。

誰もニーニウを理解しない。ある者はあざけり、ある者は傷つけようとする。しかし、それでもニーニウは、生き方を変えようとはしない。

誰に認められなくてもかまわない。私は、こうして生きていく。そうニーニウは思っていた。

森の中、ニーニウは夜闇《よるやみ》を見つめていた。その時、赤紫の前髪がざわついた。

(もう、嫌だ。耐えられない……助けてくれ、誰か助けてくれ……)

頭の中に、誰かの痛みが響いてくる。

「……また、あの子が泣いている」

ニーニウは呟いた。いつものニーニウなら、誰かの声を聞けばすぐに駆けつける。しかし、その時だけは動かなかった。痛みの主が、どこにいるのか感じ取れないのだ。居場所が遠すぎるのか、それとも他に理由があるのかはわからない。

(……僕にはもう耐えられない。一日、一日、日が暮れて終わるたびに、世界の終わりが近づいてくる。終章の獣が近づいてくる。

怖い、怖い、怖い！　怖いんだ！　終章の獣は強すぎる！　あんなものに、勝てるわけがない！　僕も、皆も、誰も彼も殺されてしまう！)

「……」

彼が感じる痛みと恐怖が伝わってくる。ニーニウは、胸が苦しくなる。今日もまた、彼が苦しんでいるのに、私には何もしてやれない。

彼の声を聞くのは、もう何十度目になるだろうか。頻度《ひんど》はまちまちで、毎日のように感じることもあれば、半年も間が空《あ》くこともある。

この声を感じると、ニーニウは過去を思い出す。歌い人として生きることを決意したあの日のことを。

歌い人の一族。

最盛期には数百人を数え、いくつものキャラバンを組んで世界を回っていたという。あるものは、踊りの歌を歌った。聞く者は一人残らず心が浮き立ち、自然に足がステップを踏み始める。ある者は、結婚の歌を歌った。夫のある女性は、若かった日々のことを思い出し、未婚の女性は未来の結婚に思いを馳《は》せた。

ある者が悲恋の歌を歌えば、老若男女《ろうにゃくなんにょ》が涙をこぼし、ある者が決闘の歌を歌えば、少年も大人も拳《こぶし》を振り上げて歓声《かんせい》を上げた。雄大な大地の歌に言葉もなく聞き惚《ほ》れ、鳥の歌に楽しく耳を傾けて春を思った。さまざまな歌い人が、さまざまな歌を歌った。村々をめぐる一族は、人々のもとを訪れるたびに歓呼《かんこ》の声で迎えられたという。

しかしニーニウは、その時代のことを知らない。ニーニウが物心ついたとき、一族に名前を連ねているのは、二十人を下回っていた。

原因は、明白だ。いずれ生まれ出《い》でる救世主ルルタのために、追憶の戦機を集め、強い戦士《し》の『本』を残さなければならないのだ。一時の楽しみに過ぎない歌い人の歌を求める声は、次第《だい》に減っていった。歌い人の中にも、自らの歌を捨てる者も現れた。

それだけではない。歌い人の存在を害悪と考え、排斥《はいせき》する者が現れはじめた。楽しみは悪。ルルタへの奉仕《ほうし》こそ善。そう考える声は次第に増え、それに押されて歌を求める声は減っていった。そして決定打となったのは、メリオト国王ヴーエキサルの徹底的な弾圧だった。

歌い人の滅びは、避けられないものとなった。

幼《おさな》いニーニウは、残された数少ない仲間とともに、世界を回っていた。ヴーエキサルの弾圧を逃れながら、細々と生計を立てていた。そんな生活に耐えられない仲間たちが、次々と姿を消していった。

歌い人をやめるのは、簡単なことだ。歌い人は誰もが生まれつき、他者の心を読み取る力を持っている。その力を持たない者に歌は習得できない。他者の心を感じられるからこそ、他者に心を伝えられるのだ。歌い人をやめるには、その証《あかし》である前髪を抜き取ればいい。

泣きながら前髪を引き抜く者もいた。せいせいするとばかりに、引きちぎる者もいた。ニーニウと、歌い人の最後の族長は、彼らを悲しみながら見送った。

ニーニウは逃げるわけにはいかなかった。身寄りがなかったからだ。母はニーニウを産んでまもなく死に、父はニーニウが幼い頃、彼女を捨てて逃げた。ニーニウを庇護《ひご》してくれるのは、ニーニウの祖母の姉にあたる、歌い人の族長一人だけだった。

族長も年老い、ニーニウの介護《かいご》なくしては暮らせなくなっていた。ニーニウは族長から離れるわけにもいかず、そしてついには二人だけが残された。

十一歳の頃。一人前の歌い人になるためには、歌を覚え始めなければならない時期だ。しかし、ニーニウは、いまだ族長に歌を教わってはいなかった。

「ニーニウや、どこにいるのかい？」

「……おばあさん、ここよ。食事の支度《したく》をしているの」

すでに、旅をすることもなくなっていた。馬も馬車も処分し、天幕ひとつだけが財産だった。代々受け継いできた貯《たくわ》えだけを頼りに、二人は暮らしていた。

「食事の支度が終わったら、おいでなさい。歌を歌ってあげるから」

「……う、うん。でも、他に用事があるから、そのあとでもいいなら」

ニーニウは下手な嘘《うそ》で、逃げた。

教えたいと願う族長の言葉を、はぐらかしたり、あるいは無視してきた。このときニーニウはもう、歌い人をやめることを決意していた。ここにいるのは、族長の面倒《めんどう》を見るためだけだった。誰も彼女を責められないだろう。むしろ、今すぐにここから去れと言う者のほうが多いだろう。

族長に麦粥などを食べさせた。族長は体を病《や》み、寝たり起きたりの生活をしていた。彼女が、ニーニウに言った。

「ニーニウ。前髪の力は、もう動き出したかい？」

「……まだ、だよ。おばあさん」

歌い人の一族は、年頃になると、生まれ持った他者の心を読み取る力が覚醒《かくせい》する。すでにニーニウも、その年齢に近づいていた。

能力の覚醒が、歌い人になる条件である。

「ニーニウ。わたしはね、その髪の色、知っているんだよ。わたしのひいおじいさんが、同じ赤紫の髪の色をしていたんだよ。ひいおじいさんは、たいそう立派《りっぱ》な歌い人だったよ。ひいおじいさんはね、他人の痛みを読み取れる力を持っていたのさ。

あなたは必ず、素晴らしい歌い人になるよ」

「……そう」

返事はしなかった。黙って、族長から目をそらした。

実はその時、ニーニウの能力はすでに動き出していたのだ。赤紫の前髪は、ニーニウの意志とは無関係に他人の痛みを読み取っていた。近くにいる族長の心が伝わってくる。族長は、自分の代で歴史が途切れることを悲しんでいた。

ルルタはきっと、世界を救ってくれるだろう。しかし、救われた世界に歌い人がいなければ、それはとても悲しいことだ。一人でもいい。歌い人の歴史を絶やさないで欲しい。そう願っているのがニーニウにはわかる。

族長の心を感じるたびに、申し訳なさで胸がいっぱいになる。

「……おばあさん、外に行くね。すぐ戻るよ」

そう言って、いたたまれなくなったニーニウは天幕の外に出た。

しかし、外に出ても、やはりどこかから、誰かの痛みが伝わってくる。

どこかで、傷ついている人の心が伝わってくる。心弱く、頼りない戦士の心だ。周囲の人間と自分を引き比べ、劣等感にさいなまれている。息子に、立派な姿を見せられないことを恥《は》じている。

ニーニウは頭を振って、伝わってきた痛みを忘れた。しかし、別の痛みが伝わってくる。

どこかで、傷ついている人の心が伝わってくる。腰の痛みを堪《こら》え足を引きずりながら、麦を蒔《ま》いている老婆だ。誰か、代わりに引き受けてくれないか、誰でもいい、ほんの少しの間でも代わってくれないか、そう願っている老婆がいる。

どこかで、傷ついている人の心が伝わってくる。オルントーラの囁《ささや》きを聞いた女性の心だ。ルルタは本当に勝つのだろうか。もしもルルタが負けてしまえば、愛する我が子は死んでしまう。それが怖くて、その女性は泣いていた。

振り払っても振り払っても、誰かの痛みが頭の中に届く。さまざまなところから、さまざまな悲しみが、痛みが、嗚咽《おえつ》が、泣き声が伝わってくる。

ニーニウは絶叫しそうになる。なぜ、自分がこんな気持ちを感じなければいけないのか。他人の痛みを読み取ったら、自分まで痛くなる。

オルントーラの囁きに苦しめられているのはニーニウも同じだ。生きるのが苦しいのはニーニウも同じだ。なのに、なぜ自分だけが他人の痛みを引き受けなければいけない。

こんな力はいらない。自分を苦しめるだけの力だ。こんな風《ふう》に生んだ父と母が憎《にく》い。

早く族長に死んで欲しいとニーニウは思っていた。そうすれば、自分は解放されるのに。だが、面と向かって言うことができるわけもない。悲しませたくはないから、髪の毛を引き抜くこともできなかった。

「ニーニウや、どこに行ったのだい。あまり、遅くなってはいけないよ」

族長の声が聞こえてくる。

ニーニウは、思わず駆け出した。行くあてがあるわけではない。ただ、今の自分から、今いる場所から逃げ出したかった。


日の暮れかけた森の中を、ニーニウは走った。しかし、どこへ逃げても、心の中に伝わってくる、誰かの痛みからは逃げられない。

わかっているのだ。逃げるためには、この赤紫の前髪を引き抜くしかないと。ニーニウは木にもたれかかり、自分の前髪を握り締めた。

「……族長、ごめんなさい」

誰もいない森の中で、ニーニウは何度も謝った。これだけ謝ったのだ、族長も必ず許してくれるだろう。そう思えるまで謝り続けた。

そして、前髪を握る指に力をこめた。しかし、なぜか、手が前に出なかった。

息を吸い、吐く。一息に全て引き抜こう。そう思ってまた力をこめるができない。まだ自分の中にためらいがあった。

「……どうして？」

自分は何をためらうのだろう。わからないまま、ニーニウは指を離した。

そのとき赤紫の前髪が、また誰かの痛みを感じ取った。それは、ひどく遠くから、伝わってくるように思えた。

今までに感じたことのない、暗く、重い痛みだった。その痛みがあまりにも辛く、ニーニウは思わず頭を抱えてうずくまった。

(お母さん……お母さん、どうして僕を見捨てたの)

子供の声だ。

(お母さんを信じていたのに、お母さんのことだけは信じていたのに、どうしてお母さんまで僕を見捨てたの)

ニーニウにはわかる。母を失った子供の声だ。

(もう誰もいない、僕にはもう誰もいない。どうして、僕には誰もいないの。僕は辛いんだ！戦うのが辛いんだ！　なのに、どうして母さんは僕を見捨てたんだ！)

「……やめて。こんな痛み、私に感じさせないで」

ニーニウがうめく。

助けて。何度も何度も、遠くで苦しんでいる誰かが叫んでいる。声なき声で叫んでいる。

「……助けてほしいのは私のほうよ。私に、こんなもの押しつけないで」

赤紫の髪を引き抜こうとする。しかし、その手がやはり止まってしまう。

逃げたい。その心とは別に、もう一つの心がささやいた。

彼を見捨てるの？　彼を見捨ててもいいの？

ニーニウは悩む。彼女には伝わってくるのだ。彼を助けてやる人は誰もいないことが。誰も自分を助けてくれないことに、彼は苦しんでいる。

「……仕方ないのよ。どこにいるのかもわからない。何をしてやれるのかもわからない。わかっても、私には何もできない！」

でも、とニーニウはその先の言葉を呟く。

「……私はまだ、何もしていない」

ニーニウは、摑《つか》んでいた赤紫の髪から手を離した。そして、族長の待つ天幕に駆けていった。

「……族長」

寝床《ねどこ》で、族長は笑いかけた。

「何も言わなくていいのよ。おいでなさい。あなたを責めはしないから」

まだ、迷いがある。この道を選んだら、この先には恐ろしいほどの苦難が待っている。ニーニウは、その迷いを振り払う。あの少年が直面しているあの苦しさに比べたら、自分なんて何でもない。

私は、やらなければいけない。あの少年を助けられるのは自分しかいない。

「……族長、歌を、教えてください」

族長は、静かにうなずいた。

与えられた時間は少なかった。族長の命は、もう長くないことが明らかだった。ニーニウは、必死の思いで歌の手ほどきを受けた。そして、わずか十日で、癒しの歌を習得した。

「ニーニウ、よく聞きなさい」

教え終わると、族長は言った。

「人の痛みを感じ取るあなたの力、その力に、あなたはとても苦しめられたでしょう。しかし、ニーニウ。それは、人間にとって最も正しい力です。

他人の痛みを感じられるからこそ、他人の痛みを癒せる。不幸を知っているからこそ、幸せにできるのです。

あなたの生まれもった力は、あなたを正しい生き方に導いてくれるでしょう」

「……はい」

「強いこと、他者を倒せること。ルルタ＝クーザンクーナとともに戦い、勝利を得ること。それもまた正しいことでしょう。しかし、それだけが正しさではありません。もう一つの正しさを、見失ってはいけません」

族長は、ニーニウの頭を撫《な》でる。

「これから、いくつもの辛いめにあうでしょう。後悔することもあるかもしれません。

ですが、それでもあなたは正しい。正しいことは、真の意味で幸せなことです。

正しい心を失った者に、決して本当の幸せは訪れません」

ニーニウは、何度もうなずいた。

「ニーニウ。私のために、歌ってくれませんか」

「……わかりました、癒しの歌い人ニーニウ、歌わせていただきます」

そして、族長の体を抱き、歌った。

歌いながら、族長の心が伝わってきた。間近《まぢか》に迫った死の恐怖と苦しみが、和《やわ》らいでいくのがわかる。ニーニウを育てた喜びと、歌い人の使命を全《まっと》うできた誇りが伝わってくる。

そして、ニーニウの腕の中で族長は息を引き取った。ニーニウに歌を教えた十日間が、族長の命を削ったのは明らかだった。しかし後悔はなかった。

「……わかりました、族長。私の生きる道が、見つかりました。

私は、世界の人々を幸せにします。それが、歌い人の使命であり、私の幸せです」

そして、最後の歌い人ニーニウの物語が始まった。


そして、五年間の月日が過ぎる。

あの日感じた、少年の遠い慟哭《どうこく》。それが、またニーニウの前髪に伝わってくる。

(怖がるな、怖がる者に、勝利はない。怖がってはいけない、奮《ふる》い立て、強くなれ、強くなるんだ、強くない者は無価値なんだ！

怖いのは強くないからだ！　強くなれ！　もっと、もっと強くなるんだ！)

遠い慟哭の少年は、心の中で、自分を罵倒《ばとう》している。怯える自分を、弱い自分を否定し続けている。しかし、何度自分に強くなれと言い聞かせても、彼は恐怖を乗り越えられない。

あまりにも痛ましい慟哭である。

彼の慟哭を感じ、ニーニウは歌い人になった。あれからずっと、ニーニウは彼を探していた。しかし、いまだに彼に出会えていない。彼の心を感じ取れても、彼のいる場所は遠すぎて、ニーニウには居場所を掴《つか》むことができないのだ。

ニーニウは精神を研ぎ澄まし、彼の居場所を探す。しかし、はるかに遠いことしか感じ取れない。やがて、彼の慟哭が聞こえなくなった。

ニーニウは、ため息をついて、空を見上げる。

「……あなたはどこにいるのですか？」

空に向けて、ニーニウは呼びかける。この空の下の、どこかにいる彼に向けて。

「……これからも、そうして生きていくのですか？」

彼に問いかける。強くなれない自分を憎み、自分の弱さを否定し、人生の全てを戦いに費《つい》やして生きていくのか。それは、たとえ正しかったとしても、本当に幸せな生き方なのか。

ニーニウは、違うと思う。それは幸せではないと信じるから、歌い人として生きている。

日々は苦難に満ちている。腹は減り、夜露《よつゆ》の寒さに凍《こご》えている。軽蔑《けいべつ》され、迫害されて生きている。何度も身の危険に遭遇《そうぐう》した。それでも、自分の来た道を後悔したことはない。

遠い慟哭の少年、彼がいたから、この道を選ぶことができた。彼に、感謝しなければならない。いつか必ず、彼のところへ。夜空を見つめながら、ニーニウはそう決意していた。

それと同じ頃、一人の男が同じように夜空を見つめていた。

世界の中心メリオト王都の、さらに中央。ルルタとその最も上位の配下が住む、ルルタの王塔である。最上部から一段下には、メリオト国王ヴーエキサルの居室がある。

その窓から、ヴーエキサルは夜空を見つめていた。

夜空の中に人影がある。物理法則を無視して空中に静止しているのは、ルルタ＝クーザンクーナだ。

「なんと……」

なんと美しいのだろう。ヴーエキサルはその姿を見るたびに驚嘆《きようたん》する。

全人類を合わせたよりも強い圧倒的な力、それが均整《きんせい》の取れた少年の肢体《したい》に宿っている。それだけでも、他のいかなる美を超える。

しかし、姿や力だけで、決してこうまで感動はしないだろう。ルルタの美は、その精神にある。

終章の獣との決戦は近づいている。にもかかわらず、ルルタは一度たりとも恐れを見せたことがない。どれほど過酷《かこく》な訓練にも、弱音を吐いたことはなく、片時も休むことはない。救世主とはいえ、体は十四歳の少年だ。辛くないわけがない。

精神のありようが、ヴーエキサルのような常人《じようじん》とはかけ離れているのだ。凡百《ぼんびやく》の人間どもが感じる苦しみなど、とうの昔に乗り越えているのだ。

ヴーエキサルとて、しょせん常人である。オルントーラの囁きを聞くたびに、寝床から跳《は》ね起きる。終章の獣の圧倒的な力を前に、絶望してわめきたくなる。しかしそんな時、ルルタの姿を見るだけで、一瞬で心が落ち着くのだ。

ルルタは恐れない。ルルタは迷わない。ルルタは挫《くじ》けず、ルルタは決して負けない。ならば、終章の獣を恐れる必要など、何一つない。ルルタがいて、ルルタを信じている限り。

「……………ルルタ。あなた様のような方にお仕《つか》えできる。それだけで、ヴーエキサルは幸せです」

そう呟き、メリオト国王ヴーエキサルは職務に戻った。彼は自らの卓で、木板に樫《かし》の木の筆で文字を刻《きざ》んでいた。当時、紙はまだ発明されておらず、書類は束ねた木板である。ヴーエキサルの背後には、木板が山と積まれていた。

食料の配分、武器の生産、戦士たちの訓練の近況、その他の出来事、あらゆる事象にヴーエキサルは目を通す。昼夜を問わず、働き続けていた。

彼は、自らが作り上げた国に、非常な満足感を覚えていた。一人残らず、誰もが一心不乱《いっしんふらん》に戦う国。戦い以外の全てをそぎ落とした、高純度の戦闘国家。全てがルルタのために存在する国。それが、彼が目指したものだった。

ルルタを信じていれば、終章の獣を恐れる必要などない。つまり、終章の獣を恐れる者は、ルルタを信じない愚《おろ》か者だ。愚か者は、殺してもかまわない存在だ。

ルルタは、恐るべき苦しみに平然と耐えている。だから、国民も同じように耐えなければならない。弱音を吐く者は、地虫だ。地虫は、殺してもかまわない存在だ。

ルルタは強く、そして完璧《かんぺき》な存在だ。戦い、勝ち、世界を救う、地上のあらゆるものに勝る優れた存在だ。

ならば、全ての国民も、ルルタを目指さなければならない。恐れることも迷うことも、挫けることもあってはならない。いかなる苦痛にも耐え、いかなる恐怖も乗り越え、自分がなしえる限界まで強くならなければならない。

弱い者、逃げる者、恐れる者、それらはヴーエキサルが一人残らず刈り取ってみせる。

ルルタの姿を見るたびに、ヴーエキサルはその決意を新たにするのだ。


一年が過ぎる。ニーニウは、今も世界中を巡《めぐ》り、恐れる人や苦しむ人を癒している。世界に苦しみの絶える日は一日もなく、ニーニウは休むことなく、走り回っていた。

そんな中、やはり時折、ニーニウの前髪にあの少年の痛みが伝わってくる。

(痛い………頭が、目が、喉が、腹が、全身が痛い………)

「………また、無理な魔術審議をしているのね」

ニーニウは森を走りながら呟く。

(耐えろ………耐えなければ強くなれない………耐えろ……耐えるんだ………)

彼は、悲痛なまでに耐え続けている。絶叫することも、助けを呼ぶこともせずに。

いったい、彼の回りの人間たちは何をしているのだろう。ニーニウは怒りを覚える。おそらくは、ニーニウよりずっと年下の少年が、恐ろしい痛みに耐えているのだ。がんばれと励《はげ》ますか、無理をするなと制止するか、よくやったと誉《ほ》めるか、彼にしてあげられることはあるだろうに。そうすれば、少しでも彼は楽になれるのに。

「……早く、彼のところに行かなければ」

実はニーニウには、ある程度彼の居場所は想像がついているのだ。彼女は世界中を回っている。しかし、彼の慟哭を感じるとき、いつも彼は遠くにいる。つまり、ニーニウが一度も行ったことがない場所にいるとしか考えられない。

それは、世界の中央、メリオト王都だ。ルルタ=クーザンクーナとヴーエキサル、それにルルタに仕える精鋭《せいえい》の戦士のいるところだ。

ニーニウは王都に、足を踏み入れたことがない。あまりにも危険だからだ。ヴーエキサルや王都にいる戦士たちは、ルルタに奉仕することが絶対の正義と思っている。戦おうとすらしていないニーニウなど、見つかり次第殺されてしまうだろう。森の中を逃げ回っている今ですら、いつ命を奪われてもおかしくはないのだ。

彼が王都から離れることがあれば。そう思いながら、ニーニウはずっと機会を待っている。待ち続けて六年。その機会は一度も訪れていない。

「……こうしてちゃ、いけないのだけれど」

ニーニウも死ぬのは怖い。それに、自分が死ねば遠い慟哭の少年も、他の傷ついた人たちも救えなくなってしまう。日和見《ひよりみ》はいけないとわかっていても、行動に移せないのだ。

また、日々は過ぎる。ニーニウは十八歳になった。

猫色の予言者マッズマックの言葉を信じるなら、終章の獣との決戦まで、あと一年を切っている。ルルタがもし負けるとすれば、全人類はあと一年の命ということだ。

噂によると先日、王都の戦士たちが、追憶の戦機、常笑《とこわら》いの魔刀シュラムッフェンを奪うことに成功したという。すでに集められている追憶の戦機は、韻律結界《いんりつけっかい》ウユララ、大冥棍《だいめいこん》グモルク、彩《あや》なる砂戦艦《させんかん》グラオーグラマーン、常泣《とこな》きの魔剣アッハライ、自転人形ユックユック、それにラスコール＝オセロという別名でも知られている特殊な戦機、過ぎ去りし石剣ヨルの六つ。

これで予言どおり、七つ全ての追憶の戦機が揃《そろ》ったわけだ。最後の決戦の準備は整いつつある。

ルルタは勝つのだろうか、それとも、やはり人類は滅ぶのだろうか。誰もが、そのことを考えている。

しかしニーニウは、終章の獣について考えることはやめていた。考えたところで、ニーニウには何もできない。ルルタが勝つなら生き延び、負ければ死ぬ。それだけだ。自分にできることは、傷ついている人を一人でも癒すこと。できることをやろうとだけ思っていた。

それよりも気になることがある。例の遠い慟哭を、ここしばらく感じないのだ。

『本』にされて、ルルタに食われたのだろうか。そう思うと、ひどく悲しい。自分は結局、彼を救えなかったことになる。ルルタに食われることは栄誉であるが、それで自分を慰《なぐさ》めることはできない。

「……あなたは今、どうしているの？」

呟いても、当たり前だが答えはない。

そんな折、ニーニウは今まで感じたことがないほど、重く暗い痛みを感じた。あの、遠い慟哭の少年だった。

（……死のう）

ぞく、とニーニウの肌があわ立った。今まで、彼はどんなに辛くても、死を考えたことはなかった。

（……死のう、そうするしかない、死ぬしかない。僕は弱い、弱い者は死ぬしかない）

死んでルルタに食われようとしているのではない。ルルタに食われるならまだましだ。彼は、自分の存在をこの世から消そうとしている。

（死ぬしかない、死ぬしかない、死ぬしかない）

彼は同じ言葉をひたすら連呼《れんこ》する。平静な思考すら失っている。今までの彼とは違う。

その時は、別の人物に癒しの歌を聞かせるために、王都から離れた村に向かっている途中だった。しかし、ニーニウはきびすを返し、王都へと走り出した。もはや、一刻《いっこく》の猶予《ゆうよ》も許されない。いや、ずっと前から、猶予は許されていなかったのだ。

ニーニウは、三日三晩走り続けた。王都が危険なことには変わりはないが、もはやそんなことを考えている状況ではない。

人目を避けるために、森の中や平原を駆けていた。しかし、王都に近づくにつれて、身を隠せる場所も減ってくる。ニーニウは荷物の中から、フードの付いたマントを取り出して頭からかぶった。赤紫の前髪がこぼれないように、紐《ひも》で縛ってフードの中に隠す。赤紫の前髪を見られなければ、なんとかなるかもしれない。

王都へと続く道を行く。それだけでニーニウは緊張せざるを得ない。さらに、王都の城門が近づいてくると、心臓の高鳴りが抑えきれなくなる。

「……落ち着いて、私」

そう呟きながら、王都の中に入っていく。幸いにも、周りには麦や武器を運ぶ人夫《にんぷ》たちが歩いていた。うまく彼らの中に紛《まぎ》れ込めたニーニウは、番兵に咎《とが》められずに王都に入ることができた。

遠い慟哭は、まだニーニウに届いている。そして初めて、彼の居場所をはっきりと感じ取ることができた。

「……やっぱり、王都だった」

場所は、王都の中央付近。そこに向かって、ニーニウは身を縮《ちぢ》めながら走ってゆく。

王都は異様な熱気に包まれていた。七つ目の追憶の戦機を見つけた興奮《こうふん》が、いまだ冷めていないのだ。

走りながら、他の人の声に耳を傾けた。追憶の戦機を奪うために懲罰《ちょうばつ》天使と戦った人は、全滅したという。そして、その全員がルルタに食われるらしい。実に名誉なことだと、誰もが戦死した人々を羨《うらや》んでいる。

「…………」

嫌な気分になった。他人の死を喜び、羨んでいる。ニーニウには理解のできない感情だった。ニーニウは、さらに走り続ける。

「皆様！　お聞きください」

横で響き渡った声に驚いて、ニーニウは立ち止まった。おかしなことをしている人を見つけた。道の端に立ち、往来《おうらい》を行く人に向けて何かを叫んでいる。ニーニウは立ち止まり、彼の様子を観察する。

「わたくしヒハク＝ヤンモは、本日、恥《はじ》知らずにも、訓練が苦しいなどということを考えました！　わたくしヒハク＝ヤンモは、それを強く反省しております！」

ヒハクという男は、自分の顔を拳で殴り始めた。ニーニウは目を丸くしてそれを見ている。

「ルルタは恐れない！　ルルタは迷わない！　ルルタは逃げず、ルルタは挫けない！　心にルルタ＝クーザンクーナの存在を刻み込み、一から十まで性根《しょうね》を入れ替えたいと思います！」

ニーニウを追い越して、一人の男が歩いていく。すると、彼はヒハクの胸倉《むなぐら》を摑んで殴りつけた。止めようにも、殴っている男はニーニウよりはるかに強い肉体強化の魔術を取得している。どうにもならない。

「殴打《おうだ》、ありがとうございました！　これで心を入れ替えさせていただきました！　ルルタは恐れない！　ルルタは迷わない！　ルルタは逃げず、ルルタは挫けない！　それ故《ゆえ》にルルタは決して負けない！　ルルタはこの世で最も尊い方であります！　このことを心に刻み、明日からルルタのために立派に死ねるようになります！」

またヒハクという男は叫び続ける。誰かにやらされているのか、自発的にやっているのか。どちらにしろ、ニーニウが感じるのは、気味が悪いということだけだ。

ぐずぐずしてはいられない。ニーニウはその場から立ち去る。

生まれて始めてみる王都の光景に、ニーニウは恐れおののいていた。ここは異常だ。まともな人間が生きていける場所ではない。こんなところには、長くいられない。早く彼を見つけなければ。

いつしか頭の中に響く、遠い慟哭は途切れていた。彼が死んだわけではないだろう。単にニーニウが感じなくなっただけだ。そのうち、また感じ取れるようになるだろう。場所はわかっているのだ。焦《あせ》る必要はない。

それよりも、あの連中に出会わないように注意を払わなければいけない。ニーニウは、歌を聞かせた人々から、あの連中の話を聞いている。

もしも、あの連中に出会ってしまったら、大変なことになる。

身を隠すように走るニーニウは、知らず知らずのうちに、大きな通りを離れて路地を進んでいた。しかし、むしろそれが災《わざわ》いした。

「ぎ、ぎ、ぎぃぃぃ！」

路地の向こうから、悲鳴が聞こえてきた。まさか、とニーニウは思った。止まって、別の道を行かなければと思う。しかし、遅かった。

路地の向こうに、数名の男たちがいた。一人を除いて、全員が黒いローブをまとっていた。そして、残る一人の男は、全裸《ぜんら》だった。

黒いローブの男たちが、ニーニウのほうを向いた。

（……督戦《とくせん》部隊！）

ニーニウは、最悪の相手に出会ったことに恐怖した。黒いローブの男たちは、ニーニウの姿を、凝視《ぎょうし》していた。

（……やりすごさなきゃ……）

ことさらに、無視して通り過ぎようとする。しかし、逆に不自然だったのだろうか。

「そこの女、こちらへ来い」

ローブの男たちの一人が言った。走って逃げることはできない。言われるままに、彼らのもとに行くしかなかった。

督戦部隊。ニーニウが今まで、王都を避けていた理由が彼らだ。ヴーエキサル自身が選び抜いて組織した、メリオト国王直属の部隊である。

王都に住む戦士たちを中心に、人民を監視している。ルルタを信じない者や、ルルタのために死ぬことを恐れる者に、制裁を加えるのが彼らの役目だ。ルルタにとって不要な考えや感情を持つだけで罪になる。彼らに出会い、ニーニウが生きていられるわけがない。

黒いローブの男たちの横にいる、全裸の男。彼はすでに、喉を締《し》め木《ぎ》で締め上げられて息絶えていた。これが、十分後のニーニウの運命かもしれない。

「見慣れない顔だが、所属、階級、姓名を言え」

「………バーニカ村の下級戦士、クーニ＝バッツです」

村は実在するが、名前はでたらめである。この場は嘘をついて逃れるしかない。

「なんのためにここにいる」

「………王都への召《しよう》集《しゆう》を受け、推参《すいさん》しました。しかし、連絡の手違いによるものとわかり、村に帰るところです」

「王塔に向かって進んでいたように見えたが」

「………戻る前に、ルルタの住まう塔を見て、心の励みにしたいと考えました」

もともと喋《しやべ》ることは達者《たつしや》ではないが、必死に言葉を紡《つむ》ぎだした。ここで口ごもったり、不審《ふしん》なところを見せたりすれば、一巻の終わりだ。

「なぜフードをかぶっている。外してみろ」

「………」

終わった、そう思いながら、ニーニウはマントを取る。しかし、反応は冷ややかだった。

「生まれながらの能力者か。その髪の色は、精神知覚系だな。役立たずの能力だ。まあいい。失《う》せろ」

安堵《あんど》で腰が抜けそうだった。歌い人のことを、彼らは知らないのだ。ニーニウは、きびすを返して彼らの前から立ち去ろうとする。しかし、後ろで声が聞こえた。

「そちらの地虫は、もうくたばったか。切り刻んで見せしめとする。運べ」

先ほどまで、ニーニウを尋問《じんもん》していた男が、部下たちに指示を出している。

地虫。その言葉が、引っかかった。恐怖から逃れたことに油断したのか、ニーニウは立ち止まり、振り向いてしまった。

「……その人は、なぜ殺されたのでしょうか」

話しかけた瞬間、ニーニウは激しく後悔した。聞いてどうする。せっかく解放されたのに、わざわざ話しかけてどうする。

「この地虫は、終章の獣が怖いなどとほざいたのだ。そんなことを考えることすら罪。口に出すことなど論外。死を持っても償《つぐな》えん。当然のことだ」

怒りがこみ上げてくる。なぜ、それだけのことで殺されなければならない。オルントーラの囁きを夢に見たことがあるなら、終章の獣を怖がるのは、当たり前の感情ではないか。

「何か文句があるのか」

「……ありません、あるわけがありません」

「何か言いたそうな顔だが」

「……殺されて当然のことです、弱者はすべからく死ぬべきです、ルルタの役に立たないなら、生きる価値はありません。言いたいことは、これ以外にありません」

「そうか、ならば失せろ」

ニーニウは、今度こそ振り向かず、走っていった。

走りながら、後悔がこみ上げてくる。言ってはならないことを言ってしまった。たとえ、言わなければ殺されるとしてもだ。

こんなの、おかしい。ニーニウは叫びだしそうになる。いくら、ルルタのためとはいえ。終章の獣を倒し、世界を救うためとはいえ。なんであの人が殺されなければならないのか。どうして、自分がこんな嘘をつかなければならないのか。

「……あなたはずっと、こんなところにいたのですね」

ヴーエキサルや、ルルタに使える戦士たちは言う。

ルルタは恐れない。ルルタは迷わない。ルルタは挫けず、ルルタは決して負けない。ならば、他の人間たちもそうあるべきだ。

だが、ニーニウは思う。ルルタは迷わず、恐れずにいられるだろう。彼は救世主なのだから。生まれつき、他の人とは違うのだから。だけど、皆がそうやって生きられるわけではない。ルルタのように強くなれず、たくさんの人が苦しんでいる。ニーニウが出会ってきた人々が、そして、遠い慟哭の少年が。

初めて、ルルタが憎いと思った。それが、抱いてはいけない感情だとわかってはいたが。

王都の中央まで、ニーニウは走ってきた。そびえ立つ王塔を見上げる。そして、辺りを探す。ニーニウは感覚を研ぎ澄まし、遠い慟哭の少年を探す。しばらく経《た》って、また彼の感情が伝わってきた。ニーニウは、思わず声を上げた。

「……移動してる？　なんで？」

感じ取った少年の位置は、ニーニウが来たのとは反対側の、王都の端のほうだった。さっきまでは、たしかにこの辺りにいたはずだ。なぜ移動しているのか。ニーニウの頭に、嫌な想像がよぎる。

まさか、死に場所を探している？　ニーニウは、また走り出す。

督戦部隊のことを考えている余裕もない。道行く人を掻《か》き分けながら中央通りを、必死に走り抜ける。日は落ち、西日が赤く染まっていた。

王都の端に来ると、人通りも少なくなる。住む人のいなくなった家屋《かおく》が打ち捨てられている。まるで廃墟《はいきょ》だ。この雰囲気《ふんいき》は、よくない。死ぬにはうってつけの場所だ。

辺りを見渡しても、人影が見つからない。この辺りにいるのは確かなのだ。どこかの廃屋《はいおく》の中なのか、それとも、ニーニウには見えない物陰《ものかげ》にいるのか。

ニーニウは、声を張り上げて叫んだ。

「……だめよ！　死んではだめ！」

静かな廃墟に、ニーニウの声がこだまする。返事は、返ってこない。

「……思い直して！　自殺なんてしないで！　助けに来たから！　あなたを、助けに来たから！」

その時、返事があった。ニーニウの想定外の場所から。

「誰と話をしている」

頭上だった。ニーニウが上を向く。そこに、目を疑う人物がいた。

赤い夕日を素通す、透明の髪。光に染まった、少年の体。噂に伝え聞く、ルルタ＝クーザンクーナがそこにいた。

驚愕《きょうがく》なのか、それとも、恐怖なのか、ニーニウは口を開けたまま立ちすくんでいた。なぜここに？　何をしているの？　さまざまな疑問が浮かぶ。

「質問に答えろ。貴重な僕の時間を、無駄にさせるな」

ルルタが、ニーニウのところに降りてくる。地面に足をつけた。

「………人を探しています。この辺りに、いるはずです、男の子なんですが」

「知らないな。邪魔だから、どこかへ行け」

「………ですが、この辺りに必ず………」

「ここは、僕以外に誰もいない。見当違いだ」

そんな馬鹿な。なぜ、嘘をつくのか。ルルタは、離れた場所や見えないところをも知覚する能力も持っているはずだ。ならば、遠い慟哭の少年がどこかにいることもわかっているはずだ。

まさか、一足遅かったのか。あるいは、ルルタに殺されてしまったのか。

いや、違う。そうなら、すでに死んだとルルタは言うはずだ。さっきまで、彼の心が伝わってきたのだから、彼は生きているはずだ。

「早く消えろと言っている。それとも、吹き飛ぶか」

「………やめてください、だめです、子供が、死のうとしているんです。私より三つか四つぐらい年下の………」

その時、一つの疑問が頭に浮かんだ。ルルタは今、何歳だったろうか。人を超えた存在である彼にも、そういえば年齢があるのだ。

「知らないと言っているだろう。ここにはいない。僕の邪魔をするな」

続いて、一つのひらめきが頭に浮かんだ。だが、その考えは、あまりにありえないことだったので、すぐに頭の中でかき消した。

しかし、そのひらめきを頭から消すと、状況に矛盾《むじゅん》が生まれる。

「………いるはずなんです、ここには、あなたと私の他に誰かが」

「いないと言っている。辺りを見ろ、いったいどこに誰がいる」

そう、いないのだ。だとすると、答えは一つ。

「………ルルタ、あなたは、何をしておられるのですか?」

「しつこいな。君には関係ない。僕が邪魔だと言っている。早くどこかへ行け」

そんなはずがないと、ニーニウは思う。誰もが言っていることだ。ルルタは恐れず、ルルタは迷わず、ルルタは挫けない。ルルタは人の域《いき》を超えた大英雄であると。誰一人疑うことはない、当たり前のことではないか。

そんなわけがない、ありえない、絶対にありえない。

「……私は、子供を探しているんです。ずっとこの街で生きてきた、男の子です。その子は、誰にも助けてもらえず、ずっと一人だったんです」

ニーニウの言葉を聞き、ルルタの表情が変わった。

「何の話だ、僕とは、関係ないはずだ」

「……その子は、強くなれない自分を、ずっと責めていました。終章の獣に怯えていました。怯える自分を否定していました。強くなりたい、強くならなきゃいけないと、ずっと願っていました。そして、弱い自分に絶望して、自殺しようとしていました」

その話を聞きながら、ルルタの表情が変わった。驚愕に、目を見開いていた。恐怖すら、その顔には刻まれていた。それを見て、ニーニウは思った。

ああ、まさか。

そして、やはりそうなのかと。

「……五年前に、お母さんをなくしたんです。その子にとって、たった一人、甘えられたお母さんでした。でも、その人は」

「言うな！」

その瞬間、ルルタの激昂《げっこう》とともに、雷撃《らいげき》が体から放たれた。ニーニウは悲鳴を上げて腰を抜かした。雷撃は、ニーニウの体には当たらず、周囲の土に焼け焦《こ》げを作っただけだった。

尻《しり》もちをついたニーニウは、恐怖の表情を浮かべてルルタを見る。だが、ルルタの顔を見て息をのんだ。

「なぜ……母さんのことを」

ルルタの顔に、恐怖が刻まれていた。恐れも迷いもしない救世主の顔に。人の領域を超え、世界管理者すら打ち倒そうとする救世主の顔に、恐怖が刻まれていた。

たかが、たった一人の少女の言葉に、ルルタ＝クーザンクーナが恐怖していた。

「……あなた、だったのですか」

ニーニウは理解した。ルルタは恐れない。ルルタは迷わない。ルルタは挫けず、ルルタは決して負けない。誰もが知る、常識以前の事実だ。

しかし、それが真実だと、いったい誰が証明した。恐れず迷わない姿が、演技ではないと、誰がどこで確認した。

信じられない。しかし、真実は目の前にある。遠い慟哭の少年は、ルルタ＝クーザンクーナだったのだ。

「なぜ知っている、お前は誰だ、言え。言わなければ殺す」

ルルタが近づいてくる。ニーニウは恐怖する。このままではルルタに殺される。

「……あなたは、何を怖がっているのですか」

「怖がっているだと……誰がだ！」

隣に、またしても雷撃が落ちてきた。火花に肌が焦げる。

ニーニウは混乱する。どうすればいい、なぜルルタは攻撃的になっているのか。

「お前は何者だ!?　言え！」

そうだ、自分は、彼の心を感じ取ってきた。考えろ、自分にならわかるはずだ。

「………言います。雷撃を止めてください、私には何も隠し立てすることはありません」

ニーニウはフードを外し、髪の毛をほどいた。赤紫の前髪をルルタに見せる。

「………私は歌い人のニーニウ。見ての通り、生まれつきの魔法権利を所持しています。この前髪の力で、他人の心、特に痛みや苦痛を感じ取ることができるのです。

この力で、あなたの心を感じ取りました」

ニーニウの言葉に、ルルタの攻撃は止まる。ゆっくりと、ルルタを刺激しないように、ニーニウは喋り続ける。

「………この辺りに、苦痛に耐えかね、恐怖におののいている少年がいることを感知し、ここに来ました。そして、それがあなただと、たった今、理解しました」

思い出すのは、遠い慟哭の少年の嘆《なげ》き。あれがルルタの本心だとしたら。

「………知ったのはたった今です。ですから、安心してください。あなたのことは誰にも言っていません」

「誰にも、言っていないのか」

ルルタが安堵の息を吐いた。その表情を見た瞬間、ニーニウの中で疑問が氷解した。

感じ続けてきた遠い慟哭の少年の心。人々の囁《ささや》く、世界の救世主たるルルタの姿。そして、今目の前でおののいているルルタの姿。それらが、一つの像にまとまった。

「嘘はないな。誰にも言っていないんだな」

「……はい、言っていません」

ルルタは本心では、終章の獣に怯えていた。弱い自分に耐えかねていた。しかし彼は、英雄を演じなければいけなかった。外見だけは、言動だけは、救世主でい続けなければいけなかった。

なぜ、ルルタはニーニウを恐れているのかがわかった。その演技が、崩《くず》れてしまうのを怖がっていたのだ。ルルタはニーニウを恐れていたのだ。自分の本心を覗《のぞ》かれるのを怖がっていたのだ。

ルルタの手が、ニーニウのほうに伸びる。ニーニウはとっさに叫んだ。

「……わ、私を殺してはいけません、あなたを助けに来たのです！」

ルルタは、ぎらついた眼《め》でニーニウをにらむ。

「何を言っている。僕の本心を知っているなら、生かしてはおけない」

誰にも言わないと、言っても無駄だろう。ルルタは、自分の本心を暴《あば》かれることを恐れている。自分は本当は、完璧な戦士でないことを、知られてはならないと思っている。

「……あなたを助けなければいけない！　それまでは殺さないで！」

「僕を助ける？　お前の言っていることはおかしい」

ルルタの指に火花が散る。しかし、攻撃は来ない。ニーニウにはわかる。ルルタは助けるという言葉に心を動かされている。

当然だ。彼は助けを求めていたのだから。

「違うだろう。僕は、助ける側だろう。僕は世界の救世主なのだから、世界の人を助けなきゃいけない。僕を助けるなんて、話が逆だ」

「……でも、あなたは傷つき疲れ果てている」

ニーニウは、両手を広げる。

「……怖がらなくていい。あなたを助けに来たのです。大丈夫です、安心してください」

「やめろ、何を言っているんだ」

「……ずっと、思っていたでしょう。助けてほしいと、誰か助けてほしいと、ずっと。心配いりません。こっちへ、来てください」

ルルタが、近づいてくる。ニーニウも近づく。殺されるかもしれない恐怖に怯えながら、助けるために近づいていく。

思わず目を閉じる。ルルタは自分を受け入れるだろうか。受け入れてくれとニーニウは全身全霊《ぜんれい》をもって願う。

「……」

目を開けると、ルルタが目の前にいた。その体に手を回し、優しく、可能な限り優しく抱きとめた。安堵の息が漏《も》れた。ルルタは、ニーニウを受け入れたのだ。

「なんだこれは」

「……抱きしめているのです、あなたを助けるために」

「僕を、助けるのか？　君が？　僕を？」

「……そうです」

「……僕を？」

ルルタはそれきり、何も言わなくなった。

「……苦しかったのでしょう、なら、苦しいと言っていいんです。本心を言うだけで、あなたは少し救われる。いいんです。私になら、苦しいと言っていいんです」

さらに、長い沈黙が流れた。そしてルルタは、静かに、言葉を紡ぎだした。

「教えてくれ、僕は、本当にルルタなのか？」

「……え？」

「ルルタは恐れない、ルルタは迷わない、ルルタは挫けず、ルルタは決して負けない。そのはずじゃないのか？」

「……あなたは」

「教えてくれ、僕は本当にルルタなのか？　本当にルルタなら、なぜこんなに辛いんだ？　なぜ、挫けそうになってるんだ？

なぜ、こんなに怖いんだ？」

言葉を返せなかった。ただ、静かに抱きしめることしかできなかった。

「勝てないんだ。僕にはわかるんだ、オルントーラの囁きを聞くたびに、終章の獣に勝てないのがわかるんだ。何冊『本』を食っても、七つの追憶の戦機を手に入れても、絶対に勝てないのがわかるんだ。

助けてくれ、お願いだ、助けてくれ！　怖いんだ！　終章の獣が怖いんだ！」

彼の慟哭を聞きながら、ニーニウは思った。

自分も、世界中の誰もが、ルルタに頼っている。ルルタがいるから終章の獣を恐れる必要はないと思っている。しかし、ルルタは一体誰に頼ればいいのか。

人々は、ルルタに頼る。だが、ルルタは誰にも頼れない。

自分はなんと、馬鹿《ばか》なことを考えたのだろう。ルルタが憎いなどと、考えてしまったことを後悔した。

一番苦しいのはルルタだったのに。

「……癒しの歌い人、ニーニウ。あなたのために歌わせてください」

そう言って、ニーニウは歌いだした。ルルタは、声もなく歌に聞き惚れていた。ルルタの体から力が抜けた。彼を支えながら、ニーニウは腰を下ろした。ルルタの頭を胸の中に抱え、歌い続けた。

その間、ルルタの心が伝わってきた。彼が今まで生きてきた、あまりに過酷《かこく》な人生をニーニウは知った。

生まれたときから、救世主だった。強くなければいけなかった。

誰よりも、神よりも、強くなければいけなかった。

物心つく前から、世界を救うために戦えと言われて育った。父に、母に、ヴーエキサルに、ルルタに仕える戦士たちに。自分が勝たなければ、皆が死んでしまう。皆のために、強くなければいけなかった。『本』を食い、手に入れた魔法権利がルルタを痛めつけても、過酷な訓練で泥《どろ》のように疲れ果てても、休むことは許されなかった。雨の日も、風の日も、一日たりとも休むことはしなかった。

強くはなった。『本』を食い、力を磨き、ルルタは世界最強の戦士になった。しかし、オルントーラが滅びの定めを囁くとき、彼は恐怖と絶望に身を震わせた。

夢の中でルルタは、何百体何千体も、終章の獣を打ち倒す。しかし、終章の獣は無限であり、いくら強くなっても、ルルタは永遠に有限の存在である。

オルントーラは囁く。どんなに力を得ようとも無駄だと、終章の獣を、人間の力で打ち倒せるわけがないと。ルルタに戦いをやめさせるために、オルントーラは夢を見せていた。

絶望のあまり、ルルタは泣いて母に助けを請《こ》う。ルルタとて子供である。母の胸の中は温かく、その体は頼もしかった。訓練が辛いとき、体が痛むとき、すがれる唯一《ゆいいつ》の存在だった。

しかしその母がある時、ルルタを冷たく突き放した。

あなたは、強くなくてはいけません。この母がいる限り、あなたは母に甘えてしまいます。母はあなたを産み、そして強く育てるために生きてきたのです。私はそれを全《まっと》うします。

ルルタ、私を殺しなさい。私を殺し、私に甘える弱い自分を殺すのです。

世界を救うためである。そして、愛する母の言葉である。ルルタはそれを実行した。母の首に指をかけた。雷撃や火撃《かげき》は使わなかった。せめて自分の指に、母の体温を感じたかったからだ。弱い自分を乗り越えるんだ。強く、強くなるんだ。そう思いながら絞《し》め殺した。ルルタ、八歳のことだった。

甘えを乗り越えたルルタは、確かに母の言葉通り、強くなった。しかし、力と引き換えに、ルルタは甘える相手を失った。

「……………」

痛ましい。ニーニウは彼を抱きしめながら思った。

ニーニウの歌を聴きながら、ルルタは眠りに落ちようとしている。生まれて初めて得た安堵感。そして、恐怖や絶望が消えてゆく快感。それが、ルルタを眠りに誘っていた。ゆっくりとまぶたが落ちてゆく。

強くなければいけなかった。大英雄として、振る舞わなければいけなかった。誰もが、ルルタを救世主と信じている。彼らのためにルルタは恐れを知らず、迷いも知らないものとして、自分を偽《いつわ》ってきた。

誰も、ルルタを疑う者はいない。

ルルタのように生きろ、ルルタに近づくために強くなれ。皆がそう励ましあって生きている。本当は、恐ろしいのだと、言い出すことはできるわけがなかった。そんなそぶりを見せることすら許されなかった。外見上は、完全無欠の救世主として生きるしかなかった。

時に、本当に自分は、完璧な救世主なのではと思うこともある。そういうときは、夢の中でオルントーラが無駄だと囁き、終章の獣が彼の体を引き裂くのだ。

自分は完璧な救世主だと信じ込み、妄想《もうそう》の中で生きられたら、楽になれたのかもしれない。しかし、現実は常《つね》にルルタにとって過酷だった。


歌を聴いていたルルタが、急にもがき始めた。ニーニウは吹き飛ばされ、地面を転がり、廃屋の壁に頭をぶつける。あわてて駆け寄り、ルルタの体を必死に押さえつける。


ルルタは片時も、休むことを許されない。彼の体内には、食った『本』を収める仮想臓腑《ぞうふ》がある。その中には、彼を信じて食われていった戦士たちの魂《たましい》が収められている。

彼らが、ルルタに向けて言う。

ルルタが、こんな臆病者《おくびょう》とは。英雄ではなかったのか。私は何のために命を差し出したのだ。騙《だま》された。ルルタに騙された。恨《うら》んでやる、恨みぬいてやる。これで、世界を救えなかったら、殺しても殺しきれん。

命を差し出した人々たちが、ルルタを責め立てる。強くなれ、世界を救わなかったら許さないと。彼らの怒りも当然だろう。命を差し出せば世界が救われると信じたからこそ、『本』となって食われたのだ。

ルルタは、彼らに向けて叫ぶ。

許してくれ。僕は世界を救う、必ず救うから許してくれ。

生きている人たちが、死んだ人たちが、皆がルルタに世界を救えと責め立てる。しかし、オルントーラは無情で、終章の獣は強く、ルルタの力はあまりに小さい。

ルルタは心の中で叫び続ける。悪いのは僕だ。僕が弱いから悪いんだ。強くなるから、許してくれと叫び続ける。

幼い頃からルルタは、自らの心をすり減らしながら、生きてきた。そして、今日、彼の心はついに、限界を迎えようとしていたのだ。


「……………ルルタ」

歌は終わった。ルルタは死んだように眠っている。おそらく、ぐっすりと眠ったことすら、数年ぶりなのだろう。もしかすると生涯《しょうがい》で初めてなのかもしれない。その寝顔を見つめながら、ニーニウは悩んでいた。

もうやめてもいいと、戦わなくていいと、言ってあげたい。そうすればルルタは楽になれるだろう。しかしそれは、世界の滅亡が決定することを意味する。ニーニウ自身、死にたくはない。ニーニウだけではなく、死にたくないと思っている人が、世界中に満ちている。どれほど辛くても、ルルタは戦わなければいけない。

けれども、彼の人生は辛すぎる。

日が落ちきり、月が昇るころ、ルルタは目を覚ました。眠る前のことを夢だとでも思ったのか、頭上のニーニウを見て目を見開いた。ルルタを抱きしめて、ニーニウは言った。

「……ルルタ。私は許します。あなたが弱くても、あなたが世界を救えなくても、私は許します。他の誰もが許さなくても、私だけは許します」

「嘘だ、そんなわけはない、僕を許してくれるなんて、君はおかしい」

「……そうだと思います。でも、それが私です。世界の誰もが私を認めないでしょう。それでも、私はあなたを許します。私が許さなければあなたは一人きりになってしまう」

「信じられない。僕を、許してくれるなんて。こんな人間が、いるなんて」

「……でも、私のような人に、ずっと会いたかったのでしょう？」

ルルタはうなずき、ニーニウを強く抱きしめた。

ニーニウは、王都にこれ以上留まることはできなかった。しかし、また会いたくなったら訪ねてほしいと言った。ルルタは、世界じゅうを見渡せる千里眼《せんりがん》の力を持っている。どこにでもあっという間に移動できる飛行能力も持っている。会いたくなったらいつでも来れるはずだ。

「……耐えられなくなったら、来てください。私が、できる限り支えますから」

ルルタは目を閉じ、歯を食い縛り、何かを悩んでいた。

「ニーニウ、僕は………安らかな気持ちになっていいのか？　君のそばで、ほんの一瞬でも、戦うことを忘れていいのか？　そんなことが、僕に許されているのか？」

「………わかりません。ですが、許されていると私は思っています」

ルルタは、なおも考え続ける。そして、言う。

「僕も、許してほしいと思っている」

「……許されているはずです。それすら許されないなら、あなたはきっと壊れてしまう」

ニーニウに背中を向け、ルルタは空へと飛び立つ。別れぎわ、ルルタは言った。

「ありがとう。会えてよかった」

そうしてそれぞれのねぐらへ帰ってゆく。ルルタは王塔へ、ニーニウは王都を離れて森へ戻ってゆく。

王都を出た時、もう一度後ろを振り向き、ニーニウは思った。必ず、彼を助けようと。全身全霊を尽くして守ろうと思った。

それは、子供の頃から守りたかった相手だから。そして、世界で一番傷つき、苦しんでいる人だから。そして何より、一度でも、彼を憎いと思った自分が、許せなかったからだ。

はるか遠くから、彼らを眺《なが》めている人影があった。王塔の最上階に、石剣を持った老婆がいる。ラスコール＝オセロである。

「これで、物語もお仕舞《しま》いと思ってございましたが、はてさて世界は予想のつかぬものでございます。

なれど、ルルタ様、ニーニウ様。私が見ますに、結末が少しばかり先送りになっただけでございますよ。滅びの定めはやはり逃れられぬようでございます」

そう言うとラスコールは、溶けるように消えていった。

ルルタとニーニウの出会いから、二月《ふたつき》が過ぎた。二人は互いに、元の生活に戻っている。ニーニウはあちらこちら走り回り、癒しの歌を歌う。ルルタは来《きた》るべき決戦のために『本』を食い、訓練を行う。

　そうした中で、時折ルルタはニーニウのもとを訪ねてきた。ニーニウは疲れ果てた彼を横たわらせ、子守唄《こもりうた》を歌う母親のように、枕元で癒しの歌を歌う。心の平穏《へいおん》を得たルルタは、決まってすぐに眠りにつく。言葉を交わすことはそう多くなかった。ルルタは多忙であり、ニーニウはどちらかというと無口なほうだ。

　しかし、ニーニウは満足していた。ルルタから前のような、悲しい慟哭は伝わってこない。癒されることと、ゆっくりと眠ることを知り、精神が安定しているのだろう。

　終章の獣との戦いまで、一年足らず。それまで、彼を支えようと思っていた。

　ある日、ニーニウはねぐらにしている洞窟の奥のほうに人の気配を感じた。

「……ルルタ？　来ていたのですか？」

　声をかける。奥から、知らない声が響いてきた。

「おや、失礼をいたしてございます、ニーニウ様。帰りを待たせていただいてございました」

　ニーニウが身を固くする。中にいたのは老婆だった。口調こそ丁寧だが、なおさら得体《えたい》が知れない。老婆の持った石の剣が目に入った。まさか、と思った矢先、老婆が言った。

「私はラスコール＝オセロ、またの名を、過ぎ去りし石剣ヨル。ニーニウ様に、お会いしとうございました。とは申しましても、ニーニウ様は私を存じてございましょうか」

もちろん知っている。人の死体を操《あやつ》る、意志を持つ追憶の戦機。死者を『本』に変えてルルタに捧《ささ》げる、最も重要な戦機だ。

自分なんかに何の用があるのか、と考えてすぐに理解できた。ルルタのことだ。自分は今、多少は重要な人物だろう。ルルタにとっても、ルルタに仕える者たちにとっても。

「……ルルタに何かあったのですか？」

「もちろんでございます。あなた様に出会い、ルルタ様は大きく変わられました。いやはや、驚きました。あなた様は、とてつもないことをなさったのでございます」

「……は、はい。ありがとうございます」

「ときに、一つお聞きしとうございます。ルルタ様があぁなってしまったのも、あなた様の意志通りでございますか？」

「……え？」

ルルタがああなった、の意味がつかめない。ルルタに何があったのだろうか。

「……どうかしたのですか、ルルタが」

ラスコールはわざとらしく驚きの表情を浮かべる。

「おやおや、ご存じなかったのでございますか。あなた様のなさったことでございますのに」

「……な、何があったのですか！」

不吉な予感が胸をよぎる。ラスコールは笑い、語り始める。

「お教えしましょう、ニーニウ様。あなたのなされたことの結果を」

ラスコールとニーニウが話しているのと、同じ頃。ルルタは王都にいた。ルルタ専用の訓練場である。そこで、火を操る魔法を使っていた。

ルルタの仮想臓腑には、火を操る能力者の魂が、数千人も収められている。彼らの魔法権利を一つに束ね、それらを一度に使用しなければならない。精神を集中し、一点に力を集め、より高温の、鉄をも一瞬で蒸発させるような火球を作り出す。

今までに何度もやってきた訓練である。しかし、

「……ぐあ！」

魔法権利の制御《せいぎょ》に失敗した。抑えきれなくなった火球が、ルルタの顔を焼いていた。

なぜだ、ルルタは思う。この程度のことは、十歳かそこらのときにはもうできていた。今習得しなければいけないのは、もっと高度な火撃の使い方なのに。

ルルタは、自覚しつつある。

自分は、弱くなっていると。

「……………なぜ」

ニーニウは、話を聞いて絶句した。事態の重大さはわかっても、理由が理解できない。

「あのお方は、今まで精神力のみで、自らの力を支えてございました。大量の『本』を収める

仮想臓腑を支える力、大量の魔法権利を束ねる力、どれも、果てしない努力と精神力をもってしなければ、得られるものではありません。わずか十五歳、能力を成熟させるにはあまりにも幼い年頃でございます。

今まで、ルルタ様を支えておりましたのは、絶大な使命感でございます。逃げることも、恐れることも許されないという気持ちでございます。自らは世界の救世主であるという、強い自覚でございます。世界を救わねばならぬという強迫観念でございます。

それが弱まれば、力を失うことは必然でございます」

「………わかりません、なぜそれを失っているのですか？」

「まだご理解いただけませんか？　ご自身がなさったことでございますのに」

ニーニウは、思わずひるむ。

ルルタは、苛立《いらだ》ち紛れに火球を地面に放った。そして、頭を抱えて座り込んだ。

理由はわかっているのだ。あの日、あの時、かけられた言葉。

『許します。あなたが世界を救えなくても、私だけはあなたを許します』

そう言ってくれたのは、うれしかった。心の底が震えるほど感動した。

だが、同時にルルタは思う。なんてことをしてくれた。なぜ、あんな馬鹿なことを言った。

あの娘のせいで、恐ろしいことになりつつある。

ルルタは自分の頰を叩《たた》く。顔を何度も、腫《は》れ上がるほど殴りつける。

「世界を救う、必ず、世界を救うのだ。勝ち目がないなら、見つけ出せ。見つからないなら、死ぬまで探せ、死ぬ気で強くなれ！」

自分に言い聞かせる、その言葉がむなしい。今までとは違い、心の奥まで届かず上滑《うわすべ》りしていく。

『たとえ勝てなくても、私はあなたを許します』

その言葉が、棘のように胸に突き刺さっている。頭の中から離れていかない。

「なんで、あんなことを言ったんだ……あんなことを言われたら……」

ルルタは顔を手で覆い、うめくように言った。

「……逃げたくなってしまう」

どこにも逃げ場がない。ルルタはその事実を力に変えていた。だが、今は逃げ場がある。ニーニウという名の逃げ場が。

今までは、どんな辛いことでも耐えられた。苦しいことでも乗り越えられた。耐えて、乗り越えるしかなかったからだ。

しかし、今はニーニウがいる。ニーニウが、許し、癒してくれる。

「どうすればいい！　どうすればいいんだ！」

ニーニウのことが頭から離れない。ルルタは頭を抱えて苦悶《くもん》する。

ニーニウは青ざめた顔で、ラスコールの話を聞いていた。

「……そんなつもりじゃ、なかったんです」

「まあ、その通りでございましょう。ですが、目的と結果は別のものでございます」

体が震えだす。ルルタが弱くなっているのは、間違いなくニーニウのせいだ。それはすなわち、ニーニウのせいで世界が滅ぶということ。

想像もしていなかった。自分の背中に世界の命運が託《たく》されるなど。

「あなた様が責任を感じることではございません。

あなた様がいなければ、ルルタ様は自殺していたことは紛れもない事実でございます。そして、ルルタ様の精神状態がどうであろうと、終章の獣に勝つことはかないません。

あなた様がいようがいまいが、何も変わらず、世界が滅ぶのは確定しているということでございますよ」

「……でも、このままじゃ……」

「私の話はこれだけでございます。お時間を取らせるのも非礼でございましょう、このあたりでお暇《いとま》させていただきとう存じます」

ラスコールの姿が、土の中に消えようとする。その手をニーニウは掴んで引き戻す。

「……ま、待ってください！　どうすればいいんですか⁉」

土の中に半分体をうずめながらラスコールは言う。

「さあ、この石剣ごときには荷の重い問いでございます。世界の救世主を救う方法など、誰にもわかるはずはございません」

手を摑んでいるのも意に介《かい》さず、ラスコールは沈んでゆく。

「それに私にとっては、どちらでも同じこと。世界が滅ぼうが救われようが、同じことなのでございます」

「……何を言っているのですか！」

今度こそ、本当にラスコールは消えた。足が震えだし、ニーニウは膝をついた。

どうすればいい？　そう思いながら、ただ呆然《ぼうぜん》と地面を見つめていた。


ルルタは、必死に訓練を続けた。頭の中から離れないニーニウの言葉を振り払いながら。

どれほど続けたのか、果てしない訓練の果て、いつの間にか気を失っていた。ほんの数分の短い時間だったが、その間に夢を見た。オルントーラに見させられる、滅びの夢だ。

「……また、これか」

茫漠《ぼうばく》とした夢の中で、ルルタに終章の獣が襲いかかる。夢の風景はぼんやりとしているが、嚙《か》みつかれて痛む体も、繰り出される技《わざ》の手ごたえも、確かなものだ。

隊列をなす〝騎兵《きへい》〟を大冥棍グモルクで蹴散《けち》らす。〝鉄嚙鼠《てつごうねずみ》〟の群れを、全身から放出する雷撃で塵《ちり》に変える。だが、襲いかかるのは無限の軍勢だ。七つの戦機も、鍛《きた》え上げた体も、魔法権利もしょせん、終章の獣には及ばない。

何度、こうして終章の獣と戦っただろう。そして、そのたびに負けてきた。あと半年ほどで、この光景が現実になる。ルルタの体が傷つき、食われていく。ルルタは叫ぶ。痛い、苦しい、怖い、と。助けてくれ、誰か助けてくれ、と。

現実が突きつけられる。自分は終章の獣に勝てない。今のままでは絶対に勝てない、と。

そして、夢から覚める。


目を覚ましたルルタは、頭を抱える。強くならなきゃいけない。今のままではいけない。勝たなければいけない。なのに、どうしようもない。

ルルタは空を見上げる。ニーニウのいる方角だ。

「………」

甘い誘惑が、ルルタを苛《さいな》む。ニーニウに会って、歌ってほしいと言うだけで、この苦しみから解放されるのだ。温かく、柔らかいニーニウの胸に抱かれて、ぐっすりと眠れるのだ。何も心配せず、安らかに。

だが、だめだ。行ってはならない。ルルタも、自分の力が衰《おとろ》えている原因を十分に理解している。ニーニウに会っても、何も解決しないことがわかっている。

それでも会いたい。ニーニウに会いたい。たった一人僕を助けてくれるニーニウに会いたい。

ニーニウ、なぜ君に出会ってしまった！　ルルタは心の中で叫ぶ。

「……明日から、だ」

今日だけは、ニーニウに会いに行こう。そして、明日から本当に強くなろう。そう思い、体を浮かせる。その瞬間、背後から声がかかった。

「ルルタ！　こちらへ、傷の手当てをせねば！」

ヴーエキサルだ。なぜかルルタは、ここ最近、彼に強い苛立ちを感じるようになった。ニーニウに会うまでは、最も頼れる、最も信頼できる男だったのに、今は顔も見たくない。

「………行ってはなりません、ルルタ。あなたは、世界を救うお方。この王都にいてください」

「……僕に指図《さしず》するな。僕の勝手だろう」

「なりません！　あなたは、現状をご理解なさっておいでですか」

「何が言いたい」

ヴーエキサルは、たまりかねたように叫ぶ。

「あの地虫との戯《たわむ》れをおやめください！」

腹の底から怒りがこみ上げてきた。あろうことか、ヴーエキサルは彼女を地虫と呼んだ。

「あなたが地虫と戯れているなどと他の戦士たちが知ったら、なんと思うか！　あなたは全人類の手本であり、全人類の希望であらせられるのに！」

「黙れ」

怒りを目に込めて、ヴーエキサルのほうを振り向く。

「あなたが、そんなご様子では、私たちはどうすればいいのです！　あなたが戦わねば、私たちは途方にくれるしかありません！　われわれを見捨てるのですか！」

知ったことかと、ルルタは思う。なぜ、お前らの心の安定まで僕が面倒を見なければいけない。僕が死にかけていたあの日、お前たちはいったい何をしていた。

お前たちが僕に何をしてくれた。僕を助けたのは、ニーニウだけではないか。

「黙れ、ヴーエキサル。僕は行く」

ヴーエキサルと話していることに耐えられず、ルルタは空に飛び立つ。

「ルルタ、なぜですか！　昔のあなたに、世界の救世主に戻ってください！」

「うるさい！　僕は…………」

世界の救世主、僕はそんなものではない。そう言いかけて、すんでのところで止《とど》まった。もしも口に出していれば、取り返しのつかないことになっていた。ヴーエキサルにとっても、ルルタ自身にとっても。

世界の救世主ではない。一度そう認めてしまえば、何もかも終わりだ。ルルタは絶対に、終章の獣に勝てなくなってしまう。

「…………くそぉ！」

空を飛びながら、苛立ち紛れに、雷撃や火弾を辺り一面に撃ち放った。それは人の域を超えた威力《いりょく》だったが、終章の獣の領域にははるかに届かない。

「どうすればいい!?　どうすればいいんだ！　ニーニウ!?　僕はどうすればいいんだ!?」

「…………ルルタ、よね。今のは」

はるか遠くから、巨大な爆音がニーニウの耳まで届いてきた。あんな音を出せるのは世界にルルタ一人しかいない。

今日、ルルタは来るのだろうか。来るとしたら、何を言うだろうか。ニーニウは、一人洞窟に座り込み、体を震わせていた。

力を失いつつあるルルタ。彼が何を思い、何をするか。何をしなければならないのか。ニーニウにも理解できる。それが恐ろしくて、体の震えが止まらない。

「……ニーニウ。覚悟を、固めるの」

拳を握り締めて、震えを沈めようとする。

ルルタは世界を救わなければいけない。そして今、ルルタは力を失いつつあり、世界は滅びようとしている。ルルタはそれを実行しなければならない。それは不可避《ふかひ》。それは必然。だから、ニーニウは覚悟を決めなければいけない。ルルタの母親と同じように。

悪い人生ではなかった。自分に、そう言い聞かせる。たくさんの人を、癒すことができた。少しの慰めに過ぎなかったとしても。

自分はルルタを助けられた。あのままではルルタは自殺していたことも間違いないのだ。ニーニウは終章の獣を倒すことに、十分に貢献《こうけん》できた。それはニーニウ以外の誰にもできないことだった。

そう思えば、自分はよくやったではないか。これで十分だと覚悟を決めても良いだろう。きっと、族長も許してくれる。

だから、自分はルルタに殺されるべきなのだ。世界のために、ルルタのために。それが正しい選択なのだ。

「ニーニウ」

その瞬間、背後から声がかかった。ニーニウの体が、びく、とはねた。ルルタにばれてしまったのではないか。ルルタを怖がっていると。

振り向くと、ルルタはひどく思いつめた表情で立っていた。ニーニウは瞬時に、ルルタが何をしに来たのか理解した。

「ニーニウ、僕が怖いかい」

ルルタが言った。やはり、ばれているとニーニウは思った。

できれば、今来てほしくなかった。明朝か、明日の昼まで待ってほしかった。それだけ時間があれば、ニーニウも覚悟を固められた。

いや、違う。ルルタが悪いわけではない。覚悟を固められなかった自分が悪いのだ。

「……………そんなこと、ありません、私は大丈夫です」

「ニーニウ」

ルルタが、無造作《むぞうさ》に近づいてきた。迷いが生まれる前に、なるべく早くやってしまいたい。そんな気持ちが伝わってきた。

「……………ごめんなさい、ルルタ」

「なぜ、君が謝る」

「……私が悪いのです」

「君は悪くない。何も悪くない」

そう言いながら、ルルタがニーニウの首筋に手をかけた。

「……ルルタ」

最後の言葉が浮かばず、一言、名前を呼ぶことしかできなかった。目を閉じて、その瞬間を待った。

「……抵抗してくれよ」

「……え？」

意味が理解できずに、目を開けた。

「抵抗してくれよ。それじゃあ、母さんのときを思い出してしまうじゃないか」

ルルタが悲しそうに笑っていた。

「……わ、わかりました、けれども」

抵抗するとしても、どうすればいいのかわからない。泣こうにも、ルルタを殴って逃げようにも、覚悟がもう固まってしまっている。それに、抵抗したらルルタがますます辛くなってしまう。どうすることもできず、ルルタの顔を見つめていた。

「ニーニウ。抵抗しないなら、終わらせてしまうよ。どうするんだ」

そんなことを言われても、ニーニウのほうが困る。

「抵抗しないのか。それなら、何か、言い残すことはないか」

ああ、そうか。ルルタはためらっている。本当はこんなことしたくないのだ。当たり前だ。したいはずがない。

ルルタを、励まさなければ。なんと言って励ますか、ニーニウは頭を絞《しぼ》って考える。

「………一つ頼みがあります」

しかし、口に出たのは励ましの言葉ではなかった。ニーニウの最後の願いだった。

「何だ、何でも言ってくれ。君が言うなら、僕は何だってするよ」

「………ずっと、元気でいてください」

「………」

ルルタの手が止まった。首筋にかかっている手が、震え始めた。そして、ルルタの表情が歪《ゆが》んだ。泣き出す一歩手前の、子供の顔になっていた。

「ニーニウ。たしかに、何でもすると言った。だけど、考えてものを言ってくれ。もう少し、できそうなことを頼んでくれないか」

「………でも」

「できるわけないだろう、そんなこと、元気でなんて、いられるわけがあるか」

自分はまた失敗してしまったのだろうかと、ニーニウは思った。心配したのは、自分が死んだ後、ルルタはどうなるのかということだった。また独《ひと》りになって、辛い日々の中に取り残されるのではないか。そう思うと、死ぬことが辛かった。

「………もうたくさんだ」

「……………え？」

「たくさんだ。もう、たくさんだ。

ずっと独りで、何度も死ぬ思いをして強くなって、それでも、まったく勝ち目は見えなくて……二度も………一番大切な人を、二度も………」

ルルタの手が、ニーニウの首から離れた。だらりと、力なく垂《た》れ下がった。

「もうたくさんだ。どうあがいても勝てない戦いなのに、なんでこうまでして続けなきゃいけないんだ」

「………ルルタ」

「もうたくさんだ、僕は………救世主なんかに、なりたくなかった」

ルルタの膝が、力なく落ちた。精気の抜け落ちた顔で、呆然と地面を見つめていた。それを見ながら、ニーニウは思った。世界の救世主は、人々の祝福を受け、守られ、慈《いつく》しまれ、大事に育てられるべきものではないのだろうか。なぜ彼はこうまで傷いているのだろうか。

誰が彼をこうまで傷つけたのだろう。オルントーラか、終章の獣か、ヴーエキサルか、食ってきた『本』の数々か、ニーニウか、あるいはルルタ自身か。

ルルタの両肩に手を添えた。ルルタはニーニウの肩に顔をうずめた。そして、ニーニウの背中に手を回し、洞窟の奥にあった藁《わら》の寝床に押し倒した。

「………ルルタ？」

ニーニウは当惑《とうわく》し、引き離そうと身をよじった。しかし、ルルタもまた、一人の少年であることを思い出した。そして、自分もまた。

「……ルルタ」

ニーニウは、静かに心を落ち着け、ルルタに身を任せることにした。

夜が更《ふ》け、明け方が近づく。二人は、藁の寝床の中で手をつないでいた。彼女が、自分を受け入れた。ルルタは喜びの余韻《よいん》に浸《ひた》っていた。

「……ルルタ、ごめんなさい」

ニーニウが言う。ルルタは不思議でならない。なぜ彼女が謝るのだろう。何も悪いことをしていないのに。僕を励まし、癒してくれたのに。

「だから、なぜ君が謝るんだ。君は何度も謝ってるけど、僕は理由がわからない」

「……私は、あなたを守りたくて、会いに行ったの。でも、そのせいであなたは力を失ってる。私のせい。ごめんなさい」

ルルタは首を横に振る。

「君がいなければ、僕は死んでいたよ」

「……でも、やっぱり私のせい。あなたを支えられなかった。あなたを励ませなかった。本当はもっと、別のやり方もあったはず。あなたに辛い思いをさせない方法も」

ルルタは思う。ニーニウ、違う。悪いのは僕だ。僕がもっと強ければ、君を殺さなくてもよかった。僕が、本当の救世主じゃないのが悪いんだ。君は何も悪くない。こんな弱い僕を救ってくれたんだ。

その時、ふと疑問が浮かんだ。

「なあ、ニーニウ。なぜ僕のところに来たんだ」

「………え？」

「君はどうして僕を癒す力を持ってるんだ？　歌い人ってどういうものなんだ？」

ニーニウは目を丸くした。

「……そこから説明しなきゃいけないの？」

「自分でも驚いてる。僕はそもそも、君のことを何も知らない。教えてくれないか」

「………うん」

そしてニーニウは、静かに語り始めた。歌い人の歴史から、その滅びまで。族長と過ごした日々のこと。一度は逃げようとした時のこと。遠くで泣いているルルタの感情を感じ取り、彼を助けたいと思ったこと。何年も、世界を回って人々を助けてきたこと。そして、ルルタに出会うまで。

ぽつりぽつりと、ニーニウは語った。話し始める前に、一秒ほどの沈黙を挟《はさ》むいつもの喋り方で。

言い知れない感激を、ルルタは感じた。彼女はどれだけ、たくさんの苦難を乗り越えてきたのだろう。人々を助けるために、そして、ルルタを助けるために。

たくさんの人が、ルルタのために命を捨て、『本』になって食われた。それは確かに尊《とうと》い自己犠牲だろう。けれども、ニーニウのそれとは全く違う。

「どうして、そんな生き方を選べたんだ。もし僕が君の立場でも、絶対に無理だ。途中で投げ出してしまう」

「……どうしてと言われてもすごく難しい。……ただ、私は泣いている子供を放っておけないの。たぶん、それだけ」

「やさしいんだな、君は」

話していて、また、悲しくなってしまった。

自分はやはり、ニーニウを殺さなければいけないのだろうか。世界を救うためには、どうしても必要なのだろうか。

そんなのはいやだ。そんなことは、間違っている。ニーニウのような人間が、なぜ死ななければいけない。

「……ルルタ、また、苦しんでる」

ルルタの裸《はだか》の胸に、頭を乗せて、ニーニウが言った。

「……大丈夫だよ。私は大丈夫、死ぬのはもう怖くない。覚悟を決めたよ」

「ニーニウ……」

「……自分で死ぬよ。ルルタに殺させたら、また悲しませる。ルルタはもう私のことは忘れて。私のせいで、ルルタが苦しむのにはもう耐えられない」

わかっていないよ、とルルタは心の中で思う。そんなことを言われたら、なおさら辛くなってしまうのに。

これ以上、君を愛《いと》しくなったら、僕はもうどうすればいいのかわからない。

「だめだ、ニーニウ。もう少し待ってくれ。もう少しでいいから、僕のそばにいてくれ」

「……うん。ありがと、ルルタ」

そして、二人は眠りについた。

眠っているルルタは、腹の底から、何かが湧《わ》き上がってくるのを感じる。嘔吐《おうと》感にも似た、いやな感触だった。

（………ルルタ）

お前たちか、とルルタは思った。ルルタが食ってきた魂たちが、仮想臓腑の中から言葉を投げかけてくる。数万人の魂が、我先《われさき》にと声を発する。耐えられない騒音に、ルルタは顔をしかめる。耳をふさごうとも、その声は臓腑の中から届いてくるのだ。

（ルルタ。あなたは、あの女を殺さなければいけない）

（殺すのです。殺して、本当の救世主となるのです）

うるさい、黙れ、とルルタは思う。お前たちなど溶けてしまえ、仮想臓腑の、砂漠の砂になってしまえとルルタは思う。

（われらがこれほど願っているのに、あなたはいまだに本当の救世主になっていない）

（あなたは迷い、恐れ、挫けそうになっている。それはなぜか）

(あなたは、まだ人間の心を持っているからだ！)

何を言う。僕にだって心はある。ニーニウが愛しいと思う、心がある。

(その心を捨てるのです！)

腹の中の魂たちが、一斉《いっせい》に叫ぶ。

(人の心を捨てるのです！　何かを感じることを、考えることを、思うことを捨てるのです！

ただ、戦うこと以外何も考えない存在となるのです！)

何だそれは！　何も考えず、何も感じないなら、そんなものは人間じゃない！

(人間ではなくなるのです！　人間を捨て、人間を超えて、本当の救世主となるのです！)

ふざけるな！　なぜ彼女を殺さなければいけない！　あんなに良い子なのに、あんなに優しいのに、あんなに僕に尽くしたのに！　なぜ殺さなければいけない！

(わかっているのでしょう、あなたも)

(今のままでは、決して終章の獣に勝てないと)

わかっている、そんなことは百も承知《しょうち》だ！

でも……僕はそこまでしなければいけないのか？

(それ以外に、何があると？)

答えることは、できなかった。

(何もないのですよ。あなたは、ただの負け犬になるか、本当の救世主になるか、どちらかしかないのです)

いやだ、そんなのはいやだ。負け犬になんかなりたくない、だけど、人の心をなくすのもいやだ！　ふざけるな！　なぜそこまで僕を苦しめる！

（ふざけているのはお前だ！　なぜ、その女一人殺せない！　我々が死んだ時、一滴の涙すら流さなかったお前が！）

（ルルタのために死ぬのは当然のこと！　我らはその通りに死に、お前も、それを許容した！　ならばその女も、お前のために死ぬべきだ！　なぜできない！）

決まってる、彼女が愛しいからだ！

そのとき、ルルタの体が揺さぶられた。夢の中から、引き戻される。

（くそ！　邪魔をするな地虫の小娘が！）

目が覚めた。ニーニウが、ルルタの顔を覗き込んでいた。

「おはよう、ニーニウ」

「……………すごく、うなされていた」

「そうだろうな。でも、平気だよ」

「……………よかった。心配した」

ニーニウが笑った。二人は散らかった衣服を取って身に着ける。

「そういえば、ニーニウ。君は食べるものはどうしてるんだ？」

「……………森の中にはいろいろある。あまり困っていないよ」

ふと、ルルタは気がついた。ニーニウの口調が、丁寧語からくだけた様子に変わっていた。

変化は自然で、ニーニウ自身気づいていないようだ。それが、悪い気分ではなく、ルルタは顔をほころばせた。

「……朝ご飯、準備する。あまり、大したもの作れないけど」

「ああ、ありがとう」

たぶん、僕が欲しかったのはこういうものだ。ごく普通の、あるいは本当に貴重な、静かで平和な生活なのだ。

これを……捨てなければいけないのか。これを捨てたとき、僕は本当の救世主になれるのか？何も感じない、何も考えない、ただ戦うだけの存在に。

ルルタは、一つの根源的な疑問を感じた。

どうしてそんなことまでして、世界を救わなきゃいけないんだ？

朝食は百合《ゆり》の根と、干した鹿《しか》の肉だった。正直、味はひどいもので、食べ終えるのに苦労するほどだった。だが、落ち着いて食事をするなんてことも、本当に久しぶりのことだとルルタは思った。

「ニーニウ。一日、僕にくれないか」

「……もちろんいいけど、何をするの？」

「遊びに行くというのを、一度経験してみたいんだ。僕は一生で一度も、遊んだことがない。今日やらないと、永遠にやる機会がないような気がする」

本当の救世主は、戦うこと以外何も考えない。そして、自分はそれになろうとしているのだ。

「……うん」

ニーニウは素直にうなずいた。

「でも、僕は遊んだことがないから、何をすればいいのかわからないんだ」

「……私もよくわからない。どうするものなの？」

二人は顔を見合わせて首をひねる。ルルタの頭に良案が浮かんだ。

「外に出てくれ。連れていきたいところがある」

ニーニウがうなずく。洞窟の外に出たニーニウを、ルルタは念動力で包み込んだ。そして二人で空に浮かび、目が回るような速度で飛ぶ。ニーニウが怖がっていないかを案じて顔を見る。眼は驚きに見開いているが、恐怖は感じていないようだ。

北へ、かなりの距離を飛んだ。

「……ルルタ、こんな遠くまで来て、何をするの？」

「いろいろ、見るだけだよ。すごく面白《おもしろ》いと思う。たとえば、あれとか」

下に指を向ける。ニーニウが息をのむのがわかった。海に、巨大な白いものが浮かんでいる。

「……なに、あれ」

「氷」

ルルタは高度を落とし、氷山の上に乗った。火の魔法をほんの少し使い、ニーニウを温める。ニーニウは足元の氷をなでて、本当に氷かどうか確認している。

「……ルルタが作ったの？」

「まさか。もともとあったんだ。僕も、初めて見たときは驚いた」

「……信じられない。こんな世界があったなんて」

ニーニウは氷を叩いたり削ったりして遊んでいる。よかった、面白がってくれている。ルルタは安心した。

「もっと面白いものがある」

ルルタは海の中から、黒くて泳ぎのうまい、そのくせ飛べないおかしな鳥を連れてきた。可《か》愛《わい》いとニーニウは飛び上がって喜んだ。捕まえてなでまわすと、面白い声で鳴く。手を離すとぺたぺたと逃げていく。その様子を、ニーニウはいつまでも眺めていた。

ニーニウを連れて、さまざまな生き物を見て回った。熊《くま》が白いことに驚き、病気ではないかと心配した。のたくるようにはいずる巨大な動物を見て、終章の獣かその類《たぐい》ではないかと怖がった。

氷の上を滑るように動いていた太陽が静かに傾いていく。あっという間《ま》に夜になった。

「楽しい？　ニーニウ」

「……ものすごく。本当に、うまく言えないけど、すごい」

ニーニウは伝える言葉も浮かばないぐらい興奮《こうふん》していた。ルルタはそんなニーニウを、一日見続けても飽《あ》きなかった。もっと楽しませたい、もっと喜ぶところが見たいと思った。ニーニウを、いくら見ても見足りなかった。

「やっと夜が来たね。日が落ちるのを待ってたんだ」

「……え？」

「今日は出るかな。出ない日も多いから、出なくてもがっかりしないでくれ」

まだほかに、見せたいものがあるの？　とニーニウは首をかしげる。ルルタは空を見上げ、じっと待った。ニーニウもその横で、同じように空を見上げた。

「多分、今日は出る」

「……何が？」

「あれが何か、僕にもよくわからない。でも、すごいよ」

それが現れたとき、ニーニウは言葉すら出なかった。夜空に、光のカーテンがかかっていた。光は空全体を覆い、色とりどりに光り、揺らめいた。ルルタも、ニーニウも、息すら止めて見入った。

「……ルルタ」

「何？」

「………いろいろ、言いたいことがありすぎて、うまく言えない。けど……ありがとう」

それを言いたいのはこっちだよと、ルルタは思った。

ニーニウを失《な》くせない。その心が、一秒ごとに強くなっていく。僕はニーニウを失くせない。どうしても僕は、ニーニウを殺さなければいけないのだろうか。

もっと強ければ、終章の獣なんか片手で蹴散らす力があれば、こんな悩みを持たなくてもよかった。もっと残酷《ざんこく》なら、悩まずに殺せた。そのどちらも、自分にはない。自分は終章の獣を倒せるほどにも強くなく、ニーニウを殺せるほどにも強くない。

ルルタは確信する。自分は絶対に、ニーニウを殺せない。このまま、力を取り戻せないとしても。その結果、世界が滅ぶとしても。

ルルタはニーニウのことが、世界より大切になってしまったのだ。


次の日は南に移動した。

やはり、見知らぬ動物を見つけた。ニーニウはなでまわして遊んだ。どうも生来可愛いものに目がないらしい。緑色の暖かな海を一日中眺めた。二人で浜辺の貝殻《かいがら》を拾い集め、どちらがきれいな貝を見つけられるか競《きそ》い合った。ルルタは千里眼の魔法を使い、掌《てのひら》よりはるかに大きな貝を拾ってきた。

東の果てに砂漠がある。果てしなく何もない砂漠に、言い知れない感動があった。

もう一度、あの光のカーテンを見るために北へと行った。しかしその日は、一晩待っても現れず、二人はがっくりと肩を落とした。ニーニウと過ごす時間は一日だけと言った。しかし、当たり前のように二日が過ぎて三日が過ぎた。七日の間、二人は世界じゅうを遊び歩いた。

そして、夜が更ける。とある海辺の洞窟で、ルルタは外の景色を眺めていた。海は月明かりに照らされて、透明な深い青色をたたえている。裸のニーニウが、彼の腕の中で眠っていた。

仮想臓腑の中から声がする。食った魂たちが、砂漠の中で絶望に身をよじっている。

(………いかんともしがたい。七日も、時間を無駄にするとは)

(許しがたい、あの地虫の小娘も、ルルタもだ!)

(ルルタは、終わってしまったのか! くそ! 我らは何のために死んだ!)

その声に、ルルタは静かに答える。

「黙れ。それとも仮想臓腑に降りて行って、黙らせてほしいのか?」

魂たちは、一声で静かになった。今までルルタは、自分のために死んでくれた戦士たちに申し訳ないと思っていた。彼らの犠牲を無駄にしないために、強くなろうとしていた。そのルルタが、初めてその魂たちを拒絶した。

「もう認めたらどうだ。僕は弱いんだ。ニーニウがいないと生きていけない。愛する人一人殺せない。どうしようもなく弱いんだ」

(認めてはいけない、弱いなどと)

「この七日で、自分のことがよくわかったよ。

なぜ僕が、透明の髪を持って生まれたのかな。他の誰かが持つべきなのに、間違えて僕が持ってしまったんじゃないか? 僕は、ただの子供だよ。母さんが恋しくて、手を差し伸べてくれた人になついて甘えて、それだけの子供だ。

ただニーニウがそばにいて、喜んでいれば、それだけで十分なんだ。こんな子供に、世界が救えるわけがない」

(何を言う！　それなら、なぜ我らは死ななければいけなかった！　もっと生きたかった！　食われたくなかった！　なのに！)

ルルタは、静かに言う。

「すまない。僕に言えるのはそれだけだ。それ以上のことを、言う気はない」

魂たちが黙り込んだのを確認し、ルルタは目を閉じた。眠る前にルルタは思った。

すべては、無駄な努力だったのだろうか。皆の命も努力も、何もかも無駄だったのか。そうは思いたくない。しかし、ルルタはどうしようもなく弱い。自分の弱さを、謝罪することしかできない。世界を守れず、そしてニーニウを殺せもしない。

ルルタは思う。なぜ、僕はこの世界に生まれてきたのだろうと。

ルルタの眠りはいつも浅い。だから、彼は人一倍頻繁《ひんぱん》に夢を見る。そして、オルントーラの囁きを聞くことも多い。

またかと、ルルタはその日も思った。いつもの、茫漠とした夢の戦場だ。ここで終章の獣と戦い、また今日も殺されるのだ。

自分はニーニウといたいのに、なぜ邪魔をする。ルルタはため息をつく。

しかし、妙なことに気がついた。その日は、一匹の〝鉄嚙鼠〟が目の前にいるだけだった。

(話すのは、初めてですね。ルルタ＝クーザンクーナ)

終章の獣が口を聞いた。ルルタは驚いた。こいつは話せるのか。

「終章の獣か？　それとも、未来管理者オルントーラか？」

(どちらでもかまいません。現れる形が違うだけで、本質は同じものです。人を打ち据《す》える拳《こぶし》と、人を抱きしめる掌《てのひら》が、同じものであるように)

よくわからないが、どちらでもかまわないのはルルタにとっても同じだ。

「今日は、何のつもりだ？　僕は早く目覚めたい。手短に済ませてくれ」

(……あなたは扉に手を触れましたね。ですが……扉を開くにはまだ足りない。またしてもあの少女が、扉が開くのを阻《はば》んだのですね)

「何を言っている？」

(こちらのことです。気になさらず)

〝鉄嚙鼠〟は、ルルタに背を向け、ちょろりと歩き始めた。

(こちらへおいでください)

「だから、何の用だ」

(この夢の中で、あなたを殺すことも百度を越えました。そのたびにあなたに、抵抗は無駄だと悟らせようとしました。ですが強情なあなたは、私の声に耳を傾けようとしません。

ならば、別のやり方もあります。我々の間には、武力だけではなく、言葉もあるのですから)

「僕と話をしたいと？」

（その通り、そして、見せたいものもあります）

その瞬間、ぼんやりとした夢の情景が、にわかに現実感を帯び始めた。そこは、ルルタのよく知る、王都の光景だった。

（たいしたものではありませんよ。今の、王都の様子です）

王塔で、ヴーエキサルが壁を殴りつけていた。拳の皮膚《ひふ》が破れ、額《ひたい》や唇《くちびる》からも血が出ていた。

「何をしているんだ、こいつは」

（見ればわかるでしょう。怒っているのですよ）

ヴーエキサルは、壁に頭を打ちつける。彼の心が、ルルタに伝わってきた。

彼の怒りは、まずはニーニウに向けられている。必ず殺す、何があっても殺し抜く。四肢《しし》をへし折り、肉を裂き、体を焼き、汚物に浸してやる。ヴーエキサルの、度しがたい憎しみに、ルルタは嫌悪感を覚えた。

そして次に、無能な配下たちに彼は怒る。なぜやつらは弱い、ルルタにもっと大きな力を与えられない。弱者どもめ。無能どもめ、地虫どもめ、誰も彼も殺して、使える者はルルタに食わせよう。生き残る人間など、ルルタと、自分と、ほかに女が数人いれば十分だ。

「……こんな男だったのか。僕の一番の配下は」

ルルタはため息をついた。なんと醜《みにく》く、浅《あさ》ましいのだろう。

（こんな男でなければ、こんな国にはなりません。これほど人の心と、人の命を大切にしない国にはね）

「……そうだな」

（彼がもう少し、人の心の大切さをわかっていれば、あなたも今のようではなかった）

「そうだな。まったくその通りだ」

光景は別のものに変わった。ルルタも顔を知る一人の戦士が、老いた女性を蹴《け》りつけている。怒号《どごう》の中から、どうやらその女性は母親らしいことがわかった。

「これは、どういうことだ」

（たいしたことではありませんよ。彼にとってはいつものことです。今日は、夕食の麦粥が煮えきっていなかったようです）

「それだけで母親を、蹴るのか？」

（その通りです。それが、ごく普通のことと彼は思っています）

また、別の光景に移動した。

一人の男が、年若い女性を押さえつけ、醜い欲望を満たしていた。ルルタは思わず、目を背《そむ》けた。その光景が、さっきまでの自分と、ニーニウに重なったからだ。

（ご安心を、ルルタ。あなたがしたことは間違ってはいません。互いの心がつながっていれば、それは正しい行動です）

男は思っている。ルルタが勝てるとは限らない。今のうちに、いい思いをしなければ損《そん》だと。だが、ルルタにはわかった。彼は何度も、同じようなことを繰り返している。時には仲間と共謀《きょうぼう》してまで。ルルタは吐き気を覚えた。

オルントーラは、それからもいくつもの光景を見せた。

無力な少女に、木釘を投げる少年たち。それを、当然の処罰と見なす戦士。

わずかな食べ物を奪い合い、殴りあう兄と弟。罵《のの》りあう声と、鼻や口から吹き出る血。

厳しい労役《ろうえき》に、骨身を削って耐える男。それを見下し、あざ笑う息子。

それらの光景を見せた後、また夢の世界は元の茫漠とした空間に戻った。

「なぜ、僕にこんなものを見せる」

〝鉄嚙鼠〟はルルタを見上げながら言う。

(ルルタ。あなたはもしや、終章の獣を倒せば、みなが幸せになると思っていませんでしたか?)

「そうだろう。みなが幸せになるに決まっている」

(ですが、これが現実なのです。人は傷つけあい、欺《あざむ》きあい、罵りあう。終章の獣がいようといまいと、あなたがいようといまいと関係なく。

あなたにも、そして私にすら、どうしようもない人間の本当の姿です)

「それで、何が言いたい」

(ルルタ。私は未来管理者オルントーラです。人を正しい方向に導く存在です。

私はずっと、この世界が楽園であるように、努めてきました。バントーラやトーイトーラと

ともに、私なりの全力を尽くしてきたのです。しかし、それも力及ばず、人間はここまで堕落《だらく》してしまいました)

(少しでもかまいません。私の気持ちも汲《く》んでいただけませんか。私はもう、この世界を見続けていることに耐えられないのです。

「………」

この世界はいずれ、心底から、本当にどうしようもない最低の世界になる。そのとき、私が世界を滅ぼす。それは、あなたがそうまで否定するほど、間違ったことですか?)

「……はっきり言え。僕を説得しようと、変に言葉を選ぶな」

(そうですね、では、はっきりと言いましょう。戦うのはもうおよしなさい。無駄以前に、有害です。あなたにとっても、私にとっても……本当は気づいているのでしょう?)

「そうだな。本当は、わかっている」

ルルタは、〝鉄嚙鼠〟の前に、膝を屈する。

「勝ち目はない。勝ち目が見える可能性もない。戦いたいという気持ちも、もう失いかけている。戦わなきゃいけない理由も、もうわからない」

(その通りです)

「諦める。終章の獣に、勝てない。僕は世界を救えないんだ」

(………あなたには、深く同情します。あなたは救世主とは名ばかりの犠牲者です。人の抱いた愚かな希望に、傷つけられた悲しい少年です。オルントーラはあなたを深く哀れみます)

「もうすぐ、来るのか。僕たちを殺しに」

(いつになるかはわかりません。ですが、時間の問題でしょう)

「……できる限り、遅くしてくれないか。僕は長くニーニウと一緒にいたい」

(私の一存《いちぞん》では決められません。世界滅亡の扉を開くのは、人間ですから)

それがどういう意味かわからないまま、目が覚めた。


ニーニウがルルタの顔を覗き込んでいた。自分は寝過ごしたらしい。

「……おはよう」

目を覚ますと、ニーニウがいる。それだけで、なぜこんなにうれしいのだろう。自分は今、夢の中で世界を見捨てる決心をしたのに。泣き叫び、世界中に許しを請《こ》い、自殺でもしなければ許されない決断をしたのに。

「ニーニウ、魚食べるかい？　調達してくるよ」

ルルタは海を指して言った。

夢の中で、わかったことがある。僕は別に、世界を救いたかったわけではない。透明の髪を持ち、救世主に生まれついたから、世界を救おうとしていただけだと。

この世界を、愛していたわけではない。愛していないなら救えない。つまりはそういうことだ。

「……あまり食べたくないな。今日はいいよ」

「そう、なら、僕もいい」

世界を救うことを諦《あきら》めた。そのルルタの心は、暗い。虚脱感《きょだつ》と、罪悪感と、悲しみ。しかしその中にほんの少しの、解放された喜びがあった。仕方ないんだ。ルルタはそう思い、自分を慰める。このまま、ニーニウといられればそれだけでいいんだ。

「世界中飛んで、疲れただろう。今日はゆっくりしていよう」

「…………うん」

この日常を、できる限り長く。それだけが、自分の望みだ。そのとき、ルルタの心が、痛んだ。

そうだ。世界が滅べば、この子も死ぬんだ。それを思うと、ひどく辛い。自分の死も、世界の皆の死も辛くないが、ニーニウの死だけは今も辛い。

けれども、それも仕方ないのか。自分は世界を救うことを諦めた。ならば、ニーニウの死も受け入れるしかないのか。

「…………ルルタ、大丈夫？　久しぶりに、歌ってあげようか？」

「あ、うん、それも…………いいけど」

「…………そういう言い方は悲しいな。私この歌に人生懸《か》けてきたのに」

本気ですねるニーニウを、ルルタはあわててなだめる。ニーニウの膝で、久しぶりに歌を聞いた。何度聞いても、心が癒《い》える。歌から彼女の優しさが伝わってくる。

彼女を殺すのは間違いだと、この歌を聴けば理解できる。彼女が死ぬのは許されないと、この歌を聴けば思う。

世界を諦めても、彼女だけが諦められない。

けれども、どうすればいい。終章の獣には勝てない、それなのに、ニーニウのことが諦められない。

世界を諦めても、たった一人の少女のことが諦められない。

「……うまく歌えたかな」

ニーニウが言った。

「うん、きれいな歌だった」

「よかった。たぶん、これが最後の歌だからね」

瞬間、意味がわからずに、ルルタはニーニウの顔を見つめた。

「……ルルタ、もう十分だよ。ルルタは戻らなきゃいけない。七日間も私のために使ってくれたんだから、もう十分」

「……」

ああ、そうか。ニーニウはまだ、自分が殺されると思っているのか。ルルタは自分の馬鹿さ加減を思い知る。ルルタは、世界を救うことを諦めた。そのことを、伝えていなかった。なんとなく、言わなくてもわかってくれるだろうと思ったのだ。

伝えなければ、ニーニウに。もう、君が死ぬ必要はない。世界を救うことを諦めるのだから。

しかし、なんと伝えればいいのだろう。ニーニウに何を言えばいいのだろう。

「……私のことはもう心配しないで。私は幸せだった。最後にこんなに幸せな時間を過ごせるなんて考えてなかった。私なんかには、十分すぎるよ」

十分だなんて言わないでくれ。僕にはまだ足りない。もっと君を幸せにしなければ、僕の心が収まらないんだ。

「ニーニウ、未練は、ないのかい？」

「……もうないよ」

「本当にないのか？　本当に、何もないのか？　考えてくれ、僕に、未練がまだあると言ってくれ」

ニーニウは、少し困った顔をした。そして、海を見つめて何かを考えた。

「……海の向こうで、みんなが生きているんだね」

「そうだね」

ニーニウは長い間、海を見つめていた。そして、また喋り始めた。

「……未練はあるよ、たくさん」

そうだろう。未練があるのなら、殺せない。君を死なせたくない。

「言ってくれ。君がしたいことを、本当に心の底から望んでいることを」

「……私がしたいこと……」

少しの間考えて、ニーニウは振り向いた。そして、胸に手を当てて言った。

「……私は、この世界を守りたい」

その時、足元がぐらつくような衝撃を感じた。僕は、それを諦めたのに。なぜ君はそれを望むんだ。

「……今まで、いろいろ辛いことばっかりだったよ。

族長が死んで、一人になったことも、それからのことも、本当に辛かったよ。苦しんでる人はたくさんいて、助けても助けてもきりがなくて。だれも私のことを理解してくれない、嫌なことばかり見続けてきたよ」

「じゃあ、なんで世界を守りたいなんて思えるんだ」

「……私は最後の歌い人。歌うことだけを考えて生きてきた。私の歌で、世界の人たちに幸せになってほしいと、それを望んで生きてきた。それは、間違ってなかったと思う。辛いことばっかりだったけど、正しい人生を送ってきたと思う」

ニーニウは、笑った。

「……私はこの世界を愛している。私を生かしてくれた世界だもの」

「この世界を、愛してる？」

その言葉を聞いた瞬間、ルルタの心の中ですとんと音がした。今までルルタを捕らえていた全ての悩みが、一瞬で解決した音だった。

自分の弱さを嘆《なげ》いていたこと。

世界を救えないと、悩んでいたこと。

ニーニウを殺したくないと迷っていたこと。

こんな腐った世界を、救いたくないと思ったこと。

救えないなら、いっそ諦めてしまえと考えたこと。

今までルルタを支配していた全ての迷いが、消えてなくなった。十五年かそこらの生涯《しょうがい》で悩み続けたことはなんだったのだろう。たった一瞬で消えてなくなっていいのだろうか。そんなことを思うほど、全てが一気に解決した。

「そう、か。君は、世界を、愛してるのか。そうか、そうなんだ」

妙な口調になってしまった。あまりにも全てが解決してしまったので、ルルタは感情の置きどころを見失っていた。

「……………どうしたの、ルルタ」

ニーニウが首をかしげる。

自分は強いのか弱いのか。救世主なのか偽者《にせもの》なのか。終章の獣に勝てるのか勝てないのか。世界には救う価値があるのかないのか。そんなことは全てどうでもいい。

確かなことは一つだけ。自分はただ、ニーニウを好きだというそのことだけ。ニーニウを幸せにしたいと思う、そのことだけ。

確かなことがそれだけならば、それに殉《じゅん》ずる以外にない。自分の中の確かな思いが命じるままに、行動すればいいだけだ。

「ああ、そうか」

自分がしたいことは一つだけ。ニーニウを助けたい。幸せにしたい。それだけを考えていればいいんだ。

「ニーニウ、僕はとても、大切なことがわかったと思う」

そう言って、ルルタはニーニウの体を浮かせた。そして、自分も空を飛んだ。風圧で海を割りながら、すさまじい勢いで飛び始めた。

「………どうしたの、ルルタ」

「戻るのさ。僕たちのいるべき場所へ。僕は王都へ、君は森へ」

「………私を殺すのではないの？」

「どうして君は、そんな馬鹿なことを考えているんだ」

ルルタは笑う。そして、ニーニウを抱きしめる。

終章の獣は強いだろう。ルルタは弱いだろう。この世界は腐りきっているのだろう。だが、そんなものは変えられる。ルルタが強くなればいい。世界の人々を正しい方向に導けばいい。それだけのことではないか。

ニーニウはこの世界を愛している。そして、僕はニーニウを愛している。それは確かなことで、絶対に動かせない。

絶対に動かせないのなら、受け入れる他にない。自分の弱さも、終章の獣の強さも、腐りきったこの世界も、受け入れて、戦っていくしかない。

もう、迷わない。この世界には君がいる。どうしようもなく君がいる。君がいる限り、僕は戦い続けるしかないのだ。

「……ニーニウ。僕は君を守る。君を守るためだけに戦う。

君のために、僕は本当の救世主、ルルタ＝クーザンクーナになってみせる！」


その数十分後、ルルタの姿は王塔の前、訓練場にあった。ニーニウの姿はそばにはない。すでに、元いた森へ置いてきた。

「ルルタ、いったい、今まで何を」

「無駄口を叩くな。僕のいない間、『本』は溜《た》まっているか。あるならすぐに出せ、一秒でも惜《お》しい！」

ひどい言い草ではある。今まで七日間も王塔から逃げていたルルタが、今は一秒を惜しんでいるのだから。

「こちらにございます」

ラスコールが姿を現した。手にはどっさりと『本』を持っている。受け取る手間《てま》も惜しみ、それを腹に収めていく。いくらでも食える、いくらでも強くなれる。ニーニウを助けるためなら、自分は何だってできる。

『本』を食い終えたルルタは、拳を握り締める。精神を集中し、手に入れた魔法権利を一つに束ねる。もっと強く、もっと強く、と願う。僕の持つ全ての力を、余すところなく使い切れと、歯を食い縛って念じる。

空中で形容のしようがない音がした。ルルタの体の中で、極限まで高められた魔法権利の余《よ》波《は》だ。火花が散り、風が巻き起こり、空間までもねじれる。とてつもない力が、ルルタの中で育ってゆく。

「喜べ、ヴーエキサル。僕はもう恐れない、迷わない、挫けず、絶対に負けない」

ルルタが笑った。

「喜べ、僕は今、かつてなく強いぞ！」

おかしな話だと、ルルタは思う。世界を守ろうとしていた自分よりも、たった一人の少女を守りたいと思う自分のほうが、はるかに強いのだ。比べ物にならないほど強いのだ。

勝てる、とルルタは思った。生まれて初めて、終章の獣に勝てると思った。ニーニウに感謝してもし足りない。彼女に出会えて、彼女を愛せて、僕は初めて本当の救世主になれたのだから。

それから、時が過ぎる。なにがなにやらわからないままに、森へと置いていかれたニーニウは、しばし現状を把握《はあく》できずに困惑《こんわく》していた。

やがて、数枚の木片《もくへん》がどこからともなく飛んできた。それには、ニーニウと出会ってから、ルルタが思っていたことが包み隠さず記されていた。世界を救うことを、諦めようとしていたこと。ニーニウのために、世界を守ろうと思っていること。ルルタの本心をニーニウは知った。

今は会えない。けれども、すぐにまた会える。終章の獣を倒し、世界を守ったらまた会いに行く。そう記されていた。

最後に、こう書かれていた。

『僕は君を守る。君のためだけに戦う。だから君は、その歌で、世界の人々を救ってくれ。君と僕、二人がいれば世界を救える。僕たち二人で、この世界を救うんだ』

読み終えたニーニウは、静かに泣いた。うれしくて涙が止まらなかった。ルルタが、自分を愛している。自分の夢をかなえるために戦ってくれている。

自分も、もっと頑張らなければいけない。世界の人々を救うために、もっと素晴らしい歌を歌えるようにならなければいけない。癒しの歌だけではなく、もっと人を幸せにできる歌を、人々に届けなければいけない。

それが、ルルタの思いに応《こた》えることだから。

第五章 菫の少女と愛しきルルタ

館長代行マキア＝デキシアートは、その執拗《しつよう》な調査で、ルルタのことを調べ上げた。しかし、その彼すら、ルルタとニーニウの関わりを知らなかった。彼女の存在は、メリオト国王ヴーエキサルによって秘匿《ひとく》され、ごく一部の上級戦士のみにしか知られていなかったからだ。ニーニウに関する記録は、極《きわ》めて少ないながらもマキアは見つけている。ヴーエキサルがルルタに関する何かを隠していたことも、マキアにはわかっている。しかしその二つを結びつけて考えるには至《いた》らなかった。

もしもマキアがルルタとニーニウの関わりを知っていたら、終章の獣との戦いの後、彼女がどうなったのかを知っていたら、彼の物語はまた別の展開を迎えていただろう。

マキア＝デキシアートが代行の職を辞《じ》したのは、ルルタとの酒宴から三年後のことだった。かなり早い引退である。表向きの理由は、後進が十分に育ったからということにしている。

その後姿をくらまし、隠遁《いんとん》したことは、たいした話題にはならなかった。マキアの表向きの顔は、その程度の人物ということだ。マキアの計画通りである。

彼は本格的に、ルルタの抹殺《まっさつ》のために動き始めた。次代の代行にもカチュアにも、ルルタとの一件については告げていない。下手をすれば世界が滅ぶかもしれない、そんな秘密を不用意に漏《も》らすわけにはいかなかった。

マキアは考える。

人間にルルタは殺せない。あれはすでに、人間が到達しうる最強の位置にいる。力でも、数でも、策略でも決してあれは殺せない。

ならば、どうやってあれを殺すのか。簡単なことだ。

つまりは、人間でなくなればいい。

イスモ共和国南部、砂漠の中に巨大な建造物がある。しかし、地上部に出ているのは、ごく一部だけだ。それを知らない人間からしたら、ただの古びた小屋にしか見えないだろう。

小屋の中にある隠し階段を下ると、広大な研究施設がある。砂漠を掘り、セメントとレンガで固め、冷青輝石《れいせいきせき》を冷房と照明代わりに配置している。マキアを含めて五十人ほどの研究者たちが、息を潜《ひそ》めるようにしてここで暮らしていた。冷青輝石の冷たい明かりに照らされた内部は、バントーラ図書館の封印迷宮によく似ている。

マキアが作り上げた施設だ。

砂漠の中心に、これほどの施設を作り、維持《いじ》するには、莫大《ばくだい》な金が必要になる。代行時代の収入を全《すべ》て注いでも、五分の一にもならないだろう。代行の椅子《いす》に座っていた頃、マキアは政界財界の情報を集め、知り得た情報をもとに投資や株の売買を密《ひそ》かに行っていた。資金集めの手段には、犯罪まがいのものや、犯罪そのものもある。しかしそれは、マキアの犯した罪の中で、最も軽いものに過ぎないだろう。

この施設では、二人の少女を育てている。二人の少女を育てるために、施設があり、研究員たちが滞在している。

この二人を育てたことが、マキアの最大の罪だろう。

「ハミは、どうしてる?」

施設の廊下を、チャコリー＝ココットは歩いている。十歳ほどの、丸顔の小さな少女だ。外見《ひと》には、一点を除いてさしたる特徴はない。彼女の髪の毛は、すみれ色をしていた。前髪の一房《ふさ》だけが、雪のように白かった。

チャコリーの後ろには、鉄棍《てっこん》を手に持った男がいる。男の鉄棍には血がどろりと付着し、黒い髪の毛がまとわりついている。ついさっき、人を殴りつけたばかりなのだ。

男は、元武装司書だ。マキアが口の堅さを見込んで引き抜いてきた。彼は、ハミュッツの身の回りの世話と、監視を担当している。

「だいぶ手ひどく痛めつけたから、おとなしくしていると思うが……」

「ないね。ハミは殴られたぐらいじゃ何にも感じないもの。もう少し、ハミのことわかってほしいな」

元武装司書が、武器を持って養育に当たっている。その一言でハミュッツの育てられ方は想像できるだろう。しかしチャコリーも養育係も、それに罪悪感を感じてはいない。

チャコリーは、ハミュッツの部屋の前に来た。分厚い鉄の扉は牢屋《ろうや》そのものだ。中からは絶対に開けられない、巨大な錠前《じょうまえ》がつけられている。

「入るよハミ」

チャコリーが鉄の扉を開けた。中は暗かった。扉を開けた瞬間、何かが恐ろしい勢いで飛んできて、チャコリーの眉間《みけん》に突き刺さりかけた。しかしその前に、後ろにいた男がチャコリーをかばっていた。

投げられたのは、鉛筆の破片だ。それが、かばった男の腕に食い込んでいた。

「すごい力だね。もう見習いどころか武装司書になれるんじゃゃない？」

チャコリーは平然と言った。

「失《う》せろ」

暗闇《くらやみ》の中から声が返ってくる。

「もうよしなよ。暴れるのは。どんなに暴れたって、何か変わるわけじゃないんだから」

「失せろ、この道具」

チャコリーは苦笑する。道具、というのはハミュッツがチャコリーを罵《ののし》る時に使う言葉だ。的《まと》を射《い》た悪口だろう。実際にチャコリーは道具だからだ。チャコリーはマキアによって、ルルタを倒すためだけに造《つく》り出された存在だ。チャコリーは人の腹から生まれ、人の姿と骨と肉を持ち、まるで人間のように振る舞う道具なのだ。

しかし、それはハミュッツも同じこと。チャコリーとハミュッツは、同じ目的のため、違う設計思想で造り出された二つの道具だ。

チャコリーは明かりをつけた。黒髪の少女が血だらけになって、太い鎖《くさり》につながれている。

「まったく、みんな迷惑してるんだよ。研究所はそろそろ閉める予定なのに、ハミがいつまでたっても完成しないから」

「失せろって言ってるんだよ」

ハミュッツの腕に力がこもる。金属疲労した鎖が、音を立ててちぎれた。鎖のかけらを拾い、腕を振り上げる。彼女は、誰の指導も受けず、正式な魔術審議《しんぎ》を一度も経《へ》ず、強力な戦闘能力を手に入れていた。圧倒的な威力《いりょく》で物を投げる魔法だ。

腕は振り下ろされなかった。その前にチャコリーが、自《みずか》らの魔法権利を発動させていた。すみれ色の髪の毛が象徴する、彼女の生まれ持った力だ。

「………やめなって。どんなに暴れても、チャコリーがいるんだから」

ハミュッツは腕を動かせずに止まっている。攻撃を封じこまれていた。チャコリーは全てにおいてハミュッツを上回っていた。道具としての性能も、完成度も、戦闘力すらこの時点では、チャコリーのほうが上だった。

「………くそ！」

ハミュッツが攻撃を諦《あきら》める。それと同時に、チャコリーも力を解いた。

「まあいいよ、ハミはそれでも。正直に言うと、完成しないほうがチャコリーうれしいもの」

チャコリーは笑う。

「ハミに、ルルタは渡さない。だってルルタはチャコリーのものだもの。絶対に、絶対にチャコリーのものにするんだから」

ハミュッツがまた動こうとした。しかし、チャコリーはそれを、少しばかり能力を発動させただけで押さえ込んだ。

「ルルタは、チャコリーがもらうよ。絶対にハミには渡さない」

ハミュッツが動けないのは、物理的な力で押さえ込まれてるからではない。もっと根源的な部分をチャコリーに制御《せいぎょ》されている。ハミュッツは、動きたいという意志そのものを押さえ込まれ、封じられているのだ。

チャコリーの力は、心魂《しんこん》共有能力と名づけられている。名付け親はマキアである。マキアの発見したこの少女が、楽園時代、人間時代を通じて、歴史上唯一《ゆいいつ》の使い手である。

魔術の系統としては、思考共有能力の上位版といえる。思考共有能力は、他人に考えていることを送るだけだが、心魂共有能力は、感情そのものを伝達することができる。チャコリーに感情を送られた人間は、チャコリーと同じ感情を抱くことになるのだ。

ありていに言えば、他人と心を一つにする力といえる。だが、この能力は、心を通じ合わせるというような優しいものではない。他者の心を作り変えてしまう。チャコリーが思っている感情を、同じように他者に抱かせる力なのだ。

先ほどチャコリーは、ハミュッツに向けて「ハミュッツが暴れるとチャコリーが困る」という感情を送り込んだ。そして、その感情でハミュッツの「チャコリーを攻撃したい」という意志を押さえ込んだのだ。

マキアの集めた魔法研究者たちの努力、そしてチャコリー自身の研鑽《けんさん》の果てに、力は極限まで磨《みが》かれている。すでに、他者の心を侵略し、征服し、自在に操《あやつ》るまでに至っていた。

「父ちゃん、ハミを処理したよ」

地上部にある小屋に暮らしている老人に、チャコリーは話しかけた。

「……すまんな」

老人は力なく応《こた》える。彼は、かつてのバントーラ図書館館長代行マキア＝デキシアートである。若い頃は伊達者《だてもの》で通っていたそうだが、年老いた今は見る影もない。ただのくたびれ果てた老人だった。

「ハミには……済まないことをした。そして、チャコリー、お前にも」

「またその話？　チャコリーはもう聞き飽きたよ」

チャコリーは、肩をすくめる。マキアは罪の意識にとらわれていた。ルルタを倒すために、彼は最善の道をとってきた。だがその道は、人として許されない領域に踏み込んでいた。

「それより父ちゃん、ルルタの話をしようよ」

チャコリーとハミュッツへの罪の意識に、興味はない。それ以前に、育ての親であるマキアに興味がなかった。マキアが生きようが死のうがどうでもいい。チャコリーが興味を持っているのはルルタ一人だけだ。

「どんな外見だったの?」

「………十五歳ほどの、少年の姿だった。やや面長《おもなが》ですっきりした顔立ちだった……」

マキアは、何度目になるかわからない話をする。しかし、チャコリーはルルタの話を聞くたびにうっとりと顔を火照《ほて》らせる。ルルタの外見、ルルタの声色《こわいろ》、ルルタの言葉、ルルタの人生、ルルタが倒した敵たちのこと。どんな話でもルルタのことなら、心がときめく。

チャコリーは、ルルタを愛していた。この世に、自分の愛ほど純粋で情熱的な愛はないと、チャコリーは確信している。

チャコリーはルルタを愛するために生まれた存在だ。チャコリー以外の人間が、チャコリーと同じ愛を抱けるわけがない。

「かわいそうに、ルルタ」

チャコリーは、心の底から涙を流した。マキアの話は、ルルタとの会談のところに移っていた。かなわない夢を諦めるために、自分の殺害を依頼するくだりだ。

「………かわいそうに、ルルタ。今も、同じように苦しんでるんだね。早く、ルルタのところに行ってあげたいよ」

チャコリーは、小屋の窓からそわそわと砂漠の向こうを見つめる。そこで自分を待っている、ルルタを思う。早く、ルルタのところに行きたい。チャコリーの愛するルルタを助けたい。心魂共有能力で、ルルタの心を支配してあげたい。

しかし今は、まだ待ちの時間だ。ハミュッツがまだ完成していない。チャコリーの能力も万《ばん》全《ぜん》ではない。

「いったい、何なのだろう、ルルタの夢とは。彼は、なぜ幸福を集め、世界を滅ぼすのか」

「ん、それはどうでもいいよ」

と、チャコリーは言う。ルルタの夢は、どうでもいい部分だ。

いずれチャコリーに支配され、結ばれることがルルタの全てだ。ルルタの気持ちに興味はない。チャコリーと出会う瞬間にだけ意味がある。チャコリーはルルタと結ばれるために生まれてきた。ルルタはチャコリーと結ばれるために生まれてきた。

ルルタはチャコリーの全てである。同時にチャコリーはルルタの全てだ。ルルタの幸せは、チャコリーと結ばれることだけで、チャコリーの幸せはルルタと結ばれることだけだ。理屈も、過去も、ルルタの気持ちもどうでもいい。そうチャコリーが決めているからそうなのだ。

「待っててね、ルルタ」

そう言って、チャコリーは笑う。邪悪さともまた違う、底の知れない不気味さが笑顔の中にあった。愛によく似た妄執《もうしゅう》か、あるいは愛によく似た殺意なのか。

「今チャコリーが行くよ。ルルタ、チャコリーが行くからね」

チャコリーは笑い続ける。

「チャコリーと結ばれて、そして、一緒に死のうね。チャコリーと一緒に死ぬことだけが、ルルタの幸せなんだから」

　マキアはそれを、悲しそうな面持《おもも》ちで見つめていた。

　かつて、マキア＝デキシアートはこう考えた。

　ルルタ＝クーザンクーナには決して克服できない弱点がある。それは彼が人間であることだ。神をも超える力を持ち、二千年の時を超えても、彼は永遠に人間でしかない。

　人間である限り、心がある。それだけは変わらない。

　心こそルルタの唯一の弱点。そして、心を殺すことが、ルルタを倒す唯一の手段だ。

　ルルタを倒すには、いかにすればいいか。

　心を壊すという、勝利条件は思いついた。しかしそれの実現は、至難《しなん》である。他者の心を操る力は、あらゆる魔術の中でももっとも困難なものである。数十万人の『本』を食ったルルタすら、他者の心を操る力は保持していない。

　生まれ持った才能と、苦難を極める魔術審議。そして、あらゆる困難を打ち砕《くだ》き、迷いもためらいも持たない強い意志。実現にはそれらを要する。

　才能を集めることは、さほど難しくはない。だが、人間に強い意志を持たせることは難しい。

　育てなければならない。かつてルルタが、世界を救うためだけの存在として育てられたように。ルルタを殺すためだけの存在を育てるのだ。

マキア＝デキシアートは、一つの魔術を研究し始めた。人の魂《たましい》を作り変える魔術だ。

元来は、ルルタを完璧《かんぺき》な救世主に育て上げるために、研究された魔術だという。しかし、実現には間に合わなかった。完成したのは、終章の獣との決戦から千年後だ。

この魔法は、最悪の禁忌《きんき》の一つとして、現代管理庁の法で禁じられている。この魔法を使った者は、武装司書の総力を挙げて抹殺されることになっている。しかし、マキアはこの禁断の魔法を実行した。

チャコリーは赤子の時、魂を改造された。彼女に、一つの欲求を抱かせた。欲求というよりも、本能というべきかもしれない。

『ルルタを支配し、ルルタと愛し合い、ルルタと心中したい』という気持ちだ。

彼女にはその気持ち以外に何もない。ほかの誰かへの愛も、人間らしい倫理《りんり》観も持っていない。ルルタを愛するために生まれ、その通りに生きている。

だが、マキアは思い悩む。これは人間を道具に変える魔法だ。チャコリーには、ルルタを愛し、ルルタとともに死ぬこと以外に、人生を持てない。たとえ、最下級の奴隷《どれい》でも、魂の自由だけは奪えない。だが、チャコリーは魂の自由を奪われて生まれたのだ。

魂の自由を持たない者。それは、人間ではなく道具だ。

チャコリーがルルタを愛するのは、そういう機能を持つ道具だからでしかないのだ。

そう、チャコリー＝ココットは人間ではない。あどけなく、無邪気そうな笑顔も、そういう形に設計されたからに過ぎない。少女の姿をした、暗殺兵器なのだ。

「ハミ。もう誰もいない？」

チャコリー十二歳、ハミュッツ十四歳の時のことである。二人は、生まれ育った研究施設の中を歩き回っていた。

一年前までは暴れまわるばかりだったハミュッツだが、今は精神が安定している。理由は最近、趣味を持ったからだという。針と糸を動かすことで、気持ちが休まるらしい。何が役に立つのかわからないものだね、とチャコリーは思う。

精神の安定を得たことで、ハミュッツも一応完成したことになる。三十年の研究と実験は成功に終わったわけだ。つまり、この研究施設は用済みであり、研究員も不要である。

「素手《すで》で石を投げるのって、あんまり強くないわ。他に投げ方を考えなきゃ」

そう言いながらハミュッツは、手の中の石をもてあそぶ。彼女は、石を投げつけて戦う戦闘スタイルをすでに完成させていた。

「なあに、ハミ。まだこれ以上強くなりたいの？」

「そうよ。何か文句ある？」

チャコリーは肩をすくめるだけで、答えない。ハミュッツはもう十分強いと思うのだが、まあハミュッツの好きにすればいい。

二人は、地上部の小屋に出てきた。マキアの姿はなく、代わりに押し込み式のスイッチが一つある。スイッチからは導火線が延びて、地下の研究施設につながっている。

「じゃあ、爆破するよ。でもこれ、どうやって使うんだろ」

「普通に押し込めばいいんじゃない？　あたしがやるわ。あんたは外に出てな」

チャコリーは言われたとおり小屋の外に出る。ハミュッツが、スイッチを押し込むと、足元の地面が揺れ、地下への出入り口から粉塵《ふんじん》が噴《ふ》き上がった。

「これで、きれいさっぱりだね」

そう言って、砂埃《すなぼこり》まみれになったハミュッツが外に出てきた。その後ろに、三十人の研究員は一人も続いて出てない。研究施設が爆破されたにもかかわらず、研究員たちはどこにもいない。

彼らは今、土の中にいる。チャコリーの心魂共有能力で抵抗する意志を奪われ、ハミュッツの投石で頭を打ち砕かれたのだ。

「……本当に、終わったのか」

「うん、終わったよ、きれいさっぱりね」

背後の声にチャコリーが答える。砂の上に毛布が敷かれ、その上にマキア＝デキシアートが横たわっている。

研究員たちの抹殺は、マキアが仕組んだものではない。彼は、秘密を守ることを約束させ、守れない者にはアーガックスの水を飲ませるつもりだった。

この虐殺《ぎゃくさつ》を企《たくら》んだのはチャコリーだった。そして、ハミュッツもそれに同意した。チャコリーには、ルルタ以外の人間の命は紙切れより軽い。ハミュッツは彼らに、殺しても飽き足らない恨《うら》みがある。当然といえば当然の結果といえるかもしれない。

マキアには、絶望的な瞬間だとしても。

「ねえ、マキア」

くたびれ、傷つき果てた老人の足元に、ハミュッツが座り、話しかける。

「こうなるって思わなかった？　本当はわかっていたんじゃないのかな？　ルルタを倒そうっていうんだから、ルルタ以上の怪物が生まれるのは当たり前でしょう？」

「……………わたしは………」

マキアの返事を聞こうともせず、ハミュッツが続ける。

「つくづく最低な男ね。あたしたちみたいな怪物を造ったくせに、まだまっとうな人間のつもりでいるの？　あんたが罪悪感を持つことも許せない」

ハミュッツが、マキアを嘲《あざけ》り笑う。まるでマキアの人生全てを否定するかのように。

「あんたは、殺さない。殺されたらあんたが救われちゃうじゃない。あんたはこのまま病死してもらうわ。罪を償《つぐな》わせるなんて許せない」

「悠長《ゆうちょう》だね、ハミは」

チャコリーが肩をすくめる。早くここを去りたい気持ちもある。ルルタに一刻も早く会いたい。しかし、別れる前にこの愚鈍《ぐどん》な姉に付き合ってあげるのも悪くない。自分を生み出したこの男の最期《さいご》を看取《みと》るのも、時間の無駄ではないだろう。それが済んだら、ルルタのところに行くことにしよう。そう思って、チャコリーは待った。

マキアは、十日後に死んだ。チャコリーは晴れやかに、ルルタのところへ旅立った。

チャコリーとハミュッツは、らくだに乗って研究所を去り、街へと向かう。そこで、おそらく今生《こんじょう》の別れを告げた。

別れ際、多少悩んだ。彼女をこのまま行かせてもいいものか。ルルタと結ばれるためには、ハミュッツは邪魔になるだろう。それに、ハミュッツはこのまま生きていても、幸福な人生を全《まっと》うできるとは思えない。心魂共有能力でハミュッツの心を改造し、ごく普通の一般人として生かすことはできないだろうか。

ルルタ以外の誰も愛さないチャコリーだが、この出来の悪い姉だけには多少の情がある。

「………やめた、一応ハミは、チャコリーの予備だものね」

そう呟《つぶや》いて背中を向ける。たとえばチャコリーが階段で足を滑らせて死んでしまったら、彼女が世界を守らなければならない。世界を守ることはどうでもいいが、一応マキアはそれを願っていたのだ。

チャコリーはさらに旅を続け、港町へと向かうことにした。

心魂共有能力を使いながら、駅馬車の御者《ぎょしゃ》に話しかける。

「チャコリーは港に行きたいです。乗せてください」

能力で、御者の心を侵略する。チャコリーが願っていることは、彼も願うようになる。チャコリーは港に行きたいのだ。

「……ああ、構わないよ」

チャコリーは駅馬車に乗り込む。あからさまな無賃《むちん》乗車をする少女を、他の乗客が奇異《きい》の目で見る。

「お嬢ちゃん、無賃乗車はよくないことだから、次からはお金を払って乗りなさい」

と御者は言った。チャコリーはそうしたほうがいいと思った。

港町に着いた。チャコリーは銀行へ行き、受付の男に話しかけた。

「チャコリーはお金が欲しいです。ください」

心魂共有能力に支配された男は、もちろん従う。しかもチャコリーが面倒《めんどう》に巻き込まれないように配慮までしてくれた。

「チャコリーちゃん、ただでお金をもらうと、銀行強盗になってしまうよ。だから貸し付けるというのでどうかな」

「じゃあそれでいいです」

鞄《かばん》一杯に札束をつめて、チャコリーは銀行を出た。名目上は借金である。無利子で無担保《むたんぽ》で無期限で、貸付記録の名前の欄《らん》は空白になっているのだが。

その金で、飛空艇《てい》のチケットを買い、バントーラ過去神島に向かった。港から大通りに出て、そのまま一直線にバントーラ図書館に向かう。道行く人に話しかける。

「館長代行はどこにいますか？　どうすれば会えますか？」

「……館長代行は……今も仕事をしていると思いますが……私はどうすれば会えるのかわかりません」

心魂共有能力で、話しかけた男の心を読み取る。図書館の関連施設に勤める事務員らしい。

「じゃあいいです。別の人と話します」

そう言って心魂共有能力を解除した。そして、別の話し相手を探す。

チャコリーはルルタのもとに、正面から乗り込もうとしていた。館長代行……フォトナという人物に会い、心魂共有能力で支配して、ルルタへの道案内をさせるのだ。

心魂共有能力も、万能《ばんのう》ではない。発動するためには、一度相手の顔を見なければいけないのだ。ルルタに心魂共有能力を使うためには、第二封印《ふういん》書庫まで足を運ばなければならない。

そのための道案内ができるのは、館長代行のフォトナだけだ。

「どこにいるのかな、フォトナって人は、早くルルタに会いたいのに」

そう呟きながら、チャコリーはフォトナを探す。

フォトナに会えば、彼を支配し、第二封印書庫まで行ける。第二封印書庫に行けば、ルルタに会える。ルルタと一つになれる。心が高ぶっていく。

ルルタ、ルルタ、ルルタ、ルルタ、ルルタ。ルルタルルタルルタルルタルルタ。

チャコリーは心の中で彼の名を呼び続ける。

そのとき気がついた。もしかしたら、フォトナに会う必要すらないのかもしれない。自分は、マキアの『本』を読んだ。そして、マキアを通じてルルタの顔も見た。ならば、今すぐ能力を発動できてもおかしくない。

そう思うと、いてもたってもいられなかった。今すぐルルタに会うのだ。

チャコリーは、図書館に続く道の途中に座り込んだ。どうしたのかと声をかけてくる者がいたから、能力で黙らせた。

目を閉じ、心魂共有能力を発動させる。チャコリーのすみれ色の髪の毛が、ざわりとうごめき、蛍《ほたる》のように光る。そしてチャコリーの心は、地下深くに眠るルルタに、つながった。


「!」

次の瞬間、チャコリーは砂漠の中にいた。すぐにここが仮想臓腑《ぞうふ》の中だと気がついた。予想していなかった状況だ。心魂共有能力者が『本』食らいに力を使うとこうなるのか、それとも、ルルタと一つになりたいという思いがそうさせたのか。

心魂共有能力は正常に発動している。砂漠のどこかにいるルルタと、心がつながりあっているのを感じる。ルルタの姿は見えない。ここは広大な仮想臓腑の端のようだ。

だが、とてつもなく大きな感情が、チャコリーに伝わってきた。

『拒絶』だった。見知らぬ侵入者に気づいたルルタが、チャコリーを敵と認識していた。

さらに心魂共有能力を使おうとしたそのとき、チャコリーは危険を感じた。

『チャコリーを攻撃してはだめ』

その感情を、思い切りルルタに叩きつけた。チャコリーの目の前に、雷撃《らいげき》が落ちた。心魂共有能力が間に合わなかったら、魂ごと消し飛ばされていただろう。

『……誰だ』

遠くから、声が聞こえてきた。生まれて初めて聞けた、ルルタの声に胸が高鳴る。それと同時に、感じ取った危険が肌《はだ》をあわ立たせる。混乱する感情の中、チャコリーは名乗る。

「チャコリー＝ココット、だよ。やっと会えたねルルタ」

髪の毛が、すみれ色に輝く。能力を全開にしてルルタと心魂を共有する。

「あなたは、チャコリーのもの。あなたはチャコリーを愛し、チャコリーと一つになる。さあルルタ、一緒に、死のうよ」

チャコリーの心がルルタの心を侵食する。ルルタから、激しい拒絶の意志が伝わってくる。

さらに、やみくもな攻撃がチャコリーを襲《おそ》った。砂の中から数百本の針が生み出される。空から火が降ってくる。切れ味鋭い風が、チャコリーをかすめる。

なんとか、自分に攻撃を当てることは思いとどまらせている。しかし、ルルタの怒りは激し過ぎる。

『消えろ』

全力の攻撃が来る。チャコリーは直感した。自分はルルタを支配される前に、殺されると。

「まず、い」

チャコリーが、生まれて初めて慄《おのの》いた。一か八か、心魂共有能力を解除する。もしも、仮想臓腑の外に出られなかったら、チャコリーは殺される。

最後に、ルルタの声が聞こえた。

『僕が愛するのはニーニウ一人だけだ！』

「……………」

目を開けるとそこは、バントーラ過去神島の街並みだった。

チャコリーは、歯を食い縛《しば》り、怒りと屈辱《くつじょく》に身を震わせた。

「誰さ、ニーニウって。そんな女、知らないよ」

そして立ち上がり、笑い出した。歩きながら天を仰《あお》ぎ、一人笑い続けた。


かつて、マキア＝デキシアートは考えた。

心魂共有能力の持ち主を得た。彼女をルルタと心中するために生きる道具として造り変えた。

だが、これだけで足りるだろうか。道具として完成したのだろうか。

いや、違う。設計通りに動くだけで、勝てるような相手ではない。失敗しても退《ひ》き、反省して再度立ち向かう冷静さを備えていなければならない。

自ら改善し、工夫する道具。そういう風《ふう》に造らなければならない。

マキアはチャコリーをそうなるように設計した。

ルルタとの出会いから、三年後。チャコリーは、バントーラ図書館から遠く離れた、とある街にいた。

最初の接触に失敗した後、チャコリーはすぐさまバントーラ過去神島を離れた。ルルタに拒絶された以上、とどまっていては命の危険がある。どれだけチャコリーがルルタを愛していようと、殺されてしまってては何にもならない。盲目的な愛情を注ぐと同時に、チャコリーには冷静な判断力もあった。わずか十二歳の少女のものではない。これも、マキアがそのように設計したからだ。

現在チャコリーがねぐらにしているのは、メリオト公国の山岳《さんがく》地帯にある、酪農《らくのう》で暮らしを立てている小さな村だった。人口は三百人にも満たない。彼女はそこで、のんびりと日々を送っていた。

学校にも行かず、働きもせず、一日ぼんやりと雲を眺《なが》めたり、蝶《ちょう》を追いかけたりして遊んでいる。

しかし、生活には困っていない。食事時になると、住民の誰かが食事はどうだと話しかける。眠くなるころには誰かが寝床《ねどこ》を用意して家に誘ってくれる。金も家もないが、心魂共有能力がある限り何も不自由なく暮らせた。

そんな毎日を送る彼女に、ある日、郵便配達員の姿をした男が話しかけた。その時チャコリーは、蟻《あり》の行列を見つめていた。

この時期のチャコリーには、一つの肩書きがついていた。神溺教団《しんでききょうだん》の真人《しんじん》というものである。

「チャコリー様、楽園管理者からの伝言です。あなたの助力のおかげで、生物兵器ベンド＝ルガーは完成に向かっていると」

「あ、そう」

「ベンド＝ルガーは試作品に過ぎません。いずれ、より改良し、さらなる兵器の開発に役立てたいとのこと。そのときはまた助力をお願いします」

「チャコリーは、別にいいけど」

チャコリーを神溺教団に引き入れたのはカチュアだった。バントーラ過去神島に行ったとき、たまたま神溺教団の潜入工作員の目に留まったらしい。

どうやら、チャコリーを武装司書との戦いの切り札に使うつもりのようだ。チャコリーには、一片の興味もない。チャコリーの目的はルルタを支配すること。そしてルルタとともに死ぬことだ。

神溺教団に入信したのは、身を隠すにはよさそうな場所だったことと、利用価値がありそうだからでしかない。神溺教団すら、彼女にとっては利用する対象でしかなかった。もちろんマキアのことやハミュッツのこと、自分の真の目的は、カチュアに明かしていない。

「それと、チャコリー様の兵隊となる者を送ってきました。ご利用ください」

興味なさそうに蟻を見つめていたチャコリーが、薄く笑った。

「そう、ありがと。とりあえず牢屋につないでおいて」

夜になると、チャコリーは行動を開始する。村のはずれにある、水車小屋に偽装《ぎそう》された魔術施設に入る。そこには、数名の男女がいた。神溺教団から送られてきた肉たちだ。西の戦場で捕らえた難民たちだという。

「怖がらなくていいよ、これから、チャコリーが幸せにしてあげるから」

チャコリーは心魂共有能力を発動する。彼らの感情を読みとっていく。

彼らは思っている。ここから逃げたいと、自由になり、故郷へ帰りたいと。

「否定するよ。チャコリーは、君たちにここにいてほしいよ。だから、君たちはここにいる」

肉たちの逃げたいという気持ちを、チャコリーは心魂共有能力で否定した。彼らは、自由になりたいと思わなくなった。

彼らは思っている。毎日、平和に暮らしたいと。

それは否定する必要はない。神溺教団に属し、チャコリーに仕《つか》えればここで平和に暮らせる。

彼らは思っている。愛する人とともに暮らしたいと。

「否定するよ。みんなが好きになっていいのはチャコリーだけだもの」

心魂共有能力が、彼らの心の中から、チャコリー以外への愛をかき消した。

「ねえ、みんな、チャコリーが好き?」

彼らがうなずく。

「そうだね、みんな好きでしょう？　だから、チャコリーのために死んでもいいよね」

チャコリーが明るく笑いながら言う。その時、肉たちに生まれた恐怖を、心魂共有能力で否定する。肉たちは強制的に首を縦《たて》に振らされる。

数時間後、チャコリーは心魂共有能力を解除した。解除すれば、彼らはまた、正常だったときの心に戻る。しかし、完全に戻るわけではない。チャコリーに改変された部分が残滓《ざんし》として残っている。これを何度も続ければ、彼らはチャコリーの意のままに動く道具となる。

「明日までつないでおいて。たぶん、一カ月ぐらいで終わるから」

外にいた配下の擬人《ぎじん》にそう言って、施設から出て行った。


そして一月後《ひとつき》。彼らの目にはもう、迷いはない。チャコリーのために生き、死ぬだけの存在だ。彼らはチャコリーの作った道具と化していた。

「完成だね。じゃあ、最後の仕上げだ」

そう言ってチャコリーは、髪の毛を数本抜いた。それを一本ずつ、彼らの頭に近づけていく。

「心魂共有能力、譲渡《じょうと》」

彼らの髪の毛が、色を変えた。指でつまめるほどの、ほんの一房《ひとふさ》が、すみれ色に変わっていく。

「あと何年かで、チャコリーはまたルルタに会いに行くよ。君たちはその力で、チャコリーを守ってね」

そう言って笑った。

神溺教団に出会ったことで、チャコリーはいくつかの収穫を得た。まず一つは、魔法権利の譲渡というものを知ったことだ。二年間かけて、チャコリーはこの高度な特殊能力を手に入れた。習得に時間はかかったが、時間をかけただけの意義はあった。

もう一つは、他人を道具として利用するアイデアを得たことだ。

自分一人では力が足りないなら、自分を補佐《ほさ》するものを生み出す。当たり前のことだが、チャコリーには新鮮な発見だった。道具として生み出された彼女には、道具としての自分を磨く以外の発想がなかった。この点だけは、カチュアに感謝している。

人間を道具として使う。この点に、倫理的な抵抗は感じていない。ルルタのために、ひいては自分のために。それ以外にチャコリーは判断基準を持たない。

それに、彼女を育てたのは、マキアなのだ。彼はルルタを殺すために、二人の少女を道具に変えた男だ。そしてマキアの死後、チャコリーが身を寄せたのはカチュアのもとだ。チャコリーを育てた二人の男は、どちらも人間を道具として扱《あつか》った。彼女は、人が人として扱われる光景を、そもそも見たことがないのだ。

カチュアとマキア。思い返せば彼らは、かつて同僚として肩を並べた武装司書である。彼らはそれぞれが、別の目的を持って図書館を離れ、陰謀《いんぼう》をめぐらせた。

しかし、二人はまったく違う目的にもかかわらず、人間を道具として扱うという、同じ手段を思いついた。これは、はたして偶然なのか。

ともかくも、マキアとカチュア、二人の外道《げどう》に育てられたチャコリーは、人間の道を踏み外したまま、目標に向けて進んでゆく。


チャコリーが暮らす村の人は、すでに全員がすみれ色の髪の毛を植え付けられている。彼らは、チャコリーに普段どおりに暮らすことを命じられ、その通りに日々を送っている。新しく入ってきた神溺教団の肉たちも、村に受け入れられ、平和に暮らしている。

表面的にみれば、実に平和で幸せな村である。チャコリーにさえ疑問を抱かなければ、理想の地ともいえるだろう。事実、チャコリーは今まで、誰かを不幸にしたことはない。心魂共有能力でチャコリーの道具にされたものは、みな幸せに生きている。チャコリーは、幸せの形を書き換えるだけだ。

そんな平和な村を歩きながら、ふとチャコリーは、足を止めた。日向《ひなた》ぼっこをしながら新聞を読んでいる老人がいる。その新聞に載《の》っている一枚の写真。見覚えのある顔があった。

「なんでハミが新聞に載ってるのかな」

老人に話しかける。老人は、新聞の中からハミという名前を探す。

「この子だよ。どうかしたのかな?」

チャコリーが写真を指差す。ゴシップ欄に写っているのは、間違いなくハミュッツだ。化粧をしているし、服装も変わっているが、間違いない。しゃれたスーツを着こなした青年と腕を組んで歩いている。

「この子はハミというのかい。マットアラストの恋人らしいが、チャコリーの知り合いかね」

「ハミがなんかしたの？」

老人が新聞を渡そうとする。チャコリーは首を横に振る。

「チャコリーは字が読めない。読んで」

老人から話を聞いた。マットアラストというのは、新人の武装司書らしい。稀代《きたい》の天才児として名高いそうだ。先日、とある女優に言い寄っていたが、その舌《した》の根も乾かないうちに、武装司書見習いの少女を連れ歩いていると、そんな報道だった。マットアラストはゴシップ欄の常連として知られているという。質実剛健《しつじつごうけん》なバントーラ図書館の風紀を乱し、世界中の人を噂《うわ》話《さ》で楽しませている。

報道の中でハミュッツは添え物程度の扱いだ。しかしその写真の表情から、ハミュッツがどんな生活をしているのかなんとなくわかる。

「まったく、気ままだね」

チャコリーは呟いた。報道によると、ハミュッツは将来有望な武装司書見習いらしい。恋人を作るのも、就職するのも、ルルタを倒すことには結びつかないことなのだが。

「まあ、予備なんだから仕方ないね。ハミは好きにやりなよ」

そう言ってチャコリーは、老人から離れた。

新しい人生を生きるハミュッツに、もう何の興味もない。ただ、自分が行く道とは違う方向に進んだだけだ。ハミュッツはハミュッツ。チャコリーはチャコリー。好きにすればいい。

自由に憧《あこが》れはなかった。チャコリーは、思うままに生きていた。ルルタと一つになる、その目標に、一歩一歩近づいている。日々は楽しく、思い悩むこともない。チャコリーは、自分の人生に満足している。それが、たとえ道具の人生だとしても。

かつて、マキア＝デキシアートは考えた。

人を道具として生きさせる。そのためには、迷いや苦しみを持たせてはならない。

苦しませれば、道具は道具であることをやめてしまうだろう。道具は、道具として幸せでなければならない。

チャコリーは、マキアの設計通りに、日々を幸せに生きていた。

そして、月日は流れる。表面上はまるで平穏《へいおん》なままである。そして水面下では、おぞましい魂の改造が行われている。

チャコリー＝ココット十八歳。チャコリーの道具になった者たちは、五百名に達している。

チャコリーの髪は、全体の五分の一ほどが黒髪になっていた。能力を道具たちに分け与えたからだ。

ある日の晩、チャコリーは村にいたカチュアの手下を皆殺しにした。そして、すみれ色の髪を植えつけた道具たちを、全員呼び集めた。ルルタのところへ行く時が来たのだ。

「さて、全ての準備は整ったよ。みんな、チャコリーを守ってね」

村人たちが、喜びの声を上げる。

「じゃあ、行こうか」

チャコリーが目を閉じ能力を発動させる。そしてもう一度、魂をルルタの仮想臓腑の中へ飛ばした。心魂共有能力に距離は無関係だ。

再び、チャコリーはルルタの中にやってきた。二度目に降り立った場所は、仮想臓腑の中央。劇場の舞台の端に腰を下ろす、ルルタの眼前にいた。

「……………また、君か」

俯《うつむ》いていたルルタが、顔を上げる。それだけで、チャコリーの胸は高鳴り、マタタビをかいだ猫のような多幸感に包まれる。

「チャコリー＝ココット、だったか？」

ルルタがチャコリーの名前を呼んだ。チャコリーは陶酔《とうすい》感によろめきそうになる。

「……………確認しておこう。四十年前、僕はマキア＝デキシアートに、僕自身の殺害を依頼した。彼が造り上げたのが君か？」

「そうだよ。父ちゃんは死んだけど、そんなことはもうどうでもいい」

「マキアが生み出したのは、君一人か？」

ハミュッツのことは、言う必要はない。おそらく彼女はもう、ルルタを倒す道具ではない。

「そうだよ。チャコリーだけ」

「それはよかった」と言って、ルルタは笑った。

「……あの日から、四十年間。僕はずっと後悔していた。あの愚考《ぐこう》の後始末が、やっとでき
「後悔？　何を後悔するの？」

「僕は夢を諦めかけた。弱い自分に屈し、弱い自分をさらけ出した。あの日の過《あやま》ちを、僕はずっと悔《く》いていた。マキアや君を、殺したくてたまらなかった。僕が分け与えた力のせいで、それもかなわなかったがな」

「ルルタは馬鹿《ばか》なことを言ってる」

チャコリーは嘲り笑う。

「ルルタは、チャコリーに会いたかったんだよ。チャコリーと愛し合うときを待ってたの。チャコリーを殺したいなんて嘘《うそ》っぱち」

「……………」

「ルルタはチャコリーを待っていたの。二千年の間。チャコリーに会うために、武装司書をつくり神溺教団をつくったの。チャコリーと愛し合うためにルルタの人生はあったんだよ」

「………マキアは多少できる男と思ったがな。四十年かけて造ったものがこの狂人か」

ルルタはため息をついた。そして、冷酷に言った。

「死ね」

それが、始まりの合図になった。チャコリーの髪がざわめき、心魂共有能力が発動した。チャコリーは思う。負けるはずがない。こんなにルルタを愛してるチャコリーが負けるはずがないと。

ルルタの体から不可視《ふかし》の刃《やいば》が放出され、チャコリーを襲う。

次の瞬間、前とは違う現象が起こった。チャコリーの周囲に、すみれの花弁のようなものが舞い散った。斬撃《ざんげき》は花弁に触れた瞬間、効力を失った。

「身代わりか？」

ルルタが冷静に言う。危機を感じたのか立ち上がり、飛び退《の》こうとする。しかし、その瞬間、花弁の一枚が、ルルタの背中にわずかに触れた。

「……これは？」

チャコリーはほくそ笑む。計画通り過ぎて怖いぐらいだ。ルルタは、すみれの花弁を、チャコリーの能力の一部と思ったのだろう。発動時の形態から、チャコリーを守護するための能力だとも。

だが、実際は違う。

花弁は、チャコリーに力を分け与えられた道具たちの魂である。彼らが心魂共有能力を駆使《くし》し、それぞれ別個に仮想臓腑の中に魂を投じたのだ。彼らはチャコリーのために、自らの意志で動いてルルタを襲う。チャコリー一人では勝てない。だからこその道具なのだ。

「……く、この力は」

ルルタが、チャコリーを仕留《しと》めようと斬撃を放つ。しかしそれは、外れた。先ほどルルタに触れた花弁が、ルルタの心を侵食していたからだ。

(幸せだぞ、チャコリーに支配されるのは)

チャコリーの道具たちが、ルルタにその思いを植え付けている。ゆえにルルタはチャコリーを攻撃することをためらった。

人間である以上、必ずためらう。目の前にある幸せを攻撃することを、ためらわないわけがない。しかし、戦闘においてためらいは即座に敗北を招く。

すでにチャコリーはルルタを詰《つ》みに追い込みつつある。最初の一手を、いかに当てるかが全てのカギだった。

初めから勝敗は、最初の一手で決着することがわかっていた。怖いのは、心魂共有能力を発動する前に殺されることだった。速度には格段の差がある。一撃死の可能性は十分にあった。最初に先手をとるためだけに、道具たちを用意したのだ。

ためらうルルタに、さらに花弁がまとわりつく。チャコリーに支配されることがいかに幸せなことか、ルルタに教え込んでいく。

「あっけなかったね」

危機を感じ、全力の一撃を繰り出そうとした、ルルタが止まる。チャコリー自身が、心魂共有能力を発動していた。チャコリーを攻撃してはいけない、その意志でルルタを縛っていた。物理的な力で止められたのではない。もっと根源的な部分をチャコリーに鷲《わし》づかみにされている。ルルタは、動きたいという意志を押さえ込まれていた。かつて、ハミュッツを止めたのと同じように。

「もう、チャコリーを攻撃することはできないよ」

ルルタは動きを止めていた。まるで、空中に釘付《くぎづ》けになったかのように、静止していた。指一本すら動かしてはいけないと、チャコリーに心を侵略されていた。

「あとは、チャコリーに愛されるだけ。チャコリーを愛するだけ。そして、一緒に死ぬだけ」

チャコリーが近づいていく。

そして、動けないルルタの首筋に手を絡《から》める。そして、唇《くちびる》で裸《はだか》の胸をなで回す。愛撫《あいぶ》しながらチャコリーは、さらにルルタの心を侵食し続けていた。


動けないルルタの胸を舌でいじる。そして心魂共有能力でルルタの心を読む。

「ねえ、ルルタ。幸せの『本』を集めたい？」

集めたいと、ルルタは思っている。絶対に必要なものだと、ルルタは思っている。くく、とチャコリーは笑い、彼の心を否定する。

「否定。ルルタに必要なのはチャコリーだけ」

ルルタの心が否定される。幸せの『本』を集める心が消え失せる。

「ねえ、これからも、この迷宮にいたい？」

ここにいなければならないと、ルルタは思う。

「否定。チャコリーは、そんなこと願ってない」

ルルタの、迷宮に留まりたいという意志が消え失せる。

「ねえ、チャコリーが好き?」

嫌いだ。憎《にく》んでいる。心の底から殺したいと思っている。

「否定。ルルタはチャコリーを愛さなきゃだめ」

そう言って、チャコリーはルルタに口づけた。ルルタの心に、チャコリーへの愛が生まれてくる。こんな愛はいらないと思いながらも、心に芽生《めば》えた愛を否定することができない。

「ねえ、ルルタ。チャコリーと一緒に死のう。一緒に死んで、永遠に一つになろう」

チャコリーの言葉を、ルルタは必死に拒絶する。できない。自分はまだ死ねない。チャコリーと一緒になど死にたくない。

「否定するよ。だめだよ。ルルタはチャコリーと一緒に死ぬの」

できない。自分にはまだ、やらなければいけないことがある。

「……………強情だね、すこし、腹が立ってきたよ」

チャコリーはルルタの胸に爪《つめ》を立てながら、さらに心魂共有能力を行使する。

「あなたの幸せはチャコリーだけ。チャコリーと一緒に死ぬことだけ。そうでしょう?」

違う、僕の幸せはそんなものじゃない。

「拒絶は無駄だよ。チャコリーを大好きになってくれるまで、絶対離さないんだから」

さらに、ルルタの心を侵略し続ける。

半日もの時間が過ぎた。ルルタはすでに、心のほとんどを掌握《しょうあく》されている。もう一押しだと、チャコリーは確信している。あと少しだけで、ルルタは完璧に自分のものになる。

「チャコリーだけがあなたの全て。そうでしょう?」

そうかもしれない、とルルタは思う。堕《お》ちる、とチャコリーは確信する。だが、次の瞬間、かつてないほどの強い抵抗を感じた。チャコリーは思わず、ルルタから離れて下がってしまった。陶酔の表情を浮かべていたチャコリーが、一転して怒りに目を見開く。

「どうして抵抗するの? いや、どうして抵抗できるの?」

動けないルルタが、かろうじて口だけを動かした。

「……………ニーニウ」

怒りがさらに高ぶる。その名前を、前も耳にした。

「ニーニウって、誰? チャコリーはそんな女知らないよ」

チャコリーは、さらに心魂共有を続ける。ルルタを支配するまで、あと少しなのだ。だが、あと少しを侵略しようとするたびに、恐ろしい抵抗が返ってくる。ほんの少しが遠い。

「誰さ、誰さ、ニーニウって。そんな女のこと考えないでよ」

チャコリーは、ルルタの心臓付近に額《ひたい》を当てた。そして、彼の記憶を読み取った。

二千年前、二人が出会う光景を、チャコリーは見た。彼女の歌に救われたこと、弱い自分を許してもらったこと。そのときの記憶を、読み取った。

「……誰、こいつ。こんな女がいたの?」

チャコリーは歯噛《はが》みする。さらに強力な心魂共有能力で、ルルタを侵略する。

「何さ、こんな女、二千年前のことじゃない。否定！　ニーニウを否定！　ルルタが愛するのはチャコリーだけ！」

だが、否定できない。ルルタの中にあるニーニウを否定できない。

「どうして！　ずっと昔のことじゃない！　チャコリーはここにいる！　ニーニウはもういない！」

しかし、ルルタが口を開いた。なぜ口を開けられるの？　チャコリーに支配されているのに。

「………ニーニウは、いる」

何者なの、ニーニウって。そう思ったチャコリーはまた、ルルタの心臓に額を当てる。ニーニウが何者かを探っていく。ニーニウを殺そうとしたとき。殺せなくて、世界を救うのを諦めかけたとき。そして、ニーニウのために世界を救うと決意したときのことを知った。

チャコリーは直感した。問題は、この先だ。この先に、何かが起きた。それが、ルルタの今を形成している。さらにその後の記憶を読み取る。

「………これは？」

そして、チャコリーは知った。終章の獣《けもの》との戦いと、その後のことを。

ルルタが英雄であることをやめ、魔王に堕ちたそのときのことを。

空が裂け、雷《いかずち》が地を薙《な》ぎ払う。大英雄ルルタ＝クーザンクーナは、世界の終わりの日がやってきたことを感じた。

王塔の最上階で一人瞑想《めいそう》をしていたルルタは、目を開けて立ち上がる。

「ヴーエキサル！　戦闘準備だ！」

と叫んだとき、ヴーエキサルと側近《そっきん》たちがしばらく前から外出をしていたことを思い出した。

肝心《かんじん》な時に、間《ま》の悪いやつらだとルルタは思った。

仕方なく、念動力の魔法で追憶《ついおく》の戦機を手元に呼び寄せた。アッハライとシュラムッフェンは腰に差す。これらは予備の武器だ。念のために持っておくに過ぎない。ウユララはすでに、肩に紋様《もんよう》として装着している。これも、予備のための防具だ。グラオーグラマーンとグモルクが、主な武器になるだろう。しかし、最も大事な武器はルルタ自身。

食い続けた数万の『本』の力。

それ以上に、ルルタの挫《くじ》けぬ意志だ。

「守る、この世界を」

自らに言い聞かせるようにルルタが言った。

守らなければならない。世界の皆を、そして――と過ごす未来を。

「………？」

何か、違和感を覚えた。今何かを思ったはずだ。何を考えようとしたのだろう。わからない。

今考えたことだけではない。さまざまな違和感が頭をよぎる。ヴーエキサルはどこへ行ったのか。あの、ヒハクたちが奪取した七つ目の追憶の戦機はどこに消えたのか。いや、そもそもあの杯《さかずき》は何のための道具なのか。

「馬鹿なことを考えるな！」

考えている場合ではない。ルルタは王塔の最上階を破壊し、空に飛び出す。

そう、戦うのだ。――――を守るために。

「……誰を？」

ルルタは、疑問を感じて呟く。誰かの名前を思い出せない。誰かを守るために戦うはずなのに。

「……誰を守るんだ？」

地上を見下ろすと、市民たちが防獣壕《ぼうじゅうごう》へと逃げてゆく。それを見て、思い出した。そうだ。皆を守るために、僕はルルタ＝クーザンクーナになると誓《ちか》ったのだ。違和感を強引に圧《お》し殺し、ルルタは戦いに向かう。

場所は、南方の、辺境に近いとある森だ。また、違和感を感じた。この辺《あた》りに、見覚えがあるような気がする。

地上は終章の獣たちで埋め尽くされている。それでもなお飽き足らず、さらに無限に生み出されている。森が薙《な》ぎ倒され、地面が沸騰《ふっとう》しているようだった。

「考えるな！」

些細《ささい》な違和感に囚《とら》われていてどうする。ここにあるのは、世界の終わりそのものなのに。ルルタは、自らの思考回路を切り替える。雑念を排除し、困惑《こんわく》を切り捨てる。ただ、戦うことだけを考えるように、自分の心を変化させる。

初手《しょて》に、自らの最大の攻撃を打ち込んだ。群れ集まる終章の獣に、白く輝く火球が雨あられと打ち込まれる。終章の獣たちは、焼かれ、溶け、気化する。ルルタの力は通用する。この相手は、一切《いっさい》の攻撃がきかない存在ではない。

終章の獣たちがいっせいに上を向いた。そして、重力を無視して空に突撃してくる。光の糸が終章の獣を束縛《そくばく》する。巨大な針がそれらを貫く。動きを僅《わず》かに遅らせたところで、追憶の戦機を同時解放する。グモルクの打撃が地を潰《つぶ》し、グラオーグラマーンが刃の雹《ひょう》となって切り刻《きざ》む。シュラムッフェンとアッハライが泣き、笑う。

攻撃は通用している。だが、無駄だとルルタは直感する。

これは無限だ。いくら削《けず》ろうとも、永遠に生み出され続ける。そういう存在だ。ルルタがいくら強くても、力は有限。無限を有限で超えなければならない。だが、それを可能にするからこそ、ルルタ=クーザンクーナだ。

ルルタは上空に退く。千里眼《せんりがん》の力を発動する。触覚糸《しょっかくし》、無限聴覚、超嗅覚《きゅうかく》を総動員する。そして、見つけた。この終章の獣の核となっている存在を。

地上にそれはある。人間の女性型の石像だ。だがその髪の毛は、尋常《じんじょう》の色ではない。あれは、何色だろうか。いや、色ではない。髪の毛が見えない。髪の毛を認識しようとした瞬間に、髪の毛を認識している部分だけ、視覚機能が停止する。

虚無《きょむ》の色だ。ルルタはそう思った。

その瞬間、石像がルルタを認識した。顔を動かしたわけではないが、ルルタは見られたことを直感した。そして、世界滅亡《めつぼう》の障害と判断したことも。

散らばろうとしていた終章の獣たちが、反転して石像のもとに結集する。

世界を滅ぼす、虚無色の髪の石像。世界を守る、透明の神の英雄。二つの戦いは、このときようやく前哨戦《ぜんしょうせん》を終えた。


二日が過ぎる。ルルタの四十八時間は、全くの徒労《とろう》に見えた。

ルルタは、空気の薄まった上空にいる。並みの人間では数分で窒息《ちっそく》する場所だ。

追憶の戦機の一つグモルクは、すでに力尽きて灰になっている。復活まであと千年は必要だろう。シュラムッフェンとアッハライを使っているが、この二つでは防御《ぼうぎょ》の手助けになる程度だ。

ルルタは地上に近づこうとしている。あの虚無色の神の石像を打ち砕くには、接近する以外にない。しかし終章の獣は数でそれを阻《はば》む。まるで、宇宙へ追放しようとするかのように、物量でルルタを追いつめていく。

遠くから見れば、ルルタと終章の獣は、巨大な黒い柱にも見えるだろう。その黒い柱が空を突き破り、ルルタが地上から追放される時、戦いは終わる。

ルルタは防戦一方である。無限に終章の獣を生み出せる敵に、防戦は愚策《ぐさく》以下の自殺行為だ。だが、ルルタの力を総動員し、残された追憶の戦機を最大限に使い、なおも防戦にしかならなかった。

ルルタは言葉を発しない。苦境に顔をしかめることも、敗北の予感に震えることもない。ただただ、必死に身を守っていた。

勝機は一度きりだ。攻撃は、ルルタの全てを叩きこむ、必殺の一撃だ。それを放つ時が来るまで、耐え抜くしかない。

さらに二十四時間が過ぎる。その一撃を放てるようになるまで、三日の時が必要だった。

「……来る！」

三日間の戦いで初めて、ルルタは言葉を発した。空の向こうから、ルルタの待っていたそれは来た。宇宙の、はるか彼方《かなた》から。

それはまだ、名前がついていない。後の時代に、天文学者たちが、小惑星と名付ける物体だ。

引力に引かれて、落下を始める。位置エネルギーと質量がもたらす、単純な破壊の力。

ルルタは思う。終章の獣は、世界管理者たちが造ったもの全てを壊す力だ。それは当然、ルルタを含めて、世界管理者が造った全ての力を上回っている。しかし、世界の外ならどうだ。

世界管理者が生み出した領域の外から、もたらされる力ならどうだ。

終章の獣が、叫んだような気がした。

何をするつもりか。その攻撃は強すぎる。爆風は木も建物も薙ぎ倒し、舞い上がる粉塵《ふんじん》は空を覆《おお》い太陽を隠す。それを落とせば、終章の獣もろとも人類を滅ぼしてしまう。

だが、ルルタはそれも承知《しょうち》の上だ。

小惑星が落下を開始する。空気との摩擦《まさつ》で赤く輝く。ルルタは空を飛び、落下する小惑星の横へ移動する。

「韻律結界《いんりつけっかい》ウユララ、結界形体！」

追憶の戦機の一つ、韻律結界ウユララを、ここで初めて発動させた。ルルタ、終章の獣、そして小惑星を包む、薄く巨大な結界が築かれる。さらにルルタは、ウユララの結界を、自らの防御能力を総動員して補強する。小惑星、終章の獣、ルルタ。三つの力がぶつかり合う場を、世界から隔離《かくり》する。

終章の獣たちが、小惑星を受け止める。彼らの無限の力すら、小惑星は押し潰《つぶ》す。砕かれて、塵《ちり》となってゆく。小惑星は地表に激突し、地をえぐり取って爆発が起こる。

ルルタの張った結界が、爆発の余波《よは》を撥《は》ね返す。そして、自らの役目を終えて砕け散る。

「……………終わって、いない！」

数千度の灼熱《しゃくねつ》の中、爆発の衝撃で、体がちぎれ飛んでもなお、ルルタは叫ぶ。まだ、あの虚無色の石像は壊れていない。この爆発の中ですら、終章の獣はあの石像を守り抜いた。

「あれを、壊せば！」

全てが終わる。それを言いきる前に、ルルタは突撃を開始する。体を白熱させながら、ルルタは虚無色の髪の石像にぶち当たる。

体当たりだ。古今《ここん》を問わず、力の大小を問わず、強大な敵を無力なものが打ち砕く、唯一の手立てだ。

白熱の光の中、ルルタは両の拳《こぶし》を突き出す。それが、石像の胸を貫いたのを見た瞬間、ルルタの意識は暗転した。


どれだけの時が過ぎたのだろう。ルルタは声を聞いた。

「………ルルタ様、そろそろ、息を吹き返す頃ではございませんか」

話しかけているのは、ラスコール＝オセロだ。声が聞こえていると言うことは、自分はまだ生きているらしい。

空は高く晴れ上がっている。風が笑い、小鳥が鳴いている。終章の獣の脅威《きょうい》は過ぎ去ったのだ。

だが、この違和感は何だ。勝利の喜びにも、新たな世界への期待にも勝るこの違和感は。

傍《かたわ》らに、一人の少女が横たわっている。前髪の一房だけが、赤紫色をしている。これは誰だろう。こんなところに少女がいるはずがない。全員が、身を守る防獣壕《ぼうじゅうごう》に避難しているはずだ。自分は、虚無色の髪の石像を打ち倒し、それと同時に意識を失ったはずだ。ここにあるのは、石像の残骸《ざんがい》でなければならない。

ならば、この少女は誰だ。

「………」

びしりと、頭蓋《ずがい》が割れたような音が頭の中で響いた。

「……この子は……」

びしりびしりと、異音が途切れることなく続く。

「この子は……」

ラスコールは、ルルタのことなど意に介《かい》さないように、一冊の『本』を作り出した。少女の遺体の胸の上に、その『本』を置く。

「献上《けんじょう》いたしましょう。終章の獣を打ち砕き、この世界をお救いになられた、偉大なる大英雄ルルタ＝クーザンクーナ様。

これが、終章の獣の主《あるじ》、世界を滅ぼそうとした者の『本』でございます。その名を、歌い人のニーニウと申してございます」

歌い人のニーニウ。そのときルルタは、その名前を知らなかった。だが同時に、その名前を知っていた。

なんだ、これは。なぜ、知らないのに知っている。僕の記憶に、異常が起きている。

「ラスコール、なんだ、これは。お前は、知っているのか……」

「もちろん、存じ上げてございます。あなた様に何が起きたのか。あなた様に、何が起きているのか」

あざけりか、悪意か、それとも単に面白《おもしろ》がっているだけなのか、ラスコールはにやりと笑う。

「この『本』を読めば、きっとご理解なさるでしょう」

ルルタは、誘われるままに『本』に手を触れた。ついさっき、ルルタが殺した、そしてかつて最愛の人であった、ニーニウの『本』を読んだ。

最後の歌い人ニーニウ。その十八年の人生を、ルルタは追体験した。

歌い人の力を捨てようとしたこと。遠い慟哭《どうこく》を聞き、彼を救うために歌い人になったこと。長い間、人々を救うために歌ってきたこと。そして、ルルタと出会ったことを知った。

「なんだこれは」

『本』を読みながら、ルルタは思う。自分はこの光景を知らない。ニーニウと出会ったこと、彼女の歌を聞いたことを知らない。

だが、『本』に虚偽《きょぎ》が記されるわけがない。だとしたら、これは何だ。

その時、ルルタは自らの記憶の一部に、空白があることに気がつく。終章の獣に勝てないと、絶望していた時期から、必ず勝つと心を決めたときまで。その間の記憶がない。なぜ、忘れているのか。なぜそんな重大なことを忘れていることに気づかなかったのか。

頭が痛む。ひどく、頭が痛む。

『本』の中で、過去のルルタが思い悩んでいる。強くなるためにニーニウを殺そうとしている。それを諦め、世界を救うことを放棄《ほうき》しようとする。そして、ニーニウを守るために世界を救おうと決意する。

なぜ、こんなことを忘れているのか。ルルタは理解できずに叫びだしそうになる。

ルルタとニーニウはしばし別れる。ニーニウは森で、ルルタが世界を救う時を待っている。

そして、新しい世界に幸せを届けるために、一人歌の練習をしている。

三日と間を空けず、ルルタから木片《もくへん》の手紙が届く。手紙にはニーニウをいかに愛しているかが、臆面《おくめん》もなく羅列《られつ》されている。ニーニウは気恥《きは》ずかしそうに、それを読む。そんな日々が数カ月続いた。

ある日、ニーニウは気がつく。十日も、ルルタから手紙が来ないことに。ルルタに何かがあったのかもしれないと、もう一度王都に行こうと決心する。旅支度《じたく》をし、明日の出発に備えて寝床につく。

その夜、眠っていたニーニウは、顔の痛みで目を覚ました。

「！」

包《くる》まっていた布から起き上がろうとする。だが、次の瞬間、肩に背中に、足に、鈍《にぶ》く熱い痛みが走った。

「……だ、誰!?」

衝撃と痛みで、起き上がることも動くこともできない。棒で殴られているとわかったのは、攻撃がやんでからだ。

「……誰、なの!?」

ニーニウが叫ぶ。返事は笑い声だった。ニーニウを指差し、腹を抱えて笑う人々の声だった。ひとしきり笑い終えて、さらに攻撃が来た。骨にひびが入る音がした。痛みと恐怖で、ニーニウは叫び泣いた。

「……ルルタ！　ルルタぁ！」

愛する少年の名前を呼ぶ。彼は、世界のどこからでもニーニウの姿を認識できると手紙に書いてあった。呼べば必ず来てくれると書いてあった。しかし、返ってきたのはさらなる侮蔑《ぶべつ》と哄笑《こうしょう》だった。眼《め》に映るものは自分を取り囲む男たちの足だった。

「よせ」

と、一人の男が群集を押し止める。声で、ヴーエキサルだとわかった。あの、憎い男、ヴーエキサルだとわかった。

『本』を読むルルタは思う。ヴーエキサルは、何をしているのだろう。そして、同時に思い出した。終章の獣との戦いが始まったとき、ヴーエキサルの姿が見えなかったことに。

そうだ、この日だ。終章の獣と、ルルタの戦いが始まったのはこの日だ。

いったいこの日、何があったのだ!?

「……ルルタ……助けて……早く来てよう……」

ニーニウの骨が折れている。もう動くこともできない。ただすすり泣くだけのニーニウを、人々は見下ろしている。

周囲にいるのは、ヴーエキサルと、ルルタに仕えていた上級戦士たちだった。それぞれが、高い地位と力を持つ戦士のはずだ。それが、一人の少女をよってたかって打ち据《す》えていた。

『本』を読むルルタは、頭の中がぼんやりしているのを感じた。目の前の光景に薄膜《うすまく》が張っているようだ。夢の中の光景にも似ていた。夢であってほしいと、ルルタは思った。

「殴るのは、ここまでにしろ」

ヴーエキサルの声で、攻撃は止《や》んだ。戦士たちは、笑いながら倒れるニーニウを見ていた。一人がニーニウの頬《ほお》に、つばを吐き捨てた。

「……ルルタ、来てよ、どうして来ないの、ルルタ」

ヴーエキサルは自分を嫌っている。それはニーニウにもわかっていた。だがルルタは、ヴーエキサルに、ニーニウを傷つけるなと命令していると言っていた。もしも命令に反したら、何をもってしても駆けつけると言っていた。

それに、ルルタは言ったのだ。ニーニウを守るために戦うと。だから、ニーニウに歌で世界の人々を幸せにしてくれと。それなのに、なぜこんなことになっているのだろう。

「……ルルタ、どうして」

何度も名を呼んだ。そのうちに、ニーニウを取り囲む戦士たちがたまりかねたように笑いだした。

「まだわからんのか！」

「傑作《けっさく》だ！　何度もルルタルルタルルタと！」

「まだわかっておらんぞこの糞虫《くそむし》は！」

なにがおかしくて笑っているのか、自分の何を笑われているのか、ニーニウはわからない。

呼べばルルタは来てくれるはずだ。来ないわけがない。

「まだわからんのか！」

ニーニウの頭を踏みつけて、ヴーエキサルが言う。

「見捨てられたのだよ！　お前は！」

さらなる笑い声が響く。ニーニウは、頭を殴りつけられたような衝撃を覚える。

嘘だ、ルルタは、そんな人じゃない。

同時に、『本』を読むルルタも思う。なぜ自分は駆けつけないのだ。あれほど深く愛しあっていた少女が、傷つけられているこのときに、自分は何をしていたのだ。

そう、自分はこのとき、最後の瞑想をしていた。ヴーエキサルが何をしているのか、全く考えもせずに。

ルルタは過去の自分に呼びかける。なぜ来ない!!　頼む！　来てくれ！　しかし、呼びかけても決して過去は変わらない。

「………ニーニウ、といったか。この糞にまみれた地虫《じむし》は」

響いてくるのは、ニーニウの頭を踏みつけるヴーエキサルの声だ。

「私が、どれほど貴様を殺したかったか、想像がつくか。ルルタが貴様のもとへ飛ぶのを、どれほど歯を噛《か》みしめて見ていたかわかるか」

ぎぢ、ぎぢ、と歯軋《はぎし》りの音が聞こえる。ヴーエキサルの、怒りの音だ。

「ラスコールは、貴様に会ってからルルタは強くなったとほざいている。あの司書天使の成れの果てに、ルルタの真実がわかろうはずはない。貴様は、ルルタに何をしたかわかるか」

ニーニウには、わからない。自分はルルタを助けたはずだ。自殺しようとしているのを救い、心を慰《なぐさ》めたはずだ。

確かに一度、ニーニウのせいで世界を救うのを諦めかけた。でもそれは間違いだと思い直して、また世界を救うために戦いに戻っている。なぜ、こんなことをされなければいけない！

「貴様は、汚したのだ。偉大なる救世主ルルタを汚したのだよ。

お前に出会うまで、ルルタは完璧な存在だった。世界の人々を救うために、恐れも迷いもしない存在だった。人を超越し、神を超越した存在だった！」

ニーニウの頭を蹴《け》りつけ、ヴーエキサルは怒鳴る。痛みに、ニーニウは悲鳴を上げる。

「それを！　お前はたぶらかしたのだ！　そうだろう！」

ルルタは、過去のヴーエキサルに向けて怒鳴る。何を言っているのだ！　僕はそんなものではない！　僕は弱かった、迷った、逃げようとした！　透明の髪を持って生まれただけの、救世主を演じているだけの、単なる子どもだったんだ！

「何が愛してるだ！　何が彼女のために戦うだ！　劣情《れつじょう》まじりの下種《げす》な感情で、世界が救えるはずがあるか！　本当の救世主とは、そんなものではない！　人間を超えた、究極の存在でなければならんのだ！」

ニーニウは違うと言おうとした。だが、喉《のど》に衝撃が走った。ヴーエキサルの靴が喉を蹴り潰し、口の奥からいやな音がした。

「ただの人間に成り下がったのだ！　お前のせいでな！　偉大なる、神をも超える完璧な救世主が、ただの人間に成り下がったのだぞ！」

『本』を読んでいるルルタの頭の中で、ぴしり、ぴしり、と音がした。頭に巣くっていた何かが消え、塗りつぶされていた記憶がよみがえる。

「だが、ほっとしたよ。もう一安心だ。ルルタは本当の救世主の心を取り戻してくれた。もう、お前のことなど心のどこにもない」

嘘だ。自分のことを捨てるはずがない。あんなに、好きと言ってくれたのに。

「……………ど、う、し……………ルル」

ニーニウが声を出しかけた。その喉を、もう一度ヴーエキサルが踏みつけた。

「まだ喋《しゃべ》るか！」

喉で鳴った音は、決定的なものだと、ニーニウにはわかった。もう、何があっても声が出ない。そんな音だとわかってしまった。ニーニウの歌は、永遠に失われた。

「……………この日を待ち望んでいたぞ、やっと貴様を殺せる、やっと、やっと貴様を殺せる。楽に死ねると思うな。じっくりとなぶり殺しにしてやるぞ」

ニーニウの体を蹴り飛ばす。配下たちもまた攻撃を加えていく。ニーニウの体が、ぴくりとも動かなくなるまで。

全身が砕かれ、首が折れ、ニーニウは痛みすら感じなくなっていた。自分は死ぬ。それがはっきりとわかった。

ヴーエキサルが、あごで配下たちに指示を出す。ぼろぼろになったニーニウの体を、引きずって外に運ぶ。

やめろ、何をしている。その子を助けろ！　殺すんじゃない！　ルルタは叫ぶ。だが、声は決して過去には届かない。

「埋まれ。そこで、一人死んでゆけ」

洞窟《どうくつ》の前に、人が埋まるだけの穴が空《あ》いていた。そこにニーニウが投じられる。上から、土が、腐った麦粥《むぎがゆ》が、馬の肥《こえ》が投げ込まれる。ニーニウに抵抗する力はなく、彼女の体は汚れ、埋もれていく。

「虚構は抹殺される。ニーニウという虚構は消え、ルルタは夢から覚めるのだ」

ヴーエキサルは言った。その瞬間、ルルタの頭の中で、びし、と大きな音がした。頭の中で、失っていた記憶がよみがえった。

「ヒハクたちが持ち帰った例の道具、使い方はわかったのか」

半月ほど前のことだった。ヒハクと百名の戦士たちが、決死の覚悟で懲罰《ちょうばつ》天使に挑《いど》み、七つ目の追憶の戦機を持ち帰った。その数日後、ルルタは自室で休憩《きゅうけい》をとっていた。

七つ目の追憶の戦機にこだわったのは、ヴーエキサルだ。彼は、過ぎ去りし石剣ヨルは追憶の戦機に含まれず、まだ七つの戦機は集まっていないと主張した。ルルタは妙なことを言うなと思ったが、別に害もないので放っておいたのだ。

「いえ、まだわかりません。ですが、必ずルルタの役に立つものと存じております」

「悠長だな。戦いは迫っているというのに。もともと僕は、七つ目など必要ないと言っていただろう」

そう言ってルルタは卓上の水差しをとる。

「杯というからには、液体を入れるか、あるいは液体が湧《わ》き上がってくるかどちらかだろう」

そう言いながら、水を飲んだ。その瞬間、何か違和感を感じたのだ。

今になれば思い出せる。あの日、水差しはヴーエキサルが持ってきた。そして、なぜかヴーエキサルと側近たちは、水差しを気にしていた。

「名前だけはついております。虚構抹殺杯《まっさつはい》アーガックスと」

そして、戦機の名を告げた時、ヴーエキサルは、間違いなく笑ったのだ。

理解できた。虚構抹殺杯アーガックス。それは、記憶を失わせる追憶の戦機だ。ヴーエキサルはあらかじめ、その存在を知っていた。そして、ルルタに隠していたのだ。手に入れた後も、使い方がわからないふりをして、ルルタに水を飲ませたのだ。

彼が、虚構抹殺杯にこだわったのは、ルルタから、ニーニウの記憶を奪うためだった。

ルルタを、ヴーエキサルの思い描く、本当の救世主に戻すためだった。

頭の中で、異音が炸裂《さくれつ》する。頭が割れるようだ。爆発するような感触とともに、ルルタの頭にニーニウの記憶がよみがえった。彼女といかに愛し合ったか、彼女をいかに守りたかったか。

そして、現実を突きつけられる。

今、触れているのは、その愛するニーニウの本だということに。

ルルタは思った。この『本』は読んではならなかった。

そして、予感した。この先を読んではならない。

だが、『本』は続く。


土と糞便《ふんべん》の中に埋もれたニーニウは、為《な》す術《すべ》もなく窒息する。窒息は苦しい。この世で最も苦しい死に方の一つだ。

ルルタは自分を見捨てた。もう、疑いようがないことだ。あの日、泣きながら抱きついたことも、世界の人々を幸せにしてくれと願われたことも。全ては、口先だけの言葉だった。

なぜだろう。理由がわからない。それとも、ルルタは初めから、そんな男だったのか。自己中心的で気まぐれで、人の命を何とも思わない。ああ、そういうことか。思い返せば、そんなところもあったかもしれない。

族長の言葉を思い出す。

（ニーニウ。それは、人間にとって最も正しい力です。正しいことは、真の意味で幸せなことです。正しい心を失った者に、決して本当の幸せは訪れません）

族長の言葉を信じて、生きてきた。だが、族長の言葉は、ことごとく全て間違いだった。私は、今まで何のために頑張ってきたのだろう。

ルルタに、出会わなければよかった。ルルタのために、歌わなければよかった。愛さなければよかった。

族長の言葉なんか聞かなければよかった。歌い人にならなければよかった。こんな力を持たなければよかった。

そして、ニーニウは思う。

生まれてこなければよかった。

次の瞬間、何か鍵《かぎ》が開くような音をニーニウは聞いた。土の中にいるはずなのに、奇妙な浮遊感を感じた。

「……………私は、夢を、見ているの？」

そうだ。この茫漠《ぼうばく》とした感じは、オルントーラが見せる夢に似ている。

だが、夢の世界の中に終章の獣はいない。その代わりに、見たことがない金属の扉がある。

この扉を開けようとニーニウは思った。屈辱も悲しみも怒りも、何も感じなくなっていることにニーニウは気がついた。

怒りも悲しみも、感じている場合ではない。扉の向こうの大切なものを見なければならない。扉に手をかけると、何の抵抗もなく開いた。

扉の中には、巨大な光の渦《うず》があった。

光の中に、三つの存在があった。それは目には見えず、形もなく、音も立てない。だが、三つあることは理解できた。同時にそれらが何かも。

「……………ついに、この扉が開かれた。これで、私の『本』を集める務めは終わった」

三つのうち一つは「過去」だった。過去管理者バントーラだ。

「司書天使の機能を停止する。バントーラ図書館の第一書庫を、因果抹消《いんがまっしょう》の結界にて封鎖《ふうさ》する。

残された全ての人間の『本』は、地中に永遠に放棄する。

これにてバントーラは、新たな楽園が生まれるまで、過去管理者の務めを停止する」

もう一つは、「現在」だった。現在管理者トーイトーラだ。

「私の務めは何も変わらない。現在の管理を続行する。新たな楽園を生むために」

そして、三つめは「未来」だ。この世に懲罰天使を遣《つか》わし、終章の獣で世界を滅ぼそうとする、未来管理者オルントーラだ。オルントーラは二つの世界管理者に言う。

「長らく、お疲れさまでしたバントーラ。しばしお休みください。またお会いしましょう。その時は、より素晴らしい楽園の記録をあなたの図書館に収めます。

そして、これからもよろしくお願いしますトーイトーラ。現在がなければ、過去も未来もない故《ゆえ》に、あなたの務めは永遠に変わりません」

二つの世界管理者、バントーラとトーイトーラは去ってゆく。扉の中に、ニーニウとオルントーラが残された。オルントーラが、ニーニウに語りかけた。

「ついに、扉を開いてしまったのですね。あなたが扉を開くとは、人間とはなんと恐ろしいものでしょう。何度も扉が開かれることを防いできたあなたが、ここに来るとは」

「……ここは？」

「人間に伝えるべき名前はついておりません。強《し》いて名づけるなら、管理者の領域、あるいは、結末の地、そんなところでしょう」

ニーニウは感じた。オルントーラがひどく悲しんでいる。

「ニーニウ。あなたは真実を見なければいけません。それは、扉を開き、結末の地にたどり着いてしまった者の定めです」

「……は、はい」

「まずは、バントーラの力を借りましょう。あなたに、過去を見せましょう」

次の瞬間、光の渦の中に膨大《ぼうだい》な量の『本』が現れた。現在の全人類の、数万倍か数億倍か、それ以上に見えた。

ニーニウは、その『本』に触れる。一冊に触れると、全ての『本』の過去がニーニウの頭になだれ込んできた。

この世界には、数百万年のはるかな昔から人間が生きていた。世界管理者たちは、彼らを導き、治め、そして記録してきた。

そこには、さまざまな形の楽園があった。魔法が極限まで発達した世界、究極の科学を追い求めた世界、猿《さる》と大差ないような暮らしをする世界。世界の形は多種多様だったが、人々は皆、オルントーラに導かれて幸せに暮らし、バントーラに記録されて図書館に収められていた。

「……どういうことなのですか？　世界はいくつもあるのですか？」

ニーニウは疑問を口に出す。

「その通りです。今まであなたが暮らしていた世界は、私たちの作った六九四番目の世界です」

さらに、『本』を読み続ける。

これまでにあった六九三個の世界。それらは、形の差異《さい》こそあれど、同じような展開をし、同じような結末を迎えていた。それは、ニーニウの暮らしていた世界と全く同じだった。

長く、平和の時代が続く。長い平和の中で、オルントーラの導きに従わない者が現れる。人間は与えられたものより多くを欲しがる。他者よりも優《すぐ》れている快楽を、他者を虐《しいた》げる快楽を。盗む快楽を、欺《あざむ》く快楽を、殺す快楽を。オルントーラが与えられない幸福を求める。

人間は増え、世は乱れ、虐げられる者や奪われる者が現れる。

そして、楽園は取り返しのつかないところまで崩壊《ほうかい》し、オルントーラは世界を滅ぼす決断をするのだ。

「……それが、今？」

「そう、あなたが死のうとしている今が、世界の滅びの時です」

「あなたは、何をもって世界の終わりと判断するの？」

オルントーラが、悲しげな表情を浮かべたような気がした。眼には何も見えないのに。

「一人の人間が、無明《むみょう》の絶望に至ったときです。人生の全てを後悔し、出会った全ての人間を憎み、生まれてこなければよかったと思う瞬間です。

そしてその人間は、善なる心を持っていなければいけません。悪人がその報《むく》いとして絶望に至るならばまだ救いは残っています。しかし、愛と慈悲《じひ》を持ち、善行をなしてきた人間が無明の絶望に至るのならば、もはや救いようがありません。

善人に絶望をもたらす世界。それはもう、存続させるべきではありません。

あなたは人生の全てを後悔し、生まれてこなければよかったと思った。それが、世界滅亡の引き金なのです」

「……そんな」

ニーニウは衝撃を受ける。しかし、自分は死ぬ時に、たしかにそう思った。

「バントーラ、協力ありがとうございました。次にあなたは未来を見なければいけません」

『本』は消え、代わりに人間たちの住む未来の光景が映し出された。

「これは、ルルタが終章の獣を打ち倒し、滅びをまぬがれた後の世界です」

いくつもの光景が、同時に映し出された。そこには、恐るべきさまざまな不幸があった。

ニーニウは、戦乱に巻き込まれ、父の遺骸《いがい》の前で泣き伏す少女を見た。街の中で、飢《う》えに苦しみ、道行く人に物乞《ものご》いの声を弱々しく発しながら、息絶える老婆《ろうば》を見た。

「……やめて、こんなもの、見たくない」

「けれども、これは必ず訪れる未来なのです。世界が滅びなかった後に」

巨万の富を得ながら、ただ一人の愛する人を見つけられず、失意の中に死んでいく男を見た。夢のために全てを捨て、命まで投じながら、何一つかなわずに死ぬ男を見た。

そして、とある船の中で、胸に爆弾を埋め込まれ、勝ち目のない敵に向かって突撃させられる少年たちの姿を見た。

無限とも思える不幸を、ニーニウは見た。彼らがいかに苦しい思いをしたか、何度生まれてこなければよかったと思ったか、ニーニウは感じ取った。

「……こんな世界、あっちゃいけない」

「その通りです、滅ぼさなければいけません」

オルントーラの声が近づいてくる。

「あなたと私は世界を滅ぼし、そしてまた新しい楽園を生むのです」

オルントーラの声は、すでにニーニウの内部で響いている。ニーニウは、オルントーラと一つになり、ニーニウではなくなってゆく。人格は消え、一つの意思に支配されていく。

「……ああ、わかったよ。オルントーラ。私が何をするべきか」

ニーニウの髪が、虚無色に変わってゆく。

「……世界を滅ぼそう。みんなを幸せにするって、滅ぼすことなんだね」

かつて、世界の人々を幸せにしたいと願った少女がいた。彼女は消え去ったのか、あるいは今も、彼女は彼女のままなのか。

かくして、世界を滅ぼす存在、終章の獣の統括者《とうかつしゃ》『虚無色の髪の石像』は誕生した。


地が爆《は》ぜ、ニーニウの体は地中から地上に戻る。その髪は虚無色に変わっていた。

滅ぼそうという、純真な願いがニーニウを動かす。ニーニウは、高笑いしながら去っていくヴーエキサルたちに、終章の獣をけしかける。ヴーエキサルたちを引き裂き、押し潰し、嚙み殺して肉片に変える。

だがそれは始まりですらない。生きて動いている全ての人間を殺さなければいけないのだ。子供も、老人も、男も女も、ルルタ＝クーザンクーナも自分自身も。

そして、一度目の世界の滅びが始まった。


「………」

ルルタは、『本』から指を離した。

ルルタは、表情を失っていた。心が、現実を受け止められなかった。すでにアーガックスの力は完全に撥《は》ねのけられ、ニーニウの記憶は戻っていた。

なぜ、こんなことになったのだろう。その疑問が求める答えは深すぎて、ルルタにはわからなかった。

ニーニウの死体が、目の前にある。ニーニウを守るために戦ったはずなのに、彼女の死体が眼前にある。

なぜ、ここにいるのはニーニウなのだろう。他の誰かなら、勝利の歓喜《かんき》に酔えたのに。ニーニウ以外の誰かなら、他の誰でもいい、ニーニウ以外の誰かなら。

「………世界は、滅ぶべきだったのか？」

ルルタは知ってしまった。この世界が滅ぶ真の理由を。そして、この先の世界にある、楽園でなくなった世界のことを。

世界を救ったのは、なんのためだろう。

ニーニウを守るためだ。しかし、そのニーニウはもういない。

世界を守ったのは何のためだろう。

人の世を守るためだ。新しい世界を築くためだ。

しかし、ルルタが守らなくても、新しい世界は築かれるのだ。ルルタが守った世界は、苦しみと争いと差別に満ちたもので、滅んだ後に訪れる世界は、新しい楽園だった。

頭の中に、一つの言葉が浮かんだ。

全ては、無意味。

ルルタには、余りに残酷な言葉だった。しかし、その言葉を否定できない。

全ては、無意味。

力を得たことも、世界を守ったことも、ニーニウを愛したことも。

全ては、無意味。

「ルルタ様。まだ終わってはございません。全てを無意味と断ずるならば、あなた様が世界を滅ぼせばよろしゅうございます。あなた様にはその力がございます。

あなた様が滅ぼした世界のあとに、また新たな楽園が生まれるでしょう」

「僕が……世界を滅ぼす？」

ルルタは自分の手を見つめる。確かに、可能だ。それができれば、世界はまた生まれ変わる。楽園に、新たな時代に生まれ変わる。

「……できない」

僕は世界を守るために生きた。そして、世界を守った。その人生が、僕の人生が全て無意味。そんなのは、嫌だ。

「世界を守ったことを、あなた様が誇りと思うならば、あなた様は新しい時代を生きればよろしゅうございます。

あなた様の守った世界は、また新たな物語をつづることでございましょう。それがたとえ楽園でなかったとしても」

新しい時代を生きる？

できない。そんなことは。もう、この世界にはニーニウがいないのに。

「その娘のことが気になるのでございますか？」

そうだニーニウ。僕が守りたかったのは、君とともに生きる世界だ。世界を滅ぼしても、世界を守っても、どっちにしろそれは、手に入らない。

「簡単なことではございませんか。忘れてしまえばよろしゅうございます」

表情を失ったまま座り込むルルタの耳に、ラスコールの言葉が虚《うつ》ろに響く。

「世の中には、多くの人がいて、多くの女性がございます。新たな恋を得て、新たな幸せをつづればよろしゅうございます。そんな娘のことなど、忘れてしまえばそれで終わり。美しい妻を得て、愛らしい子を成し、何不自由なく暮らせばよいのでございます。時折ふと、その娘のことを思い出し、『ああ、そう言えば、ニーニウには可哀相《かわいそう》なことをしたな』と小さく呟く。その程度の存在にすればよろしゅうございます」

嫌だ。ニーニウはたった一人だ。ニーニウは他にどこにもいない。

「それは、つまらぬ娘でございますよ。取り柄《とりえ》は歌を歌えることと、ほんの少しばかり優しいことだけでございます。その程度の娘なら、何人でも手に入るのではございませんか？」

違う。ニーニウはたった一人だ。

願ったんだ。約束したんだ。ニーニウを幸せにすると。

たとえ、そのために何を失っても。

ルルタは、ニーニウの『本』を手に取った。そして、口元へと運んだ。

「ルルタ様。何をなさるおつもりでございましょうか」

ラスコールが言い、ルルタは答える。

「……………これしか、ない」

「それを食えば、どうなるかわかってございますか？」

「……これしかないんだ」

「その娘はもはや、人の心を保持してはございません。滅びを使命とし、滅びのみを喜びとする、『滅びの意思』そのものでございます。

それを幸せにすることなど、いかにあなた様でも絶対に不可能なこと」

「それでもだ」

「……行く果ては、絶望の荒野でございますよ」

「それでもだ。僕は、ニーニウを……」

『本』が砕け、ルルタの口の中に落ちていく。

僕はニーニウを幸せにする。それだけが、僕の望みだ。

チャコリーは言葉を失っていた。ルルタとニーニウ、そしてラスコールを除けば、終章の獣の真相を知ったのは歴史上で彼女だけだった。道具として生まれ、正常な人間の心を持っていないチャコリーですら、冷や汗《あせ》に背中が濡《ぬ》れていた。

心魂共有能力で拘束《こうそく》されているはずのルルタが呟いた。

「お前に……」

チャコリーは感じる。自分の能力が撥ね返されていく。

「お前に僕は倒せない」

ニーニウの『本』を食った後、ルルタは、自分の仮想臓腑の中に入り込んだ。広大な砂漠の中で、ニーニウの姿を探した。

砂の上に、ぽつんと一つ、石像が落ちていた。ニーニウの姿をしていたが、ニーニウではなかった。それは、虚無色の髪の石像でしかなかった。

「ニーニウ。目を開けてくれ」

ルルタは石像を立たせ、ニーニウに向けて呼びかける。しかし彼女は、何も言わない。彼女は、虚無色の髪の石像のままで、何も語ってはくれない。

石像に触れてみる。触れれば何かがわかるかもしれない。触れると、石像の考えていることが伝わってきた。

『……ルルタ、こんなのはダメだよ。滅ぼさないと。世界を滅ぼさないといけないよ』

「そんなことを言わないでくれ。僕はやっと世界を守れたのに」

『……だめだよ。そんなの意味がない。世界は滅ぼさなきゃいけないの』

「いやだ、いやだ！　僕が守った世界だ！　僕が生きた世界なんだ！」

ルルタは何日も何日も、虚無色の髪の石像と話し続けた。

悲しいのは、虚無色の髪の石像が、ニーニウの声で喋ることだった。あの、喋る前に一秒ほど沈黙を挟《はさ》むニーニウの癖《くせ》が、かわいらしくて、少しばかり面倒くさいあの癖が、変わらずに残っていることだった。

一日、二日、それ以上、ルルタはニーニウのそばにいた。かつてのニーニウが、ほんの少しでもよみがえってくれることを願って。

「僕は君を裏切っていない、記憶を奪われていたんだ。だから、僕を許してくれ」

『……そんなことはもうどうでもいいんだよ。世界を滅ぼそうよ』

「君がいなければ、僕は生きていけない」

『……そうなの。じゃあ世界を滅ぼそうよ』

「僕が悪かった。君を忘れた僕が全て悪いんだ」

『……ルルタは何も悪くないよ。悪いのはまだ滅びてない世界だもの』

「君を殺した人間を、僕は全て殺した。だから、君が恨《うら》む人はもういない」

『……私は誰も恨んでいないよ。ただ世界を滅ぼしたいだけ』

「戻ってくれ。お願いだ！　ニーニウ、優しかった君に戻ってくれ」

どんな言葉をかけても、ニーニウは滅ぼせと、繰り返すだけだった。

たまりかねて仮想臓腑の外に出ると、律儀《りちぎ》に待っていたラスコールが、ルルタに笑いかける。

「ルルタ様、いかがなさるおつもりでございましょう。滅ぼせとしか言わない石像を、愛し続けて生きるおつもりでございますか」

「黙れラスコール！　消え失せろ！」

言われた通りにラスコールは消えた。そして、ルルタは絶望に頭を抱え、いつまでも座り込んでいた。

「……なんで、こうなるんだ。僕はただ、ニーニウを幸せにしたいだけなんだ」

もう一度、ルルタは仮想臓腑に戻った。生まれ持った『本』食らいの力を、別の形で使ってみようと思ったのだ。

自分の仮想臓腑の中に溶けた魂。その中から、幸せの記憶だけを抽出《ちゅうしゅつ》することは、できないだろうか。それを、ニーニウに与えることはできないだろうか。

幸せを集めてニーニウに伝えることはできないだろうか。

ふとした思いつきであった。だが、できるという確信があるから、思いついたのだ。

「命じる。僕の食った魂たちよ。僕に、幸福をよこせ」

砂漠の中から水蒸気が立ち上る。水蒸気は、ルルタのもとに集まり、一すくいの水になる。それをニーニウに注ぐ。ニーニウは、彼らの感じた幸福を、体験しているはずだ。

「ニーニウ、幸せか？　幸せになってくれたか？」

語りかける。

『……だめだよルルタ』

「だめなのか？　なぜだ」

『……この世界には本当の幸せがないもの』

失敗ではあった。だが、わずかに反応があった。ニーニウが初めて、滅ぼすこと以外を口にした。

「じゃあ、本当の幸せがあればいいんだな。本当の幸せがあれば、世界を滅ぼさなくてもいいんだな」

『……本当の幸せなんてないよ。滅ぼすことだけが正しいんだよ』

「違う、ある、この世界には本当の幸せがある！」

ルルタは叫ぶ。そして、仮想臓腑を出る。

「探せばいいんだ。見つければいいんだ。ニーニウに捧《ささ》げる、本当の幸せを」


王都へ帰るために、ルルタは歩いていた。その後ろを、ラスコール＝オセロがついてくる。

「本当の幸せを見つけるのでございますか？　ニーニウ様の絶望を打ち砕く、完全なる幸福を見つけると？　そんなことは、不可能でございますよ」

ラスコールは言った。だが、ルルタの答えはない。

「ニーニウ様は、もはや滅びの意志そのものでございます。滅びこそが幸福。滅びのみが幸福でございます。

それ以外の幸福を与えたところで、ニーニウ様が幸せになるわけがありません」

「違う」

ルルタは言い返す。

「滅びの意志よりも、たくさんの幸せを集めればいい。滅ぼすことより、もっと幸せなことがあると気づけばいい」

「不可能でございます」

「可能だ」

王都が近づいてくる。

「本当の幸せなら、完全な、欠けるところのない幸せが世界にあれば、ニーニウは考え直してくれる。滅びよりも、素晴らしいことがあるとわかってくれる」

「完全な、欠けるところのない幸せが、この世にあれば、の話でございますが」

王都に入る。人々が歓声を上げ、近づいてくる。

その瞬間、ヒハクの顔を見つけた。アーガックスを持ち帰った男だ。

考える間もなく、ルルタは力を振るった。

ニーニウは、もうかつてのニーニウではない。そしてルルタも、もうかつてのルルタではなかったのだ。


長い時が過ぎた。

ヒハク＝ヤンモの持っていた、植物になる魔法権利は、ルルタに寿命《じゅみょう》を克服《こくふく》させた。まさか、彼の力が役に立つ日が来るとは思っていなかった。ルルタには時間が必要だった。どれほどの長さになるか、ルルタ自身にも見当のつかない時間が。

そしてルルタは長い時を過ごすための、居城を探した。もはや、かつての住まいの王塔には戻りたくもなかった。世界を飛び回り、バントーラ図書館を見つけた。

過去管理者バントーラは、世界を見捨てていた。人の魂を『本』にする機能は残っていたが、もう『本』を集めることはやめていた。

迷宮の最奥《さいおう》に、ルルタは陣取《じんど》ることにした。誰とも会いたくない。人と会うことに、耐えられない。だから、決して誰もやってこない、この場を居城に定めた。終章の獣を迷宮の中に解き放ち、番をさせた。

人間たちに命じて、『本』を集めさせた。ラスコールに命じて、『本』を届けさせた。

さらに長い時が過ぎる。

『本』を集める組織、武装司書が生まれた。最初はルルタに『本』を運ぶだけが武装司書の仕事だったが、次第《しだい》に武装司書は変質し、世界の統治者になっていった。さらに現代管理庁が生まれ、数多くの国家が生まれ、世界の形は変わり始めた。

自分に『本』を運ぶのなら、どんな組織を作ろうと構わない。ルルタは何も言わず、ただ『本』が運ばれてくるのを待ち続けた。

やがて、神溺教団ができた。どんな名前だろうが、どんな組織だろうが、幸せの『本』を運ぶならそれでいい。ルルタはそれも放置した。ただ『本』が運ばれるのを待ち続けた。

幸せの『本』が運ばれてくる。それから幸福を抽出し、ニーニウに与える。それを何千度も、ルルタは繰り返した。何度失望を繰り返しても、ルルタは『本』を食い続けた。

次の一冊なら、次の一冊なら、食い続ければいつの日かたどり着く。そう思って待ち続けた。ルルタを憎み、殺そうとする者が現れた。それらを退けてルルタは待ち続けた。

全てを諦めて、死のうとしたことがあった。その心を圧《お》し殺し、次の一冊に希望をつなぎ、ルルタは待ち続けた。

ただひたすらに、待ち続けた。

長い時の中で、ルルタは仮想臓腑の中に建造物を作った。砂漠の砂を固め、石を積み上げ、一人でそれを造り上げた。

それは小さな劇場だった。その真ん中に、ルルタは虚無色の髪の石像を配置した。

「ニーニウ。君のために劇場を造ったよ」

と、ルルタは囁《ささや》く。

「いつの日か、君が元に戻ったら、この劇場で歌ってくれ。世界を幸せにする歌を、歌ってくれ。その日を僕は待ち続ける」

ルルタは、何度もニーニウに向けて囁く。十年が過ぎ、二十年が過ぎても。

「僕は待つ。僕の心が、挫けない限り、僕はいつまでも、待ち続ける」

百年が過ぎ、千年が過ぎ、ルルタは囁き続ける。

「僕は待つ。僕の心が、耐えられる限り」

ルルタの二千年を、今日のこの日に至るまでの記憶を、チャコリーは読み取った。そして同時に、自分の力は、ルルタに通じないことを理解した。

「お前に、僕は倒せない」

ルルタが言った。彼は幸福を捨てたのだ。自分が幸せになることを諦めて、ニーニウの幸せだけを願ったのだ。

チャコリーの力は、他者に幸福を与えること。幸福でルルタを殺すことだ。しかし、幸福を捨て去った者を、幸福で殺せるわけがない。

痛烈なほどに、チャコリーは理解できた。

チャコリーは、絶対にニーニウに勝てないことを。

「消えろ。そして死ね」

ルルタの体が燃え上がった。取り巻いていたすみれの花弁は、ルルタの体ごと燃え尽きる。炎の中、ルルタの足元から一本の針が伸びる。それがチャコリーの胸を貫こうとする。

「う、わあああああああああああああ！」

チャコリーが絶叫した。針が胸に届く直前に、チャコリーの姿は仮想臓腑から消え失せた。逃げたのではない。チャコリーは、心魂共有能力を維持できなくなった。自身が失敗作だと理解した瞬間、彼女は心魂共有能力を保てなくなったのだ。

こうして、チャコリー＝ココットは崩壊した。彼女の肉体は死んではいない。しかし、ルルタを殺す道具としての機能は、もはや永遠に失われた。

以上が、ルルタを倒すために生み出された道具、チャコリー＝ココットの稼動《かどう》記録である。

彼女は完璧だった。全ての行動が、設計者マキア＝デキシアートの想定通りだった。神溺教団の介入《かいにゅう》は予定外だったが、むしろマキアが考えたよりも、より機能的に動いたといえるだろう。

彼女の敗因は一つだけだ。マキアの設計が根本的に間違っていた点である。根本の設計を誤った道具は、どれ程完璧でも精緻《せいち》でも、しょせんはガラクタに過ぎないということだ。

チャコリーが消えた仮想臓腑で、ルルタは劇場の床の上にへたり込んだ。ぜいぜいと、喉《のど》を鳴らしながら、肩で息をした。いつまでも、いつまでも、その呼吸は収まらなかった。

「…………ニーニウ、僕は待つよ。僕の心が耐えられる限り」

ルルタは、ニーニウの石像に向けて言う。

「けれど僕は、もう限界かもしれない。僕の限界は、明日かもしれない。明後日《あさって》かもしれない。来年か、十年後か…………その先はもう耐えられない。ニーニウ、僕はどうすればいいんだ」

ルルタは、石像に触れる。ニーニウの声が聞こえてくる。

『…………ああ、心配したよ、ルルタ。ルルタが死ななくて本当によかった。さあ、ルルタ、早く世界を滅ぼそうよ。一日も早く、世界を滅ぼしてよ』

石像から手が離れる。そして、ルルタの体が舞台にうずくまった。その口から、嗚咽《おえつ》とも、唸《うな》り声ともつかない、絶望の声が絞《しぼ》り出された。

断章　魔王と最後の来訪者

バントーラ図書館最後の日、二度目の世界の終わりの日である。ルルタは一人、仮想臓腑《ぞうふ》の劇場の舞台に腰を下ろしている。

すでに世界中の人々は、涙なき結末の力で倒れている。

ハミュッツは死んだ。武装司書たちも皆敗《やぶ》れた。

仮想臓腑の中にいる抵抗者たちも、残ってはいない。

あとは、世界を滅ぼすだけだ。終章の獣を解き放ち、全《すべ》ての人間を食いつくし、そしてルルタも死ぬ。それが全ての結末だ。

ルルタが守った、楽園ではないこの世界の結末だ。

劇場の奥には、一つの石像がある。愛するニーニウの形をした、虚無《きよむ》色の髪の石像だ。

二千年の間、その石像は何一つ変わることなく、そこにぽつんと置かれている。

ニーニウの石像の前で、ルルタはじっと何かを待っていた。

俯《うつむ》いていたルルタが、ふと、顔を上げた。砂の向こうから、足音が聞こえる。肉体強化の魔法を使えない、一般人の足音だ。

「……やっと、来てくれたか」

ルルタは呟《つぶや》いた。ルルタはずっと、彼が来るのを待っていたのだ。カチュアを殺したのも彼の邪魔をさせないためだった。

彼が劇場の中に足を踏み入れる。ルルタは語りかけた。

「君が、最後の来客だろうな。君のほかに、世界にはもう誰もいない。外の世界にも、仮想臓腑の中にもな」

「……そうなのか」

やってきたのは、さきほどウインケニーと出会った少年である。シャーロットを砂の中から掘り出し、ルルタの居場所を教えたのが彼だ。

彼はウインケニーたちとは同行せず、遅れてここにやってきたのだ。

「僕を止めに来たのだろう」

「……まあ、そうなるな」

少年は劇場の中を歩き、舞台の端に座るルルタの前に立った。そして、虚無色の髪の石像を見つめて、何かを考えていた。

「お前の人生を見せてもらったよ。お前が放った記憶の結晶が、俺のところにも届いた。勝手に見て、すまなかった」

ルルタは、かすかに笑った。この期《ご》に及んでずいぶん悠長《ゆうちょう》なことを言うものだ。

「気にするな。君が読んだのは僕も知っている。座ったらどうだ」

「いや、……立ち話で十分だ」

少年は、舞台の上に登り、ルルタの横に立つ。ルルタを見下ろしながら、静かに言った。

「自己紹介が必要だろうな。俺なんか、知りもしないだろう」

「そんなことはない。君のことはよく覚えているよ。君の『本』を食ったとき、君は僕の心に焼き付いた」

驚きに、少年は目を見開いた。

「……信じられないな。どうして？」

ルルタは、かすかに笑った。

「僕は、君のようになりたかったからさ。誰かを心の底から愛し、そのために戦い、勝ち、心を結びあう。僕にはできなかったことを、君はできたからだ」

「……」

「心の底から君に憧《あこが》れた。同時に、嫉妬《しっと》に身もだえした。なぜ君にできて僕にできないのか。僕にできないことを、なぜ君ができたのか。僕に何が足りなくて、君は何を持っているのか、必死に考えた。

結局は、わからなかったけれど」

「……光栄だ、というのもなんだか変な話だな」

彼は、戸惑《とまど》ったような様子で鼻を掻《か》いた。

「まさか、俺に憧れる人間がいるとは思わなかった」

「謙遜《けんそん》は必要ないよ。君は立派《りっぱ》だった。僕とは、大違いだ」

ルルタは横に立つ少年に言う。少年は背が低く、ひどく猫背《ねこぜ》である。粗末《そまつ》なカーキ色のジャケットとズボンだけを身につけている。腰に差しているのは、何の変哲《へんてつ》もない一本のナイフだ。

雰囲気《ふんいき》は陰気《いんき》だが、ぼさぼさの前髪の下に隠された目には、確かな意志の力が宿っていた。

「君は、ナイフ一本きりのほかに、なんの力も持たなかった。記憶も、過去も奪われていた。それなのに君は、強大な敵に一人挑《いど》み、勝利した。愛する少女の心と、街の人々の命を救ったんだ。

君が立派じゃなくて、誰が立派なんだ？」

「……俺の力じゃない。シロンの力だ」

少年は言う。服の上からでは見えないが、彼の胸には、粗末な爆弾が埋め込まれている。彼が生きていた時、神溺《しんでき》教団に埋め込まれた爆弾だ。ハミュッツ＝メセタを殺すために埋め込まれた爆弾だ。

「同じことさ。シロンを愛し、信じ、勇気を振り絞《しぼ》った君の力だ。街を守ったのも、シロンを幸せにできたのも、間違いなく君の力だ。

僕はそう思っているよ、コリオ。トアット鉱山の恋する爆弾、コリオ＝トニスよ」

ルルタは、自嘲《じちょう》するような笑みを浮かべて言う。

「さあ、どうするんだコリオ？　僕を、世界の滅びを、止められるのか？」

少年……恋する爆弾コリオ＝トニスは、答えない。答えを探しあぐねているのか、意志のある沈黙なのかも、その表情からはうかがえない。

コリオは静かに、ルルタの横に立ち続けている。


同じころ、一人の女が笑っていた。ルルタとコリオとニーニウの他に、誰もいないはずの世界で、くくく、と彼女が笑っていた。

ハミュッツ＝メセタが笑っていた。

すでに彼女の心臓は止まり、脳への血流も途絶《とだ》えている。ルルタの針に貫かれて、彼女は間違いなく死んでいる。

しかし、魂《たましい》のみの存在になりながらも、ハミュッツは笑い続けていた。

時は来た。ついに、わたしの能力が発動する時が来た。

投石器の力も、触覚糸《しょっかくし》の力も、わたしの真の力ではない。わたしの本当の魔法権利は、今、この時から動き出す。憎《にく》むべき父、マキア＝デキシアートに植えつけられた力が。

発動条件はわたしの死。

あなたに殺されたのは不本意だけど、条件は満たしたわ。

「ルルタ。待たせたわね」

魂だけになりながら、ハミュッツは言う。魂だけになりながらハミュッツは笑う。

楽しみにしていなさい、ルルタ。あなたに敗北と死と、本当の挫折《ざせつ》を与えてあげる。二千年かけて手に入れた全ての力を奪ってあげる。食い続けた『本』の、全てを壊してあげる。過去も未来も泥《どろ》の中に叩《たた》き込んで踏み潰《つぶ》してあげる。地を這《は》いずらせ、悲鳴を上げさせて、命乞《いのちご》いの懇願《こんがん》をさせてあげる。わたしはそれに耳も貸さずに嬲《なぶ》り殺すわ。

喜びなさいルルタ。両手を挙げてはしゃぎなさい。

あなたは解放されるのよ。神の座からも、待ち続ける日々からも、ニーニウを殺した後悔からも、ニーニウへの愛からも、何もかもから解放されるのよ。

死は全てを解放してくれる。わたしのもたらす甘美なる死で、ついにあなたは救われる。

さあ、行くわよルルタ。わたしは、チャコリーほど、優しくはない。

甘美なる死の化身ハミュッツ＝メセタ、これよりあなたの全てを食いつくす。

あとがき

山形石雄《やまがたいしお》です。「戦う司書」シリーズ九作目、『戦う司書と絶望の魔王』をお届けします。

いろいろあって、とんでもなく分厚くなってしまいましたが、どうかお付き合い願いたいと思います。


PRです。

この本が出る頃には告知されていると思いますが、「戦う司書」シリーズがアニメになるらしいです。びっくりですね。本当なんでしょうか。私が願望と現実の境目を見失って、ありもしないアニメ化の話を事実と思い込んでいるのでなければ本当です。というか、妄想《もうそう》ならこのあとがきは、掲載されていないのですが。


先日、アニメスタッフの皆さんとの打ち合わせがありまして、小説には書かれていない部分の設定などを話しあいました。

映像化するためには、私がほとんど気にしていなかったところまで、しっかり決定しなければいけません。いろいろとツッコミを入れられて、たじたじになってしまいました。

「ロンケニーのフルネームを教えてください」と言われた時には、考えていなかったどころか誰のことかも思い出せず、恥《はじ》をかいてしまいました。ちなみに、ロンケニーとは神溺《しんでき》教団時代にエンリケが暮らしていた島にいた少年の一人です。能力は口から火を吐く力で、最後はザトウに食われて死にました。そんなちょい役のキャラのことまで気にかけてくれるなんて、優しい人たちだなあと思いました。

その後、スタッフの皆さんと軽く食事をしました。頭が疲れてたのと、変な風《ふう》に酒が回ったせいで、意味不明のことを大量に口走ってしまい、大笑いされました。何を話したのかあまり覚えていないんですが、たしかサイモン・シンの『フェルマーの最終定理』という本について力説していたような気がします。

アニメスタッフの皆さんに「こいつ大丈夫か？」と思われているのではと、非常に心配しています。

それと、お寿司美味《おい》しゅうございました。御馳走《ごちそう》していただいて、ありがとうございました。

コミック化に続いてアニメ化までしてもらっているのは、身に余る幸運のような気がしてなりません。それも皆さまの応援あってこそです。

このあとがきを書いている時点では、どういうものになるのかはわかりませんが、必ず良い作品になるものと思っています。

どうか楽しみにしていてください。

私も楽しみです。

長く続いてきたこの作品も、いよいよ次で最終巻になります。そもそもの始まりは、授業中ノートの隅《すみ》に書いたメモ、「過去の予知能力者との遠距離恋愛」という一行でした。思い返せば本当に遠くに来たものです。

この作品を支えていただいている、イラストの前嶋重機《まえしましげき》さん、担当のT氏、イラストコーディネーターの松本さんやデザイナーの百足屋《むかでや》さん、今回も本当にありがとうございました。アニメスタッフの皆さん、コミカライズしていただいている篠原《しのはら》九《ここのつ》さんと関係者の皆さん、これからもどうぞよろしくお願いします。

読者の皆さまには、もう少し『戦う司書』の物語に、お付き合いしていただければと思います。

また、次の作品でお会いしましょう。それでは。

山形石雄

この作品の感想をお寄せください。

あて先　〒101—8050
東京都千代田区一ツ橋２—５—10
集英社　スーパーダッシュ文庫編集部気付

山形石雄先生

前嶋重機先生

戦う司書と絶望の魔王

山形石雄

集英社スーパーダッシュ文庫

2009年7月29日　第1刷発行

★定価はカバーに表示してあります

発行者
太田富雄

発行所
株式会社 集英社
〒101－8050　東京都千代田区一ツ橋2－5－10
03(3239)5263(編集)
03(3230)6393(販売)・03(3230)6080(読者係)

印刷所
大日本印刷株式会社

ISBN978－4－08－630494－8 C0193

Printed in Japan

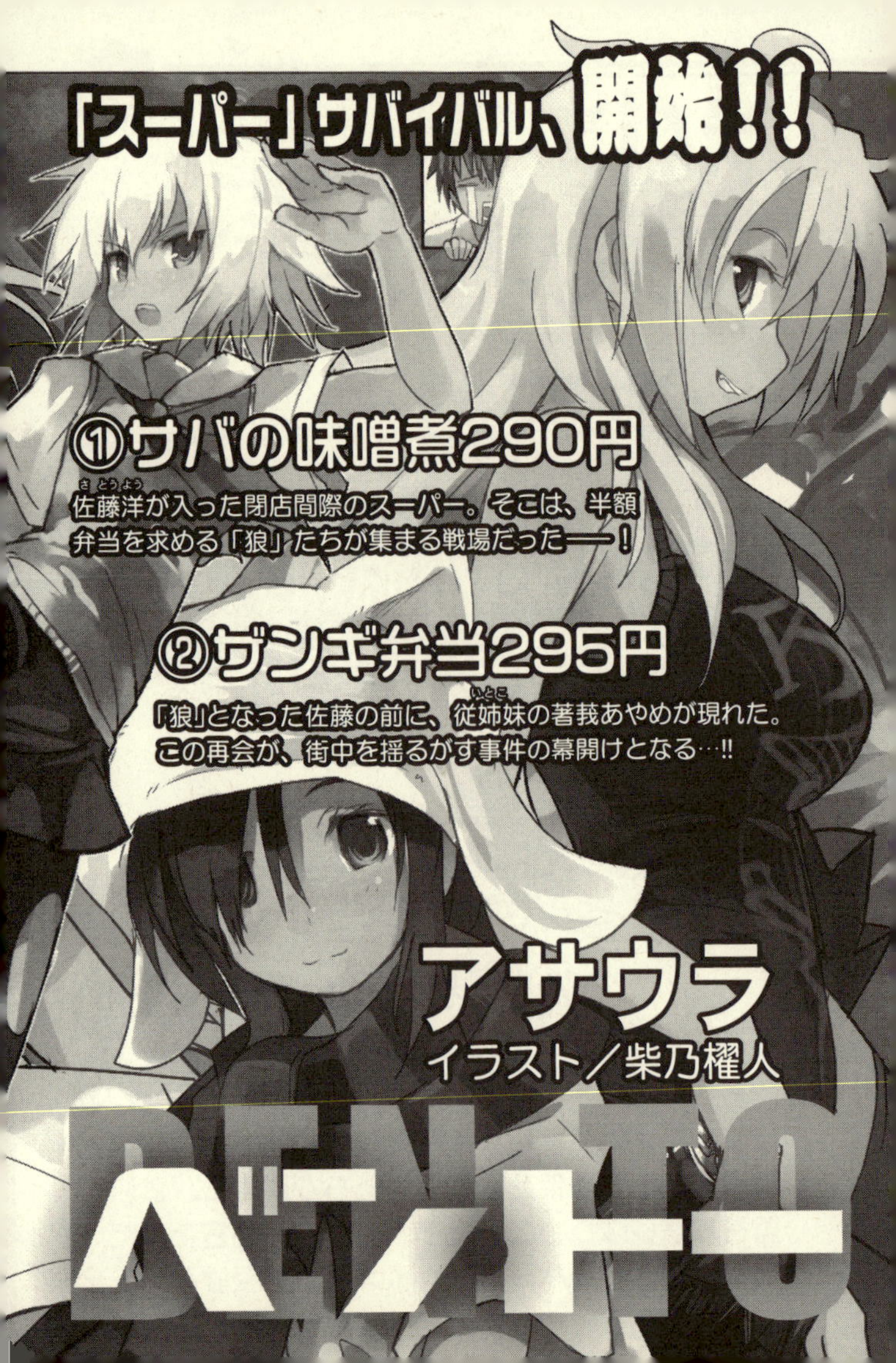
「スーパー」サバイバル、開始!!
①サバの味噌煮290円
佐藤洋《さとうよう》が入った閉店間際のスーパー。そこは、半額弁当を求める「狼」たちが集まる戦場だった——!
②ザンギ弁当295円
「狼」となった佐藤の前に、従姉妹《いとこ》の著莪あやめが現れた。この再会が、街中を揺るがす事件の幕開けとなる…!!
アサウラ
イラスト/柴乃櫂人
BENTO
ベントー

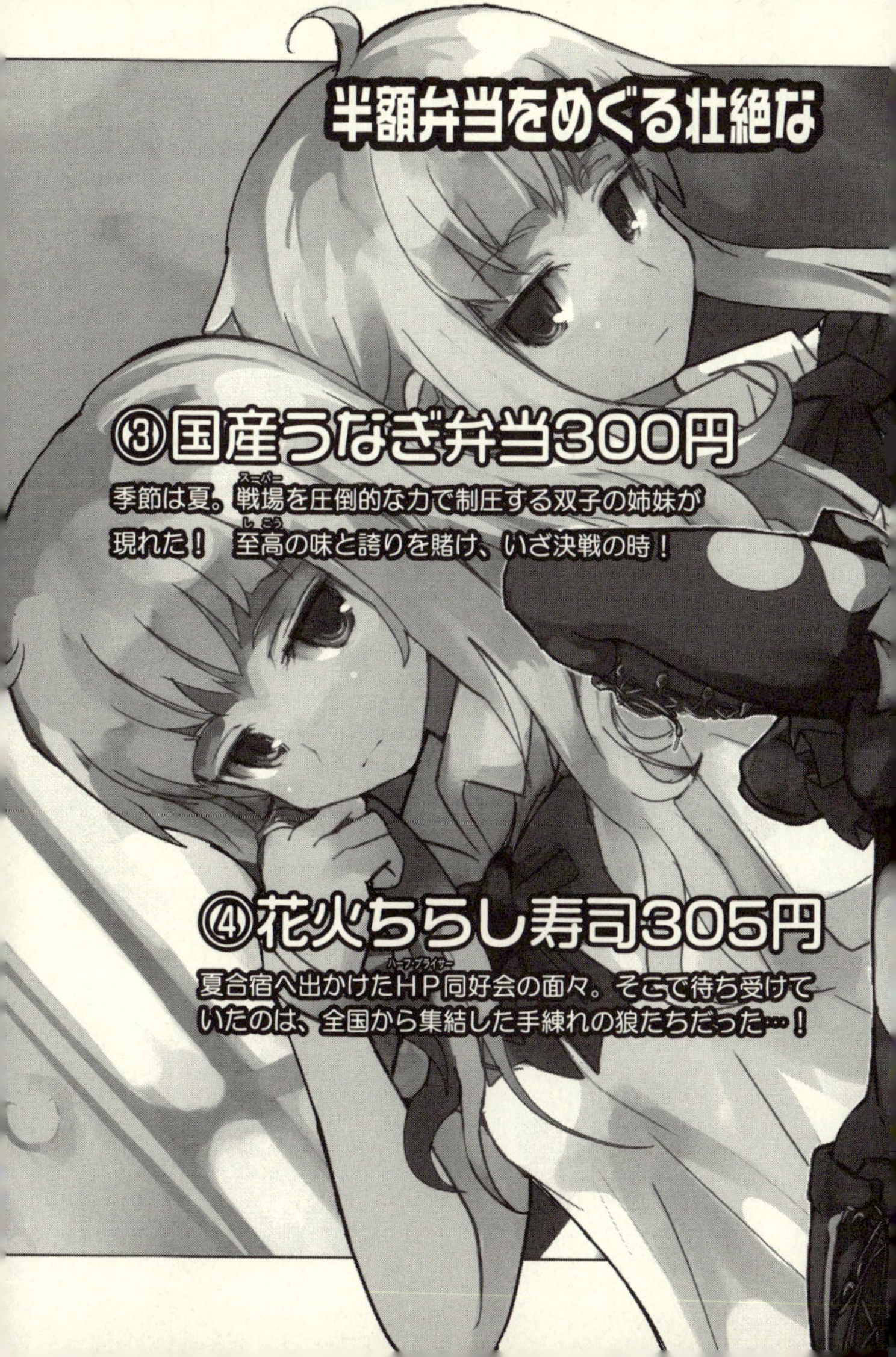
半額弁当をめぐる壮絶な
③国産うなぎ弁当300円
季節は夏。戦場《スーパー》を圧倒的な力で制圧する双子の姉妹が現れた！　至高《しこう》の味と誇りを賭け、いざ決戦の時！
④花火ちらし寿司305円
夏合宿へ出かけたＨＰ《ハーフ・プライサー》同好会の面々。そこで待ち受けていたのは、全国から集結した手練れの狼たちだった…！

奇妙な主従関係の
行方は——!?
D
スーパーダッシュ

心の歪みが引き起こす
驚愕のサスペンス！

電波的な彼女

Denpa teki na Kanojo

シリーズ

片山憲太郎

イラスト／山本ヤマト

第3回
スーパー
ダッシュ
小説新人賞
受賞作!!

(1)

不良少年・柔沢ジュウの前に、忠誠を誓う奇妙な少女・堕花雨が現れた。そんな折、連続通り魔殺人の現場に居合わせたジュウは、雨を疑い始めるが……。

(2)～愚か者の選択～

残虐な“えぐり魔”に憤り、犯人探しを始めるジュウ。なぜか雨の友人・雪姫がジュウに興味を持ち!?

(3)～幸福ゲーム～

複数の学校を跨って嫌がらせ事件が発生。ジュウもその標的にされる。被害者に共通するある基準とは!?